如果总把自己困在过去，
那么天永远也不会亮。

大鱼

有爱的青春陪伴者

CHANGJINGLU
BUXI
SINIAN

影筱语\著

长颈鹿不喜思念

2

贵州出版集团

贵州人民出版社

图书在版编目（ＣＩＰ）数据

长颈鹿不喜思念. 2 / 影筱语著. -- 贵阳：贵州人民出版社，2018.9
ISBN 978-7-221-13866-8

Ⅰ. ①长… Ⅱ. ①影… Ⅲ. ①长篇小说－中国－当代 Ⅳ. ①I247.5

中国版本图书馆CIP数据核字(2018)第106474号

长颈鹿不喜思念. 2

影筱语 / 著

出 版 人：苏　桦
出版统筹：陈继光
选题策划：大鱼文化
责任编辑：潘　媛
特约编辑：周丽萍
装帧设计：刘　艳　孙欣瑞
封面绘制：凉　岛
出版发行：贵州人民出版社（贵阳市观山湖区会展东路SOHO办公区A座
　　　　　505081）
印　　刷：长沙鸿安印刷有限公司
开　　本：880×1230毫米 1/32
字　　数：186千字
印　　张：9
版　　次：2018年9月第1版
印　　次：2018年9月第1次印刷
书　　号：ISBN 978-7-221-13866-8
定　　价：32.80元

长颈鹿不喜思念

2

目录

长颈鹿不喜思念 2

楔子

世界是红色的。

灼热刺目的火红，犹如肆意盛放的凤凰花，一束拥着一束，顷刻间吞噬了屋子里的寂寞。随着一阵阵的燥热连绵袭来，施喜念只觉得一双眼睛被烘得发涩，她忍不住合上了眸子，下意识地深呼吸，明明是一场凤凰花狂欢的盛宴，空气中独独缺了花香。

雀跃在鼻腔里的，是浓郁的焦烟味儿。

喧嚣在耳边的，是火苗塞塞窣窣上蹿下跳的声息，是东西倒塌落地的乒乒乓乓的声响。

意识有些迷乱的施喜念紧皱着眉头，很快，人就不自觉地往后倒去。感受到夜残留在木质地板上的余温，她睁了睁眼，迷迷糊糊之间，仿佛有两个人影先后闯入了视线里，在火光中晃动。

心"咯噔"一跳，脑子里晃过了一张脸。

施喜念感觉到，眼皮在"突突突"地跳动着，节奏弥乱。她强撑着眼皮，企图从火光中看清楚那两张半捂着的脸，但终究未能撑住，眼帘拉下的那一瞬间，黑暗抹走了火红。

意识还在强撑着，第六感隐隐约约地提醒她，火光中的某一个人影是陆景常，另一个则是郭梓嘉。

如此想着，眼睫毛不安地颤抖着。

她倔强地想要睁开眼，想看清那两张脸的轮廓，即使心已经兀自笃定陆景常就是其中之一。

这大抵是彼此间的最后一面，也许一眼诀别以后，她就会成为他记忆中尘封的一个禁忌。所以，她想见他。

在离开这个世界前，还能够看他一眼，于施喜念而言，是一件足够她欢天喜地的事。可是，这欢喜转眼即逝，紧随而至的，是惊慌恐惧。

施喜念开始牵挂陆景常的安危。

她很惊慌很害怕，先前如凤凰花般的火焰，如今在想象中宛若魔鬼的红掌，哪怕黑暗替她抹去了它的狰狞模样，她仍旧能够凭着想象预见熊熊烈火将他吞噬的景象。

她忍不住打起了冷战，浑身瑟瑟发抖。

周遭明明是炎夏的气温，她却独自被严冬的风雪困住。

意识正不依不饶地挣扎着，耳边窸窣的嘈杂声里忽然就传来了一声若有似无的呼唤——

"施喜念！"

她依稀能辨认出，是郭梓嘉的声音。

应当庆幸，那不是翻山越岭而来的陆景常，如此她才能骗自己相信他的安然，但是，心上怎么会有失落不自觉地划过？

这样不顾陆景常生死的期盼，真的太可怕了！

施喜念不住地责备起自己。

正迷迷糊糊之间，又有声音若隐若现，穿过炎热的空气，徘徊在她的耳畔。

施喜念费力地竖着耳朵，依旧听不见其中的字句与对白。旋即，她忽然感觉到有人抱住了自己，对方的胸膛莫名地可靠，隔着衣衫，她也能感觉他的体温，刹那间有了安稳熟睡的倦意。

于是，她醉了一般，入了睡。

倏忽之间，即将消失的意识被一个熟悉的声音拽了回来。

她隐约听见，是陆景常在喊着她："喜念，不要睡！快睁开眼睛啊，喜念！"

温顺的她一如从前，乖乖听话，花光了最后一丝力气，眼睛终于睁开了一道缝隙。强烈的火光顿时刺入了眸中，下一秒，她尚且来不及看清陆景常的脸，就有木梁从头顶上砸了下来。

后来，每每记起这个夏天，施喜念都会觉得，好像整座城市的凤凰花都在那一夜凋谢了。

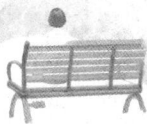

第一章

/

我听见风吹散了游云

所有的人都说他死了，
终于我也相信了。

01

六月的最后一天，雁南城晴转多云。

午后三点，成团成团的白云将天空覆盖，天气有些闷热。施喜念从小旅馆出来，左转后沿着街口往前，走过斑马线，在转角的花店里挑了两束黄白相间的菊花，随后路过十字路口，往斜对面的公交车站走去。

这个时间点，公交车站台上只有寥寥的两三个人。

施喜念随意站在角落里，时不时朝着车辆来时的方向张望。

等了好一会儿，公交车才从远处的十字路口转弯过来，缓缓靠近。等公交车到了站，她捧着花束上前，迈步上了车。整辆公交车空荡荡的，只有司机一人，她将公交车卡贴近读卡器，"嘀"一声后，人径自走到公交车后门旁边的位置上坐好。

就在公交车重新启动时，一个人影从站牌后方的某个店里出来，迅速拦了一辆出租车。

施喜念不知道，她虽然离开了 A 市，却始终没有离开过出租车内那个人的视线范围。

满怀心事的她一路上表情凝重，空洞的眼神里缥缈着不知名的伤感，目光漫不经心地穿过玻璃车窗，落在一掠而过的风景里。许久后，隐约听到了司机的连声呼唤，她才后知后觉地恍过神来。

公交车已经到了最后一站——城郊墓园站。

朝司机道了一声"谢谢"，仍有些失魂的她抱着花束下车，脚下忽地一崴，差一点就从公交车上摔了下去。

司机见此一惊，连忙关心道："姑娘，你没事吧？"

她站稳回头，尴尬地笑着，摇了摇头。

等公交车离开，整条空旷的马路上只余下她一人，仿佛轻轻一声长叹落下都有了浅浅的回音。施喜念叹一口气，小心翼翼地迈开步子，走到马路对面，循着仿佛看不见尽头的山路往上走。

落地的每一步，恍若都能勾起记忆中的某个画面，猩红的，又或是灰黑色的。

心有余悸的她一遍一遍地深呼吸，一遍一遍地将脑子里描绘出的画面抹掉，生怕一不小心就此坠入回忆的深渊，万劫不复。

彷徨不安的心在空中摇曳着，她强作镇定，双脚却在微颤。

半晌后，一双白色帆布鞋立定在了陆景常的妈妈冯云嫣与陆景常的弟弟陆景丰的墓碑前。

低着头的施喜念深吸一口气，目光怯懦地在墓碑前打量着，墓碑前没有瓜果贡品，没有花束，也没有凋零的花瓣。

失望从眸子里悄然掠过，她微微凝眉，腾出一只手，手指战战兢兢地往大理石上一抹，掌心朝上时，她看见指腹上沾上了一层不深不浅的灰尘。

陆景常没有来过。

他当然不可能回得来。

她心知，本就不该妄自揣在怀中的念想，最终亦如注定，余下整片整片荒凉且绵绵的悲伤。

强忍住眼眶里的泪水，施喜念咬紧着牙关，压抑内心的情绪。

一个惘然若失的深呼吸落罢，她身子一弯，蹲了下去，单膝跪在地上后，凝目蹙眉之际，她将花束放在了墓碑前。闷热里突然吹来了一阵阴风，她冷不丁打了个冷战，抬眼时，冯云嫣的遗照猝不及防地落入了眸中。

刹那间，黑白照片里凝固着的笑容，偏在她眼中生了几分诡谲阴森。

施喜念倒抽了一口冷气，慌慌张张低头道歉："对不起，我知道我不该出现，可是……"

话说了一半，一口气哽在了喉间，不上不下，半张着的嘴巴再说不出一个字。

缓了好些时候，她才硬生生地将卡在喉咙里的那口气咽下，抬起手来，抹去渗出眼角的泪，从包包里拿出一张折了好几下的白纸，然后小心谨慎地摊开。

那是一张建筑设计图，右下角清晰地印着陆景常的签名。

若不是陆景常的室友管叔明将这张设计图送来，她想，她大概连最后可供惦念的东西都要错失。

想着，她一边抚摸着他的签名，一边说："这是阿常哥哥的……遗物，我会代替他，实现他的梦想，成为一名建筑设计师。等我完成了他的……遗愿，我就会去向你们赎罪的。"

遗物。

遗愿。

说到这两个词时，她总要咬着牙，花费好大的力气地将字一个一个吐出，仿若在强迫着自己去接受那样的事实——

"陆景常……他死了。"

郭梓嘉是这么说的，每一字，每一个字里的语气，她都记得清清楚楚。

每每回想起这句话，施喜念总觉得每一个字都是一把锋利无比的刀，一下一下地剜着她的心。

心跳还在继续，紊乱无章。

呼吸里是浓烈得令人皱眉的血腥味。

她再没有借口去怀疑郭梓嘉那句话的真假，没有人比她更清楚，于陆景常而言，最重要的是什么。

如果连母亲和弟弟都"不要"了，那只能证明，他真的不在这个世界上了。

念想之余，心上悲怆纷至沓来。生怕悄然掉落的眼泪会沾湿了设计图，施喜念忙抬起了手，掌心按住双眼，用力擦拭。恍神间，一阵冷风从边上吹来，将她握在指间的设计图吹走。

"我的设计图！"

她不住尖叫起来，起身正要朝着设计图飞走的方向追去时，一个人影从边上蹿了出来。

一心只记挂着设计图，施喜念小跑着追过去，一双眸子紧紧地盯住在风中翻滚的纸张，根本没有心思看一眼帮忙的男生。等她跑到了长梯旁边，男生已经抓住了设计图。她心下一定，长出了一口气，哪知那人在拿到设计图的瞬间，脚下一滑，整个人从长梯上滚落下去。

"啊！"

她失声尖叫，眉心簇拥着惊吓。

随之，恍惚回过神来，她一边快步跑下长梯，一边问："你还好吧？"

男生沉默地抬起头来，刹那间，施喜念刚要落地的脚往后退了一步，整个人直直立定着。

她没有想到，眼前的人居然是郭梓嘉。她很快反应过来，眼里充斥着警惕："你跟踪我？"

质问时，她目光在设计图与郭梓嘉之间来回打量着，似乎怕他毁掉那张设计图。

郭梓嘉一眼就洞悉她的忐忑，心里有嫉愤在蠢蠢欲动，可他只是皱紧着眉头，未挑明什么，紧接着往上迈几级台阶，把设计图递过去给她，说："拿好，再被风吹跑了，我未必能拿得回来。"

施喜念一怔，立马接过设计图，下意识护在了怀中："谢谢。"

"那天，是我冲动了。"郭梓嘉别过视线，口吻温软，高高抬着的下巴有些许傲然的姿态，像是倔强地表明自己没有道歉的意思。

顺着他的话，施喜念即刻想起三天前的那个午后。

那日午后，她从医院住院部走到另一栋楼，一路上阳光明媚而招摇，晃得她的眼睛几欲睁不开来。大概是太平间里的温度太低，所以她清楚地记得那段路上落在身上的每一寸阳光的炽热。

她从来没有想过，陆景常留在她记忆中的最后一面会是面目全非的。

大火烧焦了陆景常的整个身子，她根本无法辨认那是不是他，心像是突然被掏空了一样。她悲痛欲绝，下意识地否认那是陆景常，偏偏郭梓嘉残忍地摆出证据，指着尸体的小腿，证明那就是被木梁砸断了骨头的陆景常的小腿。崩溃之下，她跌跌撞撞地跑出了医院，失魂落魄地走在大街上，看见一个人就上前抓住他，质问陆景常的生死，质问他的下落，犹如失心疯一般。

直至天色黑了下去，冷风骤起，暴雨突袭，高烧未退的她仍然徒步走在大街上，郭梓嘉上前劝阻，强硬地要将她带走。不料，她激烈挣扎，竟跌倒在路上，小腿被路边的小石子磕出了一道红色的小口子。那日不欢而散后，两人就再也未碰过面。

回忆匆匆忙忙，施喜念深吸一口气，想起方才他替她拿回设计图时候的奋勇，心下感激正盛。随后，再抬眼，目光落在他的手臂上，被台阶擦伤了的红色口子一道道错落着，她于心不忍，皱紧了眉，说："你受伤了。"

话落，将设计图折好放进包包里，她又从里面翻出创可贴，拉起他的手，默不作声地将创可贴贴上。

02

从城郊墓园站上车，公交车上仍旧只有司机一人。

走在前头的施喜念环顾一眼公交车，然后径自走向后车厢，在车门口的位置坐下。只是，向来都青睐窗口座位的她，这一次偏偏坐在了外边临近过道的位置上，分明是不肯与郭梓嘉同坐。

她终究还是心有芥蒂。

郭梓嘉蹙眉看着她，一步步走近，最终仍是绕过她，坐在了她后面的座位上。

他知道，她生气是因为美术室的那场大火过后，在她醒来时，他告诉了她陆景常的死讯，还生生拖着她去太平间里认尸，按着她的头逼着她去看清那具烧焦了的尸体，去辨认陆景常的脸，去确认陆景常被木梁砸中的小腿。

他知道，她最生气的是，在她悲痛欲绝地抓住他的衣衫，质问他为何不救陆景常时，他说的那一句——

"我救你是道义，至于陆景常，我没有那个义务。"

想起半个月前的一幕幕，耳边似乎回响着那一日施喜念撕心裂肺的嘶吼："你怎么可以这么残忍？！"

残忍吗？郭梓嘉深吸了一口气，左手无意识地抚着右手手臂上的创可贴。

约莫与尾指一般大小的创可贴下，施喜念给予的小温暖让他轻轻一笑，血液点点滴滴汇于心脏。

也许是很残忍吧，他凝眉想着。可是，哪怕那一刻施喜念恨他恨得咬牙切齿，他依然觉得值得，因为在她单膝跪在陆景常家人的墓碑前时，他看见，她已经开始接受陆景常的死。他相信，一个死在了回忆里的人，终究要被清空，一旦她的心有了多余的位置，他就能乘虚而入。

凝想间，郭梓嘉侧着脸，抬起下巴，目光落在玻璃窗上。

一层浅浅的灰尘蒙在玻璃上，窗外的风景多了几分朦胧感，就连施喜念倒映在上面的侧影都显得朦胧不清。

公交车驶过一站又一站，从郊外开进城镇的一路，车上依旧只有他们俩与司机三人。

冗长的安静里，空气里弥漫着慵懒的气息，偶尔有广播里字正腔圆的女声在报站，在临近黄昏的下午，叫人昏昏欲睡。

眼看前座双目闭合着的施喜念正摇头晃脑着，郭梓嘉忙伸手过去。恰好，他的手才架过椅背，施喜念脑袋一偏，正枕在了他的手臂上。

笔直的手就这样僵放着。

鼻腔下是施喜念的脑袋，洗发水的清新花香隐隐约约偷偷摸摸地潜入每一寸呼吸里。郭梓嘉一动不动，身子前倾着的他，抬起另一只手，握成拳头，抵在施喜念的椅背后，默默承受着她的倚靠。

公交车很快抵达下一站，广播声响起："各位乘客，××中学站到了，请从后门下车……"

郭梓嘉心一提，皱着眉盯着施喜念的后脑勺，生怕这广播与接连着上车的乘客惊扰了她的睡梦。

还好，她睡得很沉。

而他却成了别人目光的聚焦点。

恰逢是放学时间，上车的多是初中生，正是爱做梦的年纪，女生们看见郭梓嘉守护施喜念的这一幕，满眼羡慕。偶然与郭梓嘉四目相对时，有女生失声尖叫，郭梓嘉蹙着眉冷冷瞪去一眼，虽叫人心生惧意，偏又有女生在心中描绘遐想一出言情戏码。于她们而言，郭梓嘉就如同另一个世界走出来的王子，有着自己的高傲，对周遭一切冷眼以待，唯独对施喜念纡尊降贵。

没有人去深究，为什么她与他会是前后座位。

也没有人去故意打扰，企图坐到那两个空位置上。

一波接着一波的凝视，一站又一站的旅程，人来人往不算多，一路上有三三两两的人抓住扶手，或向两人投来羡慕的注视，旋即微微一笑，或自顾自沉浸在自己的世界，大家都默契地未曾有半句怨言。

许久，公交车终于抵达总站。

天色已渐渐昏暗，微醺的霞光晕染在天际。

郭梓嘉依旧沉默着，僵直着的右手轻握着拳头。直至司机前来招呼两人下车，施喜念才悠悠醒来，一只手揉着惺忪睡眼，一只手去摸脖子，她才后知后觉地感觉到紧贴住她脖子的温热。

犹如受惊一般，她猛地站起身来，从上往下俯视着郭梓嘉时，满眼的错愕里若隐若现着戒备。

她不说话，不问他怎么不叫醒她，郭梓嘉也沉默不语。

对峙时，还是司机多嘴，笑着说："你男朋友可被你枕了一路，动都没动一下呢。两个人相处，争吵总是难免的，但有时候能不计较就不计较吧。人生的路长着呢，要找到一个真心对待自己的人可不容易。"

闻言，施喜念咬了咬唇，有些尴尬无措，心下感谢，只是张口时却依旧冷淡地说："走吧。"

话音一落，她便逃似的转身。

下车后，径自走了两三米路，身后都没有紧随过来的脚步声，施喜念蹙眉回头，身后空荡荡的。

无奈地叹一口气，她只好返身上车，问他："怎么还不下车？"

郭梓嘉依然保持着方才的姿势，听到她的声音，嘴角浅浅往上一勾，笑着说："嗯，你先走。"

施喜念狐疑地打量了他一番，目光最终定格在他的手臂上。

霎时间，狐疑尽数消退，眼里歉意满满。

犹豫了一秒，她叹气往前跨了一步，一边抬起双手落在他的手臂上轻轻按摩着，一边故作不爽地碎碎念："不仅害我坐过了站，自己手脚还被枕得发麻，你这么精明的人，怎么也会犯糊涂？"

郭梓嘉莞尔凝视着她，未有半句反驳。

有时候，话很多的施喜念和话很多的施欢苑真的挺像的，只是在从前的记忆中，只有他给施欢苑按摩的画面，施欢苑说："你得有一技傍身，哪怕我不要你了，你也有资本找下一个美少女。当然啦，你要是胆敢想着找下一家，我会让你的下一家再也找不到家。"

03

朦胧月色下，清风似饮醉了酒，晃晃悠悠地从身后旋舞着过来，冷不丁撞上了路边的榕树，嬉闹声霎时盈满了整条街道。

"给。"

微风中，郭梓嘉的声音轻轻飘来。紧接着，施喜念闻到了烤肉串的味道。

她刚立定，一低头，一串烤肉串映入了眸中。

施喜念咽了咽口水，她确实有些饿了，只是脑子里第一时间却是思疑：他什么时候走开去买了烤肉串的？

从公交车站走到这条不知名的马路上，足足花了一个钟头，她沉浸在沉默里，郭梓嘉始终默默紧随其后。

明明只需十五分钟，就能等到下一班从总站出发的公交车，她偏要一意孤行，徒步走在盛夏的夜里。郭梓嘉不知道，她只是想借着夜风清醒清醒，因为在给他按摩手臂时，两人四目相对的刹那，她恍惚觉得自己就是施欢苑。

她不喜欢这种错觉，或许，确切地说，她有些恐惧。

她怕身体里真的住了两个灵魂，她怕自己会败下阵来，变成施欢苑，就好似陆景常不在了，施喜念也要消失。

见她迟迟没有接过肉串，郭梓嘉直接拉过她的手，把烤肉串塞到她手里，说道："微辣的，我知道你吃不得辣，但这附近只有这家烧烤店。"

刚缓过神来的施喜念又一怔，片时才挤出了两个字："谢谢。"

她低头轻咬一口，齿间的肉块香气浓郁肉质鲜嫩，微辣中隐约藏着一丝蜂蜜的清甜。

脑子里不由自主地浮现出施欢苑将肉块吐掉的一幕——紧皱着的眉头，伸出口来的舌头，脸上的表情无一不是嫌弃，除此，勾勒在脑海中的想象里还有施欢苑十分嫌弃的声音在说："辣不辣，甜不甜，这什么烤肉串啊？"

想象逼真，施喜念忍不住失笑。

口味与性格，大概是同一张脸下，最大的偏差吧。

自小时候起，施喜念的性格就像极了母亲，温婉柔软；施欢苑则简直是父亲的翻版，唯一的区别是，父亲年少时的豪迈叛逆生生被她演绎成刁蛮泼辣。相反，在吃东西的口味上，施喜念偏就随了父亲，喜好甜；施欢苑的口味反而随了母亲，无辣不欢。

只是，意外的是，郭梓嘉记得施欢苑嗜辣，竟也记得她喜甜。

胡思乱想落罢，她忽地偏头问他："你的烤肉串是什么口味的？"

没想到她会关心他的口味，郭梓嘉稍稍一愣，随即将嘴里的肉块吞了下去，慢悠悠道："和你的一样。"

"哦。"施喜念习惯性地点了点头，又问，"你吃得惯这个味道？"

她好奇又狐疑，微微侧着脸抬起头，一双水灵的大眼睛自下往上看着他。

郭梓嘉笑笑，丝毫没察觉到她的弦外之音，演示似的咬了一大口烤肉，含糊着声音言简意赅道："挺好的。"

喉咙像被什么堵住，施喜念没再说话，闷声低头，一口一口咬着烤肉串。郭梓嘉哪里知道，在问起他的烤肉串口味之前，她恍惚记起一件往事——

初中时，姐妹俩曾在电话里讨论起一部偶像剧，施喜念问施欢苑："会不会有一天我们也会喜欢上同一个男生？"

那时的施欢苑听了她的问题，捧腹大笑起来，十分笃定地说："才不会！我们只是长得像，喜欢的东西相差十万八千里，就好像辣椒跟蜜糖，喜欢吃蜜糖的人无法体会辣椒的快感，喜欢吃辣椒的人无法接受蜜糖的甜腻。这个世界上也不可能存在一个人——他既无辣不欢，也嗜甜如命。所以，我们绝对不会喜欢上同一个男生，同样地，喜欢你的男生也绝不会喜欢我这个小辣椒，喜欢我的也绝不可能会爱上你。"

就如施欢苑所说，她喜欢的，郭梓嘉也会钟爱，因为爱屋及乌，所以，她讨厌的，郭梓嘉也应该要厌恶。

可是，郭梓嘉不是。

相反，他好似就是施欢苑口中那个酷爱辣椒也能爱上蜜糖的"不可能"。

施喜念不由得皱了皱眉。她想，大概是如此，他才可以接受，除了相貌以外，身上再无任何一点与施欢苑相似的施喜念吧。

胡思乱想的时候，郭梓嘉的体贴都被悄然抹去，施喜念咬下最后一块烤肉，隐约在舌尖上漫步的清甜蜂蜜倏忽间也透着不怀好意，宛若要贿赂她心甘情愿地成为替代品。

偶尔，她也会想起戴心姿，譬如这一时刻。

自从美术室大火之后，施喜念就再没有见过戴心姿。在医院里，警察曾经过来给她录口供，她支支吾吾，最终仍选择隐瞒是戴心姿将她困在美术室的，那时候她只是不想毁掉戴心姿而已。想起那一日烧红了眼睛的大火，施喜念是恨戴心姿的，可是，有时候，她也会无法自控地想，如果郭梓嘉看中的代替品是戴心姿，是不是就没有后来这些悲欢离合了。

如果是戴心姿，陆景常就不会死，郭梓嘉大概也不必与她纠缠不清，她也不会与戴心姿反目为仇。

那该多好。

看不见低着头的施喜念眉心的烦恼，郭梓嘉只看见，她把烤肉串全部吃光。

嘴角漫起宠溺的笑，他很快递上一瓶矿泉水给她，指着不远处榕树下的花坛，说："不如到那边休息一会儿？"

"不了。"接过矿泉水的施喜念摇摇头，一边用力拧开瓶盖，一边问，"一共多少钱？"

"要算那么清楚吗？"郭梓嘉闻言，微扬的嘴角霎时耷拉下来。

"我不想欠你什么。"施喜念仰着头灌了好几口矿泉水，随后将拧紧的矿泉水瓶丢进包包，掏出钱包，等待着郭梓嘉的答案。

见状，郭梓嘉嗤笑一声："行吧，那你先前在医院里的一切花销是不是也该一并还了？"

他揶揄的语气里分明充斥着不悦，施喜念抿嘴，不做半句反驳，乖乖地打开钱包。可仅有的两三百块根本不足够垫还住院花销，于是她凝眉敛息，抱歉说："不好意思，我钱包里的现金不够，你给我账号和数额，我直接转账给你吧。"

"就用你自己还吧，再说救命之恩也无法用金钱衡量。"郭梓嘉神情忽地凝重，一把将她拉到了怀里，左手绕过她纤细的腰，将她紧紧扣住。

"叭——"

刹那间，身后一阵刺耳的喇叭声响起。

施喜念感觉到有一股冷风贴着她的后背疾驰而过，心霎时提到了半空中，一口凉气也卡住在喉咙里。

她的耳朵就贴在郭梓嘉的左胸膛上，脑袋被他的右手按住。

好半晌过去，依稀听到了郭梓嘉的心跳，心有余悸的施喜念才恍惚回过神来。

心慌意乱的她推开郭梓嘉，羞怒之际，她像是短暂性失忆，忘了正是因为郭梓嘉将她拉进怀中，才避免了一场车祸意外，只知道这亲密拥抱已经越过了她的戒备线，脑子里也只余下货车驶过之前他那一句暧昧不明的"就用你自己还吧"。如此想来，这拥抱分明不像是救命，而是别有目的，于是她恼羞成怒，甩了他一个耳光，大吼："你疯了吧？！"

郭梓嘉吃了一记耳光，冷眸睥睨着她。

安静的街道上，只余下施喜念咬牙切齿的质问："郭梓嘉，难道你不觉得，把我当成姐姐，对姐姐来说，就是一种背叛吗？"

她歇斯底里的样子，一点也不可爱，一点也不像施欢苑。

郭梓嘉心中有气，凝眸逼近她，旋即抬手用力扣住她的下巴，恶狠狠地说："如果我移情别恋的是另一张脸，那才是背叛。"

他说话时，气息扫过她的鼻尖与唇瓣，施喜念感觉到了一股令人几近窒息的冷。

04

凌晨三点钟。

冷水透过头顶上的花洒，湿了头发，冷了身子。

一寸一寸的冰冷，从头顶开始一直往下，渐渐漫过右手，手腕上曾隐隐作痛的地方，如今只余下浅浅的一圈牙印。郭梓嘉低眉垂目，目光落在浅浅的印子上时，忽地觉得上面的红色无比刺目，宛若是记忆不动声色地给那一圈齿痕描上了血色。

耳边，"哗哗哗"的水声还在继续，郭梓嘉仰起头，闭上眼。

那是三天前的午后，高烧未退的施喜念冒雨趴在草坪上，失魂落魄，偏偏一心要找到陆景常送给她的木盒子，默默陪伴的郭梓嘉终究看不下去，硬拽着她离开。两个人拉扯之下跌倒在草坪上，施喜念的小腿被小石子磕出一道血口子，他心急关心，她却抓过他的手，狠狠地咬下这一口。

郭梓嘉深呼吸，依稀间，他似乎闻到了那一日嚣张跋扈在空气中的血腥味。

像受到了魅惑，他再次低头，合眼的同时不自觉地抬起手，双唇准确无误地覆在了齿痕上。冷水润过温热的唇瓣，碰撞出璀璨的烟火，将晦涩的记忆都明亮，他不由自主地想起了曾在陆景常面前强夺了施喜念初吻的一幕。

顷刻间，心弦在微颤。

从前只有恨意与妒忌的吻，居然有了一丝蜜果的甜。

过去他狠心咬破她唇时的血腥，如今如添了一勺蜂蜜，渗在满浴室水汽里，味道晦涩难明。

施喜念。

听到心在悄悄地呢喃呼唤，郭梓嘉立刻眉头深锁。

心中有情愫在蠢蠢欲动，迷雾里，有两张一模一样的脸在交叉着叠合着。

脑海中的暗黑渐渐被火光点燃，郭梓嘉想起了 A 大美术室的那场大火。在电话中听见施喜念惶恐不安的求救之后，他立刻就赶到了现场。当时的他没有想到，在自己呼唤着施喜念的名字冲入火场的时候，陆景常就在围观的人群中。

他以为自己是唯一的英雄，但，紧随其后的陆景常却先一步找到了施喜念。

烈火横行无忌，差一点就要触及他的衣衫，而他的目光始终紧锁在陆景常与施喜念身上。

彼时，被陆景常拥在怀里的施喜念正莞尔轻笑。

那一瞬，她嘴角的微笑特别刺目，仿佛有火叫嚣着袭来，烧红了他的眸子。

郭梓嘉知道，"妒忌"的猛兽在叫嚣在放肆，他到底没能抗衡，迈开了步子就想冲上去跟陆景常较量。他想，哪怕是将施喜念扯成了两半，也至少还有一半属于他，而不是像当下这样只能旁观。然而，脚踏往前方的时候，他一个不经意抬眼，就见到陆景常头顶上的木梁正悄无声息地落了下去。惶愕过后，他凝眸蹙眉，故意闭上了微微张开着的嘴巴，拉回了即将落地的脚。

他亲眼看见，燃着火光的木梁砸中了陆景常。

后来的事，他没由着记忆继续。大抵是心虚，所以意识先发制人，切断了脑海中的回忆。

随后，他叹一口气，抬手扭了下开关，花洒的水声顿时消下，空旷的浴室里只余下轻微的"滴答滴答"声与粗重的呼吸声在回荡。

不由自主地，他又想起了施喜念。

随即，隐隐约约地，数个钟头前施喜念咬牙切齿的声音又徘徊在耳边——

"郭梓嘉，难道你不觉得，把我当成姐姐，对姐姐来说，就是一种背叛吗？"

郭梓嘉眉心一紧，嘴边才滑出一句蓄满愠怒的"笨蛋"，下一秒，反驳否认就全堵在了喉间，心里有不可思议的念头在苏醒，悄声细语，说他看似生气的恶言里分明充斥着宠溺，说他看见烤肉摊上的辣椒酱时皱紧了的眉头，分明就忘记了施欢苑的存在，说他已经不知不觉就……

不可能！

念想至此，郭梓嘉猛地用力将头一甩，头发上的水珠向四周飞出，蒙上了白雾的镜子落下了点点泪痕。

他想，他一定是疯了。

不敢再胡想下去，他连连深呼吸，将情绪平复，也将脑袋清空。

等心跳不再惶悚不安，理智征服了烦惑，他抬起手，掌心贴在镜子上，幽幽一抹之后，他看见自己一半的脸清晰地映在上面，另一半还隐在白雾里。再抬眼，与自己对视时，那双幽黑的眸子里隐隐约约映着一张脸。

　　眉心紧蹙的郭梓嘉仰了仰下巴，手指抚着镜子上眼睛的位置，神情匿着歉然。

　　下一秒，迷离的声音不知不觉就沾上了浴室里的雾气——

　　"我是爱着欢苑的，我不可能，也绝对不会……"

　　"欢苑，我是爱着你的，你信我。"

　　"你信我的，对不对，我不会背叛你的，永远不会。"

　　"施喜念只能变成你，她会是你，她就是你，我爱的只有你。"

　　"自始至终，只有一个你。"

第二章

/

漫漫时光抵不过凉凉欢喜
郭梓嘉，我不是施欢苑。

01

清早的晨光照在氤氲的雾气里，朦朦胧胧的，整个世界都温柔了。随即，晨风姗姗而起，尾巴掠过楼下小花园，揣一抹清新的茉莉花香，跃过高墙，钻入敞开着的窗口，脑海中混浊不清的云雾即刻被风吹散。

转瞬，郭梓嘉扣住她下巴逼近她的画面清晰地在眼前浮现。

施喜念立刻敛住呼吸，脸上一阵森凉，恍似乘着风回到了前一晚，扑在脸上的风温度也随之低了一些，像极了他说话时扫过她脸上的那阵沁凉。

发疼的眉心紧皱着，施喜念抬手揉了揉，然后逃似的朝浴室快步走去。

双手掬一捧冷冰冰的水，泼到脸上，很快卸去了那抹莫名躁动的绯红。

当晚他说话的声音语调明明叫她惴惴不安，但偏偏凝目注视她时，眼中流露出的情愫暧昧了空气。可惜，施喜念没将重点放在"移情别恋"这个成语上，反而给郭梓嘉话里的"另一张脸"画上了重点线。自始至终，郭梓嘉都不过是因为同一张脸，所以堂而皇之地把她当作施欢苑的替身。

抬头看向镜子，施喜念意识无比清醒。

有时候，她特别讨厌镜子里的这张脸，是"它"拉开了她与陆景常的距离。

有时候，她宁愿当初戴心姿划在她脸上的那一刀能够留下疤痕，狰狞也好，可怖也罢，至少那样子郭梓嘉就能分得清楚，她到底是谁。

深呼吸落下，施喜念再次低头，往脸上使劲泼着水。十分钟的简单洗漱后，身上的睡衣褪去，她换上了干净的运动服。反正睡不着，向来很少运动的她忽然就动了晨跑的心思，想利用多巴胺舒缓一下郁闷的心情。

出门时，她下意识地左右看了下。

心里总是忐忑，不愿意与郭梓嘉狭路相逢，好在，离开了宾馆，慢跑着过了三个街口，都不曾遇见他。

依稀记起前一晚，步步紧逼之后，他拦下一辆出租车，将她塞进车内，却把自己遗落在微凉的夏夜里。

回想之际，脑子里挥散不去的，是透过出租车的后挡风玻璃看见的落寞的身影。

很快，出租车越行越远，郭梓嘉的身影越来越模糊，不多时就消失在她的眸子里。

路边微醺的灯光在回忆里摇摇曳曳，施喜念听见心里有个声音在问她：如果他不是把你当作欢苑，你还会恨他吗？

她霎时哑然无话。

然后记起他说过的最残忍的两句话——

"陆景常……他死了。"

"我救你是道义，至于陆景常，我没有那个义务。"

她与郭梓嘉之间，不仅仅横隔着一个施欢苑，还有一个在她生命里不可抹去的陆景常。

每每想起郭梓嘉说那两句话时声音里的冰冷，施喜念都不自觉地咬紧着牙关，拧紧着眉毛，一脸愤然。

她知道，王淑艳说得对，郭梓嘉或许只是嘴硬，当时的火烧得那样大，他拼尽全力救了她，想返身回去美术室也无能为力。

她没有责怪他的借口，只是，心里依然会介意，会不由自主地怪罪。

思绪纷乱，脚下的步调无意识地加快，不知过了多久，路过某街口的她才喘着气，缓步走在阳光下。

耳边依稀传来悲切的奏乐。

在雁南城这样的小城镇里，这悲乐一点也不陌生，哪户人家若有丧事，总连着几天的吹吹打打。

施喜念循着声音偏头，下一秒，郭梓嘉就防不胜防地出现在眼前。

街口往里面走去，一户人家门口整齐地摆着几个花圈，西装革履的郭梓嘉就站在花圈旁，对面站着一个年约四十岁的中年男人，一身白色孝服，俨然是办理丧事的主人家。

施喜念微微蹙眉，心下狐疑。

于郭梓嘉而言，雁南城是一个陌生的城市，他在这里人生路不熟，绝不可能会是来参加某个亲朋好友的葬礼。

思及此，按捺不住好奇的施喜念默不作声地快步走近。

很快，两人的对话就穿过低沉悲郁的奏乐，隐隐约约地钻入了躲在花圈后的施喜念的耳道里——

"这是美国著名外科医生布朗先生的名片，你联系看看，说不定你儿子还有治疗的希望。"

"郭先生，真的……真的太谢谢你了！"

"没什么好谢的，陈大爷的死，我也有责任。"

"哪是啊，郭先生，你别这么说，我父亲早在两个月以前就被确诊患有胃癌晚期，根本没有治疗希望，医生也说时日不多，你也是知道的。只是老人家想不开，总耿耿于怀，觉得对不住那位施小姐，才会郁郁寡欢。说起来，若不是郭先生在我们家最困难的时候帮了我们一把，也许我儿子早就……"

"只是交易罢了。"

"对于我们一家而言，已经是大恩了。父亲在世时也不止一次说过，是先生你给了我儿子活下去的希望。虽然我也不太赞同郭先生你要我父亲欺骗施小姐和那位先生的做法，但也能够理解，你是为了帮助那位小姐走出不幸的过去。"

话至此，施喜念顿时想起那个黑黑瘦瘦慈眉善目的老人家。

一个月前，陈大爷联系到她，说当年有人给了他一笔钱，他才会出庭做伪证，证明她有不在场证据，她信了他的说辞，给了他陆景常的联系方式。然而，法庭上郭梓嘉却摆出陈大爷受贿做假证供的证据，指责他受贿陷害施喜念，以至于那场官司成了笑话。

对于年迈的陈大爷，施喜念没有责怪之意。

对于郭梓嘉当初的戏弄，她也早就心中有数，此时此刻，她错愕的仅仅是郭梓嘉对陈大爷一家的照顾，以及陈家对他的感激。哪怕当初是他害得陈大爷有了牢狱之灾，但在陈家眼中，郭梓嘉依旧有恩于他们。

施喜念正胡想着，悲乐停歇，突然有个稚嫩的声音刺破了空气——"郭哥哥！"

她抬眼看去，只见一个同样穿着白色孝服的女人推着一辆轮椅走过来，轮椅上是一个十岁左右的小男孩，他正笑着朝着郭梓嘉挥手，脸上不见太多的悲伤。

她眨眼，目光收回，落在郭梓嘉脸上，恰巧看见他嘴角上淡然的笑意。

紧接着，轮椅被推到郭梓嘉跟前，男孩得意地拿出一个魔方，说："你看着哦，我只需要八秒。"

八秒，色彩凌乱的魔方被掰回原样。

郭梓嘉温温笑着，旋即伸手摸了摸男孩的头，说："目前三阶魔方的官方世界纪录是 4.69 秒。"

施喜念顿时怔住。

不是没有见过他温柔的模样，只不过，她总以为，那是施欢苑的专属。

直至郭梓嘉与陈家人告别，从她的身旁路过，施喜念才唤住了他，说："我第一次见你对除了我姐姐以外的人好。"

四目相对时，她看见了郭梓嘉眼里稍纵即逝的愕然与狐疑。

旋即，他嗤笑一下，别有深意地看着她说："反正在你心里，我不是好人。"

施喜念下意识地张了张嘴，想要否认，话却堵在了喉咙里，半晌都吐不出来。

气氛颇有些尴尬，她深呼吸，宛若将卡在喉咙里的字一个一个吞咽回肚子里，转而抿抿唇，话锋一转，问他："饿不饿，我请你吃早饭。"

"哦?"郭梓嘉十分惊讶,随即扬唇轻笑,"好啊。"

"只是昨晚烤肉串的回礼而已。"不仅是郭梓嘉,就连她自己都有些讶异得合不上嘴,只好努了努嘴,添一句多余的解释,即便更显得此地无银。

02

十点钟,新开的茶楼里,门庭若市。

没有早一步也没有晚一步,施喜念与郭梓嘉抵达茶楼时,全场只余下角落的一张二人桌。

两个人面对面坐下,简单的茶具餐具就摆在眼前,着红色旗袍、黑色高跟鞋的咨客一边开单,一边礼貌亲切地问道:"两位喝什么茶?"

"普洱吧。"郭梓嘉娴熟地放水煮水,漫不经心地回答。

"你想吃什么?"在咨客放下茶包离开后,施喜念抻长脖子,朝四处张望。这边的茶楼都是自助式服务,所有的茶点都放在餐车里,由服务员推着餐车一遍遍穿行在茶楼内,顾客想吃什么就直接从餐车里拿,再将单子给服务员盖章就好。

见她探头探脑的,郭梓嘉莞尔浅笑:"等下我去拿吧。"

施喜念回头看他,正想说话,却见他拿起发烫的热水壶,微微一倾,热水从壶口倒出,热气袅袅。

她恍惚有些失神。

等那阵热雾散去,眼前的郭梓嘉轻车熟路地泡起了茶,从温杯、醒茶、冲泡,到最后装着亮红色普洱茶的茶杯被推到她跟前,每一个步骤都一丝不苟。施喜念端起微略烫手的茶杯,靠近嘴巴,深呼吸，鼻腔里都是纯正自然的茶香。

误以为她迫不及待就要品茶，郭梓嘉贴心又讲究，说："再等等，现在烫口，等一会儿温度适口了再喝能品得更细致。在这里只能简单随便地给你泡个茶，下次有机会我再给你泡功夫茶。用紫砂壶泡出来的功夫茶，可是我家老头子的最爱。"

他的话音还未落下，施喜念脑海里就响起了陆景常的声音——

"哎，小心烫口！茶不是这么喝的，要等温度适口了再喝，茶香味就更细致。"

"嗯，知道了。"施喜念抿嘴笑了笑，不知是在回答眼前的郭梓嘉，还是在回答记忆里的陆景常？郭梓嘉不知道，在他泡茶的整个过程里，施喜念凝眸盯住那双忙碌的手，脑子里却反反复复地想着陆景常。

陆景常的父亲是个很热衷功夫茶的人，母亲冯云嫣和两个儿子说起丈夫泡功夫茶时候的严谨与魅力，两眼总是放着光。陆景常听得多了，懂事后自学泡茶功夫，泡出来的茶总让冯云嫣记起前尘往事。

施喜念想着，悄悄吐一口气。

她隐约明白，从前的冯云嫣不见得有多爱茶，只是一杯浓茶能让冯云嫣深陷回忆，记起拥抱时故人怀中的体温。

如这一瞬感同身受的她。

思绪再一次迷路之前，她匆忙从旧记忆里挣脱，而后微蹙着眉，握住茶杯的手无意识地一抬，茶杯猝不及防地就吻上她的唇，紧接着，滚热的茶水将她烫得失态，差一点就把茶杯丢掉。

她忽地如此狼狈，郭梓嘉连忙起身，一只手递上纸巾，一只手接过茶杯放在桌子上："怎么才刚答应转头就喝了？"

他眉头上了锁，责备里充斥着关心。

施喜念抿了抿唇，缓一口气，尴尬地扯了扯嘴角，没有回话。

郭梓嘉无奈地叹气，手不自觉地摸了摸她的脑袋，看着她时，眸子里的宠溺胜过明媚春光。可转瞬，施喜念就撇了头，避开了他的亲昵触摸，眼中的抗拒一目了然。

见状，郭梓嘉眉心兀地一紧，心中在意，顿时就记起了困扰他一整夜的心事。恍神间，他只觉得眼前施喜念的脸出现了施欢苑脸上才会出现的咄咄逼人的恨意。

眉心不由得皱得更紧，他连忙眨了眨眼，施喜念的脸还是施喜念的，那阵恨意稍纵即逝，分明是他的错觉。

他没再说话，像什么都没发生，拿过桌面上的茶点单子："你先坐会儿，我去拿点吃的。"

起身走到远处的餐车前，琳琅满目的茶点映入眸子，郭梓嘉偏又想起施欢苑。

记得那次施欢苑陪着他一起去蛋糕店，橱柜里的蛋糕斑斓精致，她却兴致不高。与别的女孩子不同，她对蛋糕没有一点兴趣，只踮起脚跟，搭着他的肩膀，对他说："以后我生日，你可千万别给我买蛋糕，要买蛋糕还不如买一份麻辣烫，特辣的！"

她那时说得认真，笑得随意。

郭梓嘉回忆之际，宛若做贼心虚似的，目光来回扫过餐车内的茶点，心里只有一个"辣"字。然而，粤式茶点少辣味，凝眸间，他一边伸手从餐车里拿了一份煎饺，一边问服务员："有辣椒吗？"

服务员笑着说："有有有，我让人拿过去，请问您是几号桌？"

他侧了侧脸，看向远处的施喜念，此时她正一边喝着茶，一边侧着脸看向窗外。

心里莫名悸动，鬼使神差地，他默默将煎饺放回原处，对服务员说："还是不用了。"说话的同时，他一点一点地将施欢苑的影像从脑子里抹去，重新从餐车里拿出一笼笼的茶点，放在了托盘上。

等他满载而归，施喜念目瞪口呆，他没有问她想要吃什么，可满桌子都是她喜欢吃的。

他清楚她的喜好，就像他清楚施欢苑的喜好。

猝不及防地想起施欢苑，施喜念只觉心脏宛若被撕开了一道口子。她凝眸深呼吸，习惯性地想要刁难郭梓嘉，张口就说："我还以为你会拿几笼饺子，再要一碟特辣的辣椒酱呢。若是姐姐在这里，她便会这样。"

闻言，郭梓嘉脸色一沉，故意道："可惜，欢苑一定不会喜欢这里，东西不合她的口味，也不喜欢喝茶，最爱的是冰饮，尤其是可乐。她最不喜欢勉强自己，若你拉着她到这里，恐怕她会皱着眉拉着你去前面街口的小店吃麻辣烫。"

他自以为了解施欢苑，故意嘚瑟着。

施喜念却只是扯了扯嘴角，不屑地露出嘲笑。她想，他根本不懂施欢苑，施欢苑再不喜欢这里，也不可能勉强自己跟她一起去吃麻辣烫。

对于施欢苑来说，施喜念是可以破例的"除外"。

为这特殊的"除外"，她正得意着，企图想要反讽一番，抬眼时偏偏又撞见他温柔的目光。

仿佛方才针锋相对的对话不过是她一人的想象，只见郭梓嘉慢条斯理地夹着一块萝卜糕放进了她的碗里，笑着说："喜欢吃萝卜糕，但又不喜欢里面的腊肉，有没有人说过，你很麻烦？"

她闻言眉目低垂，才发现他已经用牙签小心翼翼地挑出了萝卜糕里的腊肉。

一阵温暖轻轻地拥住她的心，差一点就出口的不礼貌的话霎时消失得无影无踪。其实，她也会感动，论细心体贴，郭梓嘉丝毫不输给陆景常。想着，她默默拿起筷子，夹起萝卜糕咬了一口。

味道是回忆里的味道。

她悄然抬眼。

眼前人已不是回忆里的那一个。

情绪忽明忽暗，她正神不守舍，就连口中的萝卜糕也变得食不甘味。此时，轻抿一口浓茶的郭梓嘉恰好放下了茶杯，两人四目相对，施喜念如同做贼心虚，迅速回过神来，低头的同时，竟随手夹了一个虾饺递往郭梓嘉的方向。

"施喜念……"

下一秒，正当施喜念感觉到筷子的那一头好似碰撞到什么的时候，空气中传来轻微的略带嫌弃的一声呼唤。

她立刻抬起头看向郭梓嘉，只见她筷子上的虾饺正抵着郭梓嘉的脸，而郭梓嘉皱着眉，看起来十分滑稽，也十分无奈。

生生咽下嘴里的萝卜糕之后，后知后觉的施喜念才察觉到自己的"蠢行"，却没有半分过意不去，反而扑哧一笑，似乎眼前是一幕滑稽的逗乐，她越笑越夸张，眼角都渗出了泪滴。

看着施喜念笑着拿手指轻轻点着眼角的动作，刚逼着自己不去惦念施欢苑的郭梓嘉又想起了她。

比起施喜念，记忆中施欢苑的快乐总来得很简单。

遇见特别开心的事情时，施欢苑总会笑得前俯后仰的，随性又放肆，没心没肺，光听笑声就令人觉得她身上仿佛有一种让人一起大笑的魔力。只不过，有时笑得夸张，眼泪就会挤出眼角，然后她就会像这一刻的施喜念，一边笑一边用手指轻点着眼角，将泪水揩去。

回忆已不似从前那么猖狂，动辄就晦暗了心情。

但是，郭梓嘉仍然不敢任记忆随意动弹，他怕的是，来自梦里，施欢苑眉头深锁咄咄逼人的质问。只见他嘴巴默然一合，整个虾饺都滑进了嘴巴里，咀嚼的时候，脸颊两边动作浮夸，谁也没有看见他眼里的晦涩。

他永远不会忘记施欢苑的笑，那是记忆中最无与伦比的美丽。

他还不敢去面对，哪怕他清楚，当施喜念笑得花枝乱颤时，他眼里心中都有了光，暖暖的，明亮而不炽烈。

03

从茶楼出来时，正好撞见送葬的队伍路过。

披麻戴孝的一行人并然有序地走在马路上，听着招摇在耳边的节奏舒缓的悲乐，施喜念遽然间就想起了那个远逝的夏天，想起了陆景常，也想起了施欢苑。

那一日，她也是跟在这样的队伍后面。

从陆家到火葬场再到墓园，冗长的一路，终究没能逃过陆景常的火眼金睛。

那一日，她死皮赖脸地陪着他在墓园里，恭默守静。

陆景常偏偏铁了心要离她而去，将她送他的球鞋丢在了垃圾桶旁之后，大步流星地离去。

回忆到此为止，施喜念不敢轻易深陷，默默深呼吸时，她听见身旁的郭梓嘉在喊她，说："走吧。"

施喜念懵懵懂懂地回过神，抬眼看他，竟将他眸子里的自己看作了施欢苑，于是，随口张了嘴就问："郭梓嘉，你好像从来没有问过我，姐姐安葬在哪里？"

话音刚落，施喜念心中就有了答案。

她想，郭梓嘉该是从未相信施欢苑已经离世一事，就好比她的父母亲。

当年，得知施欢苑车祸意外身亡，崩溃的母亲始终无法接受，精神饱受打击之下，母亲自发性地选择抹去了有关施欢苑的所有记忆。另一方面，因为警方一直找不到施欢苑的尸体，父亲迟疑多番，最终还是没有给施欢苑举行安葬礼，甚至没有立下一尊墓碑。施喜念还记得，当时面对她的反对，父亲叹着气说："就当她还活着吧。"

对于施欢苑，无论是父亲母亲，还是郭梓嘉，他们心中都怀抱着一丝希望。

大概，她是唯一一个相信施欢苑已经死去的人吧。

这么想来，施喜念倒觉得自己残忍得很，不仅轻易就信服了死亡判决，不予施欢苑生还的机会，更以"不小心"为由，撕开了郭梓嘉心上还未痊愈的伤口上的创可贴。旋即，想象着他心口上的那阵隐隐作痛，她于心不忍地皱紧了眉头。

胡想落下，她将郁积在胸口的一口闷气轻轻吐出，然后抬眼与郭梓嘉对视，后者还愣在原地，呆呆地看着她，眉头深锁，空洞洞的眼里晦暗不明。

"很想很想姐姐的时候，大概会很痛苦吧？"默默地收回目光，她抬头看着天空，不动声色地转移了话题。

"痛。"郭梓嘉终于缓过神来，长舒了一口气，也仰起头，"很痛，很痛。"

施喜念不知道，施欢苑出事以后，郭梓嘉费了许多人力物力去搜寻，但始终不敢踏入这座陌生的城镇。

越是在乎，才越是害怕。

郭梓嘉不敢想象，重逢时，施欢苑是葬在墓碑之下的亡魂。

这座城镇对于从前的他来说，是陌生的，也是孤冷的，哪怕当年手下的人一直在强调找不到尸体，他也不敢踏入雁南城。他终日惶恐不安，认定雁南城里就立着施欢苑的墓碑。他不想重逢时就在墓园里，只觉得若是看见了墓碑，就一定要接受施欢苑的死亡。

后来，他千方百计地摆脱父亲的监视控制，随着施喜念来到这里，才发现，这世界上没有一尊墓碑是属于施欢苑的。

凌乱的思绪到这里打了结，郭梓嘉抿一口气，依稀又听见了施喜念的声音。

"其实，我也常常想起姐姐。"施喜念嘴角悬着若有似无的一丝笑，"想和姐姐说话的时候，我就跟自己说话，反正也长着同样的脸。你也差不多吧，我看你钱包里还放着她的照片，大概思念她时，你会对着照片里的她说话吧。有时候也会觉得，姐姐很可怜，生命线那样短，到最后连个安身之处都没有，清明也好，生祭死忌也罢，从没有谁给她上过一炷香，妈妈忘记了她，爸爸不敢提起她，好像也只有你和我记得她。"

不去计较陆景丰的事，不在思念陆景常的时候想起她，心里的怨恨就会被遮盖。

偶尔想起来，她也会觉得于心不安，因为这么久以来，就连一束花，也未能给姐姐献上。

郭梓嘉沉默不语。

若是以前，他应该会冷言强调，施欢苑没有死，但这一句话，不知不觉地，就被拆散，每一个字都落在不知名的地方，寻不见踪影。

直至眼前的送葬队伍离开，悲乐遥遥地散在空气中，郭梓嘉才开口说话，问她："你和欢苑分开多久？"

"嗯？"他的问话有些突然，施喜念反应迟钝了些许，半晌才幽幽道，"从七岁到十七岁，整整十年。爸爸妈妈分开以前，我们一起住在 C 市，一别十年，我再没有回过 C 市，而她一回雁南城就……"

"那你就从没想过回到曾经生活过的城市看看她？就没有想去看看她曾经走过的地方？"

面对郭梓嘉的追问，施喜念哑然无话。

她真的从未想过。

确切地说，在那个夏天以前，她也曾想过，有朝一日要去 C

市看一看姐姐，看一看父亲。不料，还未到那一日，姐姐就来到了雁南城，也永远留在了雁南城。自此，她再没想过要去 C 市，宛若父亲与姐姐都不在了的城市，已经不配她期盼。

伤感伴随着胡想而来，施喜念尚未来得及整理，郭梓嘉已经对她发出了邀请。

他说："去吧，我带你去。"

她闻声回神，他朝着她伸手，脸上带着微笑。

04

施喜念没有应下早上郭梓嘉的邀请，也没有拒绝的意思。

傍晚时分的雁南一中沐浴在橘黄色的霞光中，装饰了旧时清梦。

校门口对面，施喜念坐在冰室最外面的小桌子旁，一边漫不经心地吃着刨冰，一边看着从学校里陆陆续续出来的学生。

往事动不动就迷乱了心绪，脑子里一帧帧的都是关于陆景常的记忆，同在雁南一中四年，施喜念明明有着自己的好友，却总是孤单地将自己遗落在某棵紫荆树下，只为了与陆景常形影不离。

只是，从前紫荆树下等到的那个人，今时今日却再也不会来到她的身边。

她记得，那时候，身边有好多人用"郎才女貌"来形容两人，可是，谁也没有点破"喜欢"二字。

她没有，他也没有，旁人也识趣地缄口不提。

施喜念想着，低头将勺子里一大口刨冰塞进嘴里，舌头霎时就被冻麻了，她却如释重负地笑了。明明与那些活力张扬的女孩子年纪相当，这一刻的她偏偏有着一种叫人心疼的沧桑。

"咔嚓！"

再往嘴里塞一口刨冰时，施喜念听见了相机的快门声。

错愕又莫名的她蹙了蹙眉，随之抬起头看向声源处，郭梓嘉正笑着摇晃了一下手里的胶片相机。

他给她拍了照片。

施喜念尚未来得及表示不满，他已经坐在了她身旁，有些得意地说："前边的照相馆倒闭了，正在出售馆内所有能出售的东西，正好我路过，一眼看中了它。现在好的胶片相机已经很少了。"说着，他又摆弄着姿势，朝着店内拍照。

他的兴奋溢于言表，对于摄影爱好者来说，一部心水的相机就好比一份寻寻觅觅的爱情。很少见他对除了施欢苑以外的东西如此痴迷，施喜念一边不由自主地打量着他，一边不忘怀疑他，说："你怎么也在这里？又跟着我？"

她话音刚落，他的镜头就对准了她，"咔嚓"一下，又拍下了一张照片。

施喜念故意放大不悦，皱着眉，伸手去挡镜头："你不要拍我，行吗？"

闻言，郭梓嘉将相机放下来，笑盈盈地看着她，说："我学过摄像的，拍出来效果不会差。何况，我看见这部相机的时候，就想拍你。"

又来了！

眉一紧，唇一抿，施喜念立刻抬手，手肘抵住桌面，食指指着自己的脸，说："看清楚，这张脸不是那张脸。"

郭梓嘉微微一怔，继而莞尔。

他没有说话，却是清醒无比，正因为清醒，所以心上有愧疚在萌生。

其实，刚和施欢苑在一起时，他就计划着要再买一部胶片相机。他喜欢那种老式的相机，享受拍照之后，冲洗照片、晒照片的等待，享受拍照后底片不得曝光的神秘感。可惜的是，那时他明明看中了一部心水的胶片相机，但施欢苑说，时下流行拍立得，一拍就马上有照片出来。她软硬兼施，最后他只好从了她，放弃了心爱的胶片相机。

若还是当年，这胶片相机里的这张脸，该属于施欢苑。

可是，时光终究弄人。

容不得伤感失控，郭梓嘉忽然站起身来，拉着施喜念就往雁南一中走："走，带我走到你的过去。"

施喜念来不及拒绝，人就被拽着，逆向挤过人潮，踏入了雁南一中。

记忆猝不及防地被唤醒——

左边的公告栏上，曾张贴过陆景常的照片。右边的某间教室，她与陆景常曾一起躲过一场台风。左边的第三棵紫荆树下，陆景常曾给她弹过吉他。右边那间教室外，她曾与陆景常一起趴在栏杆上，一人一只耳机，听的是他的最爱《I could be the one》（倾我所有）……

她一步步踏过记忆中的路，郭梓嘉一下下按下相机的快门。

"咔嚓！"

她在笑。

"咔嚓！"

她嘴角僵硬。

"咔嚓！"

她抬头仰望天空。

"咔嚓！"

她眼里有泪光微微闪烁。

镜头里偶尔多愁善感的施喜念，看起来没有个性张扬的施欢苑活力潇洒。

但，郭梓嘉并未失足深陷于对施欢苑的思念里，蓦然之间，他想起了施喜念的室友王淑艳用来形容她的一个词——哈巴狗。

美术室大火之后，与施喜念同宿舍的室友一同去看过她，当时说起三个人的三角关系。王淑艳说过，哪怕陆景常上一秒刚甩了施喜念一个耳光，大概她也会像哈巴狗一样，在他勾勾手指头的时候摇着尾巴扑上去。

虽然口无遮拦，却也比喻形象。

王淑艳还说："其实不一定要跟陆景常学长一样啊，虽然施喜念喜欢陆学长那种高冷，但我觉得温柔型的更能感动一颗不被爱待见的心哦。"

不知死活的王淑艳以为郭梓嘉在模仿陆景常的高冷，这种说辞本该犯了"死罪"，万幸的是，郭梓嘉如当头一棒，认认真真地思考了起来。

就连连芷融都说："爱一个人，有时就该以退为进，就要用自己都难以预计的忍耐去忍耐。"

大概正是局外人，正是什么都不知道，所以才能一针见血地指出重点。

念想作罢，郭梓嘉将胶片相机的镜头对准施喜念，一番调整后，他才唤她："施喜念，快笑一个！"

05

自那一日开始，雁南城艳阳高照，风清云朗。

好几次，郭梓嘉都有意无意地朝施喜念说："你一笑，天都晴了。"

他越是温柔，越是满眼宠溺，她就越是无法做一只张牙舞爪的刺猬。他亲近，她后退；他示好，她就浅然一笑，不再敌意分明，适当删除不好记忆，也保持着普通朋友的距离。她想，大概郭梓嘉不知道，天是放晴了，梨窝浅笑的她心上还有雾霾在缭绕。有时候，笑容可以与快乐无关，就好似阳光普照时，大雨仍然会倾盆而下。

其实，这样也好。

有时候她也会这么想，就像她偶尔也会把郭梓嘉看作陆景常，所以他偶尔把她当作施欢苑，应当也不是什么太过分的事情。

只是，如果只是偶尔。

如果，他不再要她成为代替品。

胡思乱想之际，海上传来了郭梓嘉的呼唤——"施喜念！"

她闻声抬头看向海面，只见郭梓嘉光着上身，穿着一条黑色的泳裤，身子微微蹲着，英姿飒爽地站在滑板上，有浪涌起，他动作灵活，不消半瞬就踏着滑板站在了海浪上。远远地，她依稀看见了阳光下郭梓嘉兴奋的笑颜。等浪退去，他朝她看来，笑得张扬得意，她却掩住心神，轻轻吐气，俨然有些心惊胆战。

如果是陆景常，他不会喜欢冲浪。

施喜念还记得，有一次他们一起来海边，陆景丰指着海上冲浪的人，对陆景常说："阿哥，我……我也……要……要飞！"

陆景常立刻板着脸，严肃道："不可以，冲浪是很危险的，何况你连游泳都不会。"

小孩子心性的陆景丰哪里肯罢休，一言不合就躺在沙滩上，撒泼耍赖，吵着要冲浪。

平日里好脾气的陆景常始终没有妥协，施喜念很清楚，即使对陆景丰千依百顺，一旦面临能够预见危险的事情，他就会坚定自己的立场，分毫不退让。陆景丰不懂察言观色，陆景常也不会承诺做不到的事情来哄骗，两个人就这样僵持着。

到后来，是施喜念灵光一现，说："不冲浪，我给你找海螺好不好？会唱歌的海螺，好不好？"

陆景丰顿时圆睁着眼睛，眼里泛着光："会唱歌的海螺？"

施喜念用力点头，陆景常看了看她，无奈地叹气，嘴角却漾着笑意："我去找，你们乖乖地在这里等我。"

在这片沙滩上，跟手掌一样大小的海螺并不好找，陆景常花了好长的时间，直至日落黄昏，他才拿着一只海螺归来。

海螺里有"沙沙沙"的声音，像是大海的呼吸，也像是海螺姑娘在低声唱歌。

轻轻浅浅的声音挣脱了记忆的束缚，萦绕在耳边。

施喜念记得，那天踏着黄昏的余晖回去时，远处有海浪在翻涌，陆景常说："我被 A 大录取了，早上刚收到录取通知书，是我梦寐的建筑系。"

她合上眸子，环抱双膝，埋下头，咬紧了牙关，深呼吸。

这是她回到雁南城的第七天。

这片海滩，是最后一处，存放着与陆景常有关的记忆的地方。

连日来，白天里趾高气扬的每一寸阳光，夜晚影影绰绰的零碎星光，陪着施喜念走遍了记忆里与陆景常一同走过的每一个角落，阳光正是明媚，星光也微醺和暖，但终究都不足以安抚心尖上炽烈的悲伤。

她有太多的悲伤无处安放，亦有必须努力的梦想要乘风破浪。

许久，等过足了冲浪瘾的郭梓嘉回到身边，施喜念笑着邀他一同离开。她说："我们走吧，你带我去 C 市，带我去看看姐姐曾经路过的地方，然后再回 A 市，我们就各自重新开始。"

坐在沙滩上的她仰着头，看着逆光里的郭梓嘉，眯眼微笑。

她比任何人都清楚，也十分笃定，她与郭梓嘉之间的"不可能"，永远都不会变成"可能"。

即使，他恍若一张创可贴，好几次叫她暂时忘掉了心上隐隐作痛的伤口。

郭梓嘉居高临下地与之对视着，默不作声，眉头紧锁，身上的水珠一滴滴往下，好几滴落在了施喜念身上。

他没有说好，也没有说不好，只从这一刻开始沉默。

第二天，郭梓嘉早早就拉着行李箱，等在了宾馆的小花园里。

招摇了好几天的阳光突然在这一日失了踪影，天色阴沉得很，雨渐渐沥沥的，风却很大，一阵一阵，鼓足了气，吹得树上的枝叶颤颤巍巍。

施喜念从宾馆里出来，一眼就看见了撑着一把深蓝色的雨伞的郭梓嘉。

目光相遇时，她浅浅莞尔，郭梓嘉面无表情，转身走在了前头。

她的身后，老板娘的声音还在空气中荡漾："下次回来的时候，也要过来哦……"

施喜念一路往前，没有回头，也没有回话，心下悄然默念：下一次，大概是很久很久很久以后了吧。

她早就有所盘算，在完成陆景常的建筑设计师梦想以前，她再也不会回这个小城镇。

她会去医院领陆景常的尸体，火化安葬在 A 市，偌大的 A 市，她一个人总是会怕的，但陆景常在，她就不会怕了。

遥遥地看着雨幕中南北街巷子口的那棵梧桐树，施喜念轻轻地说了一声"再见"。

这一别，也许三年，也许五年，又也许要十年。

她在心里对冯云嫣说：对不起，请让我自私一次，总有一天，我会带着他的骨灰回来的。

上了出租车之后，雨越下越大，倾盆往下，车窗外的世界苍茫成一片。施喜念的目光自始至终都落在玻璃窗上，听着"哗啦啦"的雨声。看着玻璃上一条接着一条的水痕，她未曾想过，离开的这一日，记忆中的雁南城，最后是被这倾盆大雨吞没。

心绪凌乱之时，她恍惚觉得，这场暴雨是铁了心要洗刷掉那些积压在心上的前尘往事。

她烦躁不安，那些在心尖上落地生根的爱，怎么可能一朝一夕就被遗忘？

　　就好比，扎根在郭梓嘉心上的施欢苑，已然是根深蒂固在他生命中，哪怕尘封在过去，也是不可或缺的唯一。

　　思绪一扯就翩飞，如脱线的风筝，等施喜念回神时，人已经到了汽车站外。

　　郭梓嘉依旧不言不语，自顾自下车以后，拉着两人的行李箱走在前面，施喜念只好默默跟上。

　　买了票，等了十几分钟，两人才上了汽车。

　　从雁南城到 C 市的高铁票很少，由于两人临时决定出行，根本买不到高铁票，只好乘坐汽车到半途中的某个城市转乘高铁。

　　暴雨越来越大，两人坐在一起，手臂贴着手臂，一个心不在焉地看着窗外的雨幕，一个皱着眉闭眼假寐。

　　假使沉默是最后的温柔，那大概代表郭梓嘉选择接受各自重新开始的未来吧。

　　就在施喜念思疑着，该不该在分开以前，说一些温暖人心的话，为这段从相遇开始就不怎么美好的相识画上完美句号时，汽车为避免撞上突然蹿出的行人，偏了方向，加速朝着一旁的山体撞去。顷刻间，施喜念只感觉到自己的身体像被什么拉扯着。

　　"啊——"

　　全车厢都是尖叫。

　　施喜念敛住呼吸，正是懵然，身旁的郭梓嘉已经侧过身来，将她紧紧护在了怀中。惊恐的尖叫声还在此起彼伏着，她隐约听见他在说话。

"当年欢苑就是在这里离开的。"她竖起耳朵仔细一听，郭梓嘉说，"我不会让你也消失在这里，我不能再失去你了。"

心"咯噔"一颤，施欢苑的脸浮现在眼前，施喜念眉心一皱，反问道："郭梓嘉，你知道我是谁吗？"

她其实想说：我不是施欢苑，你不必拼上性命护我周全。

他话中的"再"字，令她觉得他依然还将她当作是施欢苑。

此时，汽车撞到山体，整个车身猛地一震，车厢内又一阵刺破天际的尖叫声，紧接着车子停了下来。

惊恐之间，施喜念抬手捂住耳朵，脑子里混浊着，只有郭梓嘉最后的声音——

"我知道，你是……"

像声音卡在了时间的缝隙里，尖叫声中，能听见的只有半句话。

汽车也终于停止了疯狂的颠簸，停在了山下，一切像是静止了一样，转瞬间，惊魂未定的叫吼声震得空气发抖。

心有余悸的施喜念长出了一口气，静静地听着嘈杂声里自己忐忑作响的心跳声。

她没有追问听不见的那个名字，好似心中早已笃定了答案。

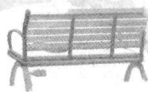

第三章

/

你的旧风景，
是我无法感同身受的悲喜

再见，欢苑，我想要丢开你了。

01

从梦魇中醒来时，天已经亮透了。

郭梓嘉咽了咽口水，压住粗重的喘息，脑子里仍笼着黑压压的雾气，头痛欲裂。

两日前离开雁南城时遭遇的有惊无险的车祸，是梦魇中的一部分。梦里，他清清楚楚地感受得到惊惧、慌张，以及自己对施喜念的心意，那曾经模棱两可的感觉越发清晰着，在每一次濒临生死线的时候。

除此，梦魇里还有着他曾心心念念的施欢苑。

虽然挣脱了梦魇的桎梏，可施欢苑声嘶力竭的质问还在脑海中纠缠不清，一遍又一遍，她在问他——

"你是不是爱上了施喜念？"

"你背叛了我，对不对？"

不由自主地想起梦中施欢苑那悲愤欲绝的脸，郭梓嘉的眉心不住拧得紧实。

回到C市的第一夜，他没有想到，施欢苑歇斯底里的质问会成为梦里唯一的声音。

他心上一点一滴的情绪，都逃不过施欢苑的火眼金睛，哪怕她不在了，哪怕他竭尽全力地模棱两可着。

他想起很久很久以前，施欢苑曾经说过，哪怕她死了，也不会将他让给别的女孩。

他的欢苑啊，是一个很计较的人，永远都不会甘愿成为他记忆里的一部分，永远都不会。只是，向来傲然的她，在他的梦里，居然也有着如临大敌的慌张。

思索间，郭梓嘉抬手摸了摸脖子，上面仿佛还残留着梦里施欢苑一双纤纤玉手的冰凉。他记得她手如柔荑，更记得每次牵手时她手心里恰到好处的温暖，梦中扣住了他脖子的那双手，哪里是记忆中的温度。然而，梦那样逼真，逼真得宛若施欢苑就站在他眼前，他可以感觉到她的鼻息。

深深地吸一口气，郭梓嘉伸手拿起床头柜上的机械手表。

七点零七分。

他想起住在隔壁房间的施喜念，想起前一夜分开时，她问他能不能陪她回许久以前的住处。

在这座城市里，他是她唯一的依靠。

嘴角不自觉地微微勾起，窗边的清风偏偏不合时宜地吹起，携来了施欢苑曾对他说过的一句情话——

"你不是我的唯一，因为我还有老爸，但是，郭梓嘉，我要做你的唯一，你是我的，只能是我的。"

蓦然扯下的嘴角，连带着手里才拿起的手机也一同被放下。

半个钟头之后，郭梓嘉从房间里出来，施喜念就住在左手边的房间里，酒店电梯就在他右手边的尽头。

向左，还是向右，这一刻的他，犹如站在分岔路口。

想起梦里的施欢苑，想起她的愤怒痛恨，郭梓嘉知道，她是真的很介怀。

反复思量，他才恍然，早就应该明白的，那么骄傲那么计较的施欢苑，怎么可能愿意被谁代替。

他脚下踌躇了一会儿，随后，他身子一偏，选择了右手边的路。

不过数十步，郭梓嘉就到了电梯前。按下"向下"的按钮之后，电梯门很快打开，他低着头迈步进去，里面的人讶异地唤了他一声："阿嘉。"

郭梓嘉闻声抬头，眼前站着一个打扮端庄贤淑的女人。

童年的某些记忆在这一刻蠢蠢欲动，他深呼吸，攥紧着拳头压住。

女人姓邱，是一名心理医生，也是他母亲的好友，他曾是她的病人之一。有一段时间，年幼的他被困在那个苍白的病房里，每一日都要与她见面，而他从来都不喜欢看见她。十八岁以后，他被父亲逼着见过她几次，如同例行公事一般，偶尔聊聊天，偶尔做下身体检查，但在遇见施欢苑之后，他就只见过她两次。最后一次，因为施欢苑的话题，他将她的办公室砸了。

仅仅两秒，随着记忆动荡不安的情绪被强行压制下去，郭梓嘉朝着对方礼貌点头，若无其事地按下了旁边标注着"餐饮"字样的数字按键"5"，然后脚一跨，站到了另一边空旷的位置。

静静地端详了他半天，邱医生笑笑问："你好像有心事？"

郭梓嘉顿了顿，看都没看她一眼，回道："跟你无关吧。"

他的疏远礼貌，他的不客气，一如多年前那个心怀芥蒂的小孩，与一身深蓝色的西装格格不入。邱医生并未在意他的傲慢，转而从包包里掏出一张名片递了过去，脸上依旧带着笑，说："我搬工作室了，有空的话，可以过来坐坐。"

他瞟一眼那张掌心大的名片，嗤笑着一口拒绝："免了。"

邱医生无所谓地收起手，一边将名片塞进包包里，一边漫不经心地说："过去是人生的一部分，有美好的、重要的、不堪的、痛苦的，无论怎样，如果总把自己困在过去，那么天永远也不会亮。"

她说的过去，早已过去了十多年，与施欢苑无关。

可是，郭梓嘉顺着她的话想起了那些不堪的往事，也许是她话里的某个词出乎意料地戳中了他此刻的心境，他脑子里莫名地就浮现出一张脸。

是施喜念，还是施欢苑？

他皱着眉，心跳急促，一时间有些辨不清。

也许是着急，一帧又一帧的画面猝不及防地从记忆的匣子里挣脱，交叉叠合在脑子里，影影绰绰的，既有着施欢苑愤恨交加的质问，也有着施喜念对自己身份的强调；既有着他与施欢苑牵手相拥的幸福，也有着他强占施喜念初吻的血腥。

"叮——"

正当脑袋陷入混沌时，空气中传来清脆的提醒音。

电梯停在五楼，门缓缓打开，郭梓嘉抬头，迈步走了出去，身后静默着，转瞬才有门闭合的声音，他忽地转过身来，匆匆忙忙地按下了电梯旁"开门"的按钮，两扇缓缓靠近的门顿了一下，各自退开。

他凝眸唤她："邱医生。"

02

房间的门铃响起时，施喜念还以为是清洁阿姨过来进行房间打扫。此时的她正在梳理头发，因前一夜头发未干就睡了过去，发尾缠成一团，毫不知情的她随手拿了圆滚梳梳了两下，梳子就卡在头发里。扯了好几回仍未扯下梳子，施喜念无奈，才想到求助于门外正在按门铃的阿姨。不料，门一敞开，郭梓嘉就站在门外。

四目相对的刹那，施喜念从郭梓嘉眼里看到自己肩膀上挂着一把梳子的滑稽模样，一秒后，她立刻后退一步，"嘭"一声将门关上。

这个样子，有点失礼。

施喜念尴尬地扯了扯梳子，它还顽固地缠住头发，像一个死乞白赖的小流氓。

她还未察觉，毫无预兆的闭门羹，也分外失礼，以至于郭梓嘉一脸懵然地立在门口，瞠目结舌不知所以。等他反应过来，脑子里挥之不散的是她滑稽中可爱十足的模样，随之，他轻轻笑出了声，敲了敲门，问她："需不需要帮忙？"

气氛仿佛回到了她说各自重新开始以前。

房内的施喜念没有回话，半晌才开了门，歪着脑袋，透过巴掌宽的门缝反问："有什么办法？"

郭梓嘉故意不作答，强行推门而入，将她拉到梳妆台前，压住她的肩膀让她坐下，然后将手里的托盘放在她面前，说："酒店里来了新的大厨，擅长粤菜，早餐正好有鸳鸯奶茶和冰火菠萝油，应该合你口味。"

施喜念看着餐盘里的早餐，心里一阵暖意，嘴巴却倔强地紧闭着。

郭梓嘉倒是不介意，只低着头，心神专注地拨弄着她的头发。修长的手指穿过她的发，他眉间凝住深思。

轻微的拉扯，有些痒酥酥的感觉。

空气中不知不觉地有暧昧在发酵，明明感觉不到他的手温，每一根头发却都好似在发热。

燥热的感觉很快烧红了双颊，似曾相识，施喜念小心翼翼地敛住呼吸，眼皮微微一抬，看着镜子里专注认真的郭梓嘉，然后就想起了陆景常。

有一年夏末，同班同学生日，邀请了班上尚算要好的同学一同去溜冰，从未溜过冰的施喜念也在邀请列表里。

十三四岁的年纪，正是青春，圈子一划，很容易就被归类到"独行者"。

因为不想被孤立，施喜念硬着头皮就跟着一群女孩子去了溜冰场，最终她却摔折了手臂。

绷带绕过脖子，挂住左手手臂，整整一个星期，每次要洗头时，施喜念都要麻烦母亲帮忙。偏偏那一日，母亲要值夜班，放学回家的她路过街口，倒霉地被邻居小孩倒了一身的水，无可奈何的她，最终只能求助陆景常。

那一晚，是陆景常帮她洗的头，也是陆景常给她吹干的。

她记得自己燥热得发烫的耳根与双颊，记得吹风筒在耳边"嗡嗡嗡"的节奏，记得陆景常的手指穿过她头发的酥麻，也记得那洗发水清清浅浅的柠檬香味，可印象最深刻的，还是陆景常说的那句话，他说："我第一次帮女孩子洗头，如果弄疼你了，你就告诉我。"

那是陆景常有生以来的第一次，她很荣幸也很庆幸，从第一个到后来唯一的一个。

回忆宛若沾了白糖，绵长又甜腻，施喜念的嘴角按捺不住地微微上翘着。

当初的亲密感觉，与此刻有几分相似，可惜的是，当初的那一份怦然心动，是郭梓嘉给不了她的。

郭梓嘉很好。

然而，谁也好，心里住着的那一个总是最好的，再多的好都抵不过。

施喜念想着，拿起餐盘里的冰火菠萝油，大大地咬了一口，满嘴的黄油味与酥香味。

"好吃。"她满意地笑着，对着镜子里的郭梓嘉说，眼里的欢喜不动声色地带着一点点的感伤，含糊的声音落下，嘴里的菠萝油也被匆忙咽下。她再端起鸳鸯奶茶，猛地喝了两大口。

说好了要各自重新开始，她不再管他眼中的她是谁，她只知她永远都是施喜念。

郭梓嘉抬了抬眼，看着镜子里一举一动都带着稚气的她，嘴角勾起一丝溺爱的笑。

他不知道，前两日的那场"车祸"里，施喜念错过了三个字。也许是对施欢苑的选择足够信赖，也许是对郭梓嘉的情深足够感动，于是她始终笃定，那句"我知道"后面必定跟着"施欢苑"三个字。

对于施喜念来说，毋庸置疑的，根本不必深究。

各自的心事各自收藏，静谧的房间里，他看着她，她也看着他，眼神偏偏就错开了。

把梳子从施喜念的头发里小心翼翼地扯出，郭梓嘉就势一边自然而然地给她梳着头发，一边佯作镇定地说："你父亲卖掉房子以后，新任业主把房子租给了一对小夫妻，我已经跟业主以及租户联系好了，等下就过去。"

说话时，他的语气语速都很平稳，完全看不出来他在紧张。

恍惚察觉到暧昧的亲近距离，施喜念不自觉地眨眨眼睛，将最后一口菠萝油塞到嘴里，点着头，匆匆咀嚼几下就咽了下去："那我换件衣服就走吧。"

话还未完全落下，她已经端起杯子站起身来，然后仰着头将剩下的鸳鸯奶茶灌了下去。

匆匆忙忙地从郭梓嘉身前逃走时，她心里还以为，他又将她当作了施欢苑，习惯性地为她做曾经给施欢苑做过的事情，她哪里猜得到，这是郭梓嘉第一次给女生梳头发，是施欢苑都没有过的待遇。

她什么都不知道，正如郭梓嘉也不知道，从浴室出来前，她还特意对着镜子强调："你是施喜念。"

出来时，她看上去若无其事，拿上双肩包就跟着郭梓嘉离开。

车子慢慢接近小区时，眼前的一切都熟悉了起来。

十二年光景，这条街居然没有多大的变化。

施喜念感叹之余，摇下车窗，深吸一口窗外的空气，记忆也在这一瞬复苏。

十二年前，母亲与父亲签下一纸离婚协议书，之后强行要带着她与姐姐一起离开。姐姐硬是不从，情急之下在母亲的手臂上狠狠咬了一口，趁着母亲吃痛松手的瞬间逃回了父亲身后，大吼着："我就要跟爸爸！"

当时，姐姐的声音响亮地回荡在这条街上，震痛了母亲的心。

回想起当年搭乘出租车离开的一幕，施喜念感慨万千。任当时年幼的她如何猜想，也断然料想不到，一别经年，再回程时，欢苑已成亡魂。

往事总不堪回首，施喜念一声叹气落下，车子已停在小区前。

下车时，她走在前面，寻着旧路，揣着回忆，走向了小区里的某间房子。

开门的一对小夫妻友好又礼貌，施喜念站在门口，脸上带着礼貌的微笑，可是大半天过去，她始终也没能抬起脚迈步进去。

没有人知道，她来来回回地环顾，眼中却涂满了陌生。这间房子已经不是当初的家，里面的布局与摆设都不同于十二年前，一点儿家的味道都没有，她怕这一脚踏进去，仅余的美好回忆都会被踏碎。

等了她好久，郭梓嘉注意到小夫妻的不自在，这才拍了拍施喜念的肩膀，问她："怎么不进去？"

施喜念恍过神来，勉强地扯了扯嘴角，往后退一步："走吧。"说完转身走了。

郭梓嘉莫名不解，朝屋内看了一眼，转身跟上了施喜念。虽说他与施欢苑是一对情侣，但施欢苑从未带他回过家，他至多是送她回家时，开车送到街口，看着她慢慢消失在昏黄灯光里。在施欢苑逝世后，他也曾来过这间房子，可是没有任何记忆的地方对于他来说，就像一个空壳，他走进来也感受不到施欢苑的存在。

只有站在那个街口，他能感觉到施欢苑的气息。

与施喜念并肩走过那条街，一步一步地走到以往他的车子常停落的地方，施欢苑就好像站在那里，等着他的拥抱。

他的脚顿了下来，合眼深呼吸，好似在拥抱着施欢苑。

施喜念一无所知，自顾自往前。

郭梓嘉一人被弥留在那个角落，微风轻轻起，他心下轻轻呢喃：再见。

自此，每和施喜念走过一个存放着施欢苑记忆的地方时，他都在心里默念一声"再见"。无人知晓，这是早有预谋的诀别。

03

在 C 市的第三天，施喜念穿上了晚礼服，陪着郭梓嘉去了一场宴会。

郭梓嘉告诉她，施欢苑奔赴雁南城的三日前，正是穿着这一袭黑色抹胸晚礼服陪他出席了他一个不大熟的朋友的生日会，也刚好是在这家私人会所里。对此，施喜念本是不信，直至郭梓嘉邪魅浅笑，说："因为那个过生日的朋友是她的情敌，当着她的面邀请我参加生日会。"于是，施喜念哑然失笑，信了。

说来话巧，这一次的宴会，也事关施欢苑的那个旧日情敌。

粉色调的宴会现场，布置得浪漫又高雅，会场门口摆着一对情侣的亲密照，场内都是年轻的男男女女。

施喜念想，大概在这场订婚宴里，她是唯一的陌生人。

她怎么会想得到，郭梓嘉老早就推掉了这次邀请，只是在前一日，女方再次打来电话，郭梓嘉看着身旁的她，忽然就有了兴致。

远远地看见两人，女方挽住未婚夫的手就过来了。

似乎并不知道施欢苑的死讯，看见施喜念时，女方浅笑着，上上下下打量了她一遍，目含敌意，随之阴阳怪调地说："呀，还是两年前的那条裙子呢？郭梓嘉，你也太小气了吧？怎么也不给施小姐买一条新裙子啊？对了，施小姐还是只会街舞吗？我这次可是特意让人准备合适你的音乐呢。"

施喜念一脸懵然，睁着眼看她，一时不知该说些什么。

身旁的郭梓嘉倒是轻轻地笑了笑，乜斜着女生，说："又不是暴发户，用不着日日新装。至于跳舞，凭什么要给你们做表演？冯小姐要看街舞添乐子，不如找一找歌舞厅里廉价收费的那些，品位相差不远。"

口吻讽刺的一席话，听得对方气急败坏，郭梓嘉偏又不给她发难的余地，话落就拉着施喜念走远。

愣愣地跟着郭梓嘉到不远处就座，施喜念喘一口大气，转而道："这样不大好吧。"

郭梓嘉不以为意，端起服务生刚放在桌子上的白酒，抿了一口，说："欢苑跳起街舞，可真是惊艳呢。"

"姐姐跳街舞很厉害？"施喜念就这样被转移了注意力。

"嗯。"郭梓嘉点点头，嘴角一勾，就连眼角的细纹都透着温柔，"那次也是她为难欢苑，欢苑中计，拉着我到了人群中央，问我会不会跳舞。我当时讶异地想，欢苑是会华尔兹还是交谊舞，没想到她却跳起了街舞，真是既惊喜又惊艳。"

他的目光定定地落在会场中央，眸子里有光影在闪烁。

循着他的目光看去，施喜念眨眨眼，凭着想象，也仿佛看见了动作优美随意却又给人无限澎湃热情的姐姐。

　　姐姐总是多才多艺，不像她，什么都不会，只会"鸭子舞"。

　　脑子里蹦出"鸭子舞"三个字时，原本在较真的施喜念兀然就想起了陆景常，嘴边有了笑意。

　　小学六年级，学校举办元旦晚会，每个班级都要出一个节目，施喜念被文娱委员硬生生拉去组团。那时候，她总是同手同脚，把文娱委员气得不行，又因为上报了名字无法退出，她只能自己在家里一遍遍地练习。有天晚上，陆景常送来糕点，撞见她在练鸭子舞，动作生硬滑稽。他笑得不行，开玩笑说："施喜念，你真的比鸭子还笨哦。"但，第二天晚上，他却特意来了家里，陪着她一起练习。

　　那时，她再笨再蠢，陆景常都不曾真正嫌弃过。

　　回忆动不动就叫人红了眼眶，施喜念吸了吸鼻子，将眼角渗出的泪滴拭去。

　　恍惚之间，她隐隐约约听见郭梓嘉问她："能不能陪我跳支舞？"

　　反应迟钝的她愣了愣，而后双手连忙轻摇着："我不会跳……"

　　"我教你，很简单的。"她拒绝的话还未说完，郭梓嘉已经伸手将她拉了起来，朝着人群走去。

　　"郭梓嘉……"

　　她欲言又止，被他带入人群中，站稳后他将她一拉，两人即刻拥在一起，他的手也稳稳地揽住了她的腰。

施喜念硬着头皮配合，凝眸低头，笨拙地移动着双脚。

郭梓嘉莞尔浅笑。

两年前，以一段街舞将全场气氛推至高潮之后，施欢苑宛若公主，高举杯子朝众人敬酒，一声"谢谢"落下，然后潇洒地挽住郭梓嘉离开，气得昔日的情敌暴跳如雷。离开了私人会所，两人到常常游玩的海边吹风，郭梓嘉故意问她："我陪你跳了一段我不擅长的，你是不是也该陪我跳一段我擅长的？"

"交谊舞？"鬼马的施欢苑一笑，嫌弃地摇头，"不要，那可不好玩。"

"一分钟都不行？"郭梓嘉皱了眉，佯作不悦。

"一秒都不要，你不觉得交谊舞是那些老气横秋的老大爷老大妈跳的吗，就跟广场舞差不多。"施欢苑说着，双手环住他的脖子，"不如我教你跳街舞啊，等七老八十了，我们俩正好去广场跳街舞，看那些老头子老太太谁能比得过我们？"

说好要一起到七老八十的，怎么才十八岁，你就走了呢？

郭梓嘉心里一阵唏嘘，缓过神后，看着眼前的施喜念，才黯淡下去的双眸又恢复了神采。

还好，我遇见了世界上的另一个你。

他正想着，恰逢此时，施喜念抬起头来，眨巴着眼睛问他："下一个地方是哪里？要不我们先走吧？"

心里最后一句"再见"余音未散，郭梓嘉吸了吸气，浅笑着说："还有最后一个，在开始的地方结束。"

"嗯？"

"我是说，我们爱的开始。"

04

三天的时间，施喜念领略了施欢苑人生中最斑斓的一段时光。

这夜，她在酒店前台给郭梓嘉留了张字条后，就独自拖着行李箱离开。

在深夜的大街上，她等了一个多小时，终于等来了郭梓嘉。微醺昏黄的路灯朦胧了夏夜的街口，她穿着一身白色的连衣裙，头发被编成两条辫子搭在胸前，看起来乖巧温顺。远远地看见郭梓嘉朝她走来，她微微一笑，宛若开在夜间的不知名的花。

给郭梓嘉留的那张字条上，她写的是：在你们的爱开始的地方，不见不散。

等待途中，她时不时也会看看时间，看一看周遭，偶尔还会蹙着眉心思疑着自己是不是找错了地方。

"你迟到了好久。"等郭梓嘉走到跟前，施喜念撇了撇嘴，故作不满地说道。

"你没写时间，我也不算迟到。"他看似若无其事，心里却想起了与施欢苑初遇第二晚在咖啡店里的第二次见面。当时他迟到半个小时，施欢苑故意要他空等她半个钟头，一分钟也不能少。

回忆的片段闪烁而过，他没有沉沦，转瞬从口袋里拿出字条递还给施喜念，说："字倒是好看，比欢苑的草书好看。"

"我有东西给你。"施喜念笑着，对他的称赞不置可否，随手接过字条揉成一团，往包包里掏东西的时候，纸团也被丢了进去。

很快，一个小小黑色塑料袋被递到了郭梓嘉面前。

郭梓嘉若有所思地看了看她，接过袋子，里面装着一个红色的绒布锦囊袋，款式简单老旧。

施喜念看着他解开锦囊袋的束口，这才说话："六岁的时候，妈妈带着我和姐姐去打耳洞，给我们准备了两对一模一样的银耳钉，这对是我的。当时，姐姐打了耳洞，我却害怕，死活都不肯打。"

说到这里，她下意识地摸了摸耳垂。

相比起姐姐，她总是胆小如豆，所以一直都没敢去打耳洞，哪怕后来她也羡慕别人耳朵上美丽的耳饰。

她记得，有一次和陆景常一起去挑母亲节礼物，她就站在精品店的首饰柜前，盯着一对对耳饰，眼睛泛着光。陆景常问了她好几次话，她都没听见，于是他取笑她说："你要真喜欢就去打耳洞啊。"

她一听就嘟起嘴唇，双手捏住耳垂，摇着头拒绝。

陆景常无奈地叹气，抬手举起两样东西："那你就看看，我妈会喜欢这顶帽子，还是会喜欢这瓶香水多一点？"

"我觉得阿姨喜欢我，"她小声地嘀咕，"你咋不把我送给阿姨当儿媳妇？"

"嗯？你说什么？"正认真挑选对比着礼物的陆景常偏着头看她，眼里有一个大大的问号。

"啊？哦，我……我说……"自觉失礼的施喜念尴尬起来，一边庆幸着他的错过，一边为自己的"厚颜无耻"羞涩着，手指无意识地拍打着嘴唇，"我说，你买什么阿姨都会喜欢的！"

陆景常闻言轻笑，故意装作无可奈何地白了她一眼："你怎么不说我妈喜欢你？"

不慎落入回忆的圈套，她笑着，眼里有微光闪烁。

未察觉到她忽然的安静，郭梓嘉凝视着手心里的银耳钉，上面只有一个银色的小圆珠。

他从未见过施欢苑戴过这样一对耳钉，在施欢苑的耳垂上，总有各式各样的耳钉或是耳环，有时简约冷酷，有时招摇夸张。仔细一想，向来追求个性的施欢苑，大概早就对这样一对朴素简单的耳钉有了嫌弃，所以早早就丢弃了吧。

兀自揣测着，他抬眼看向施喜念，问她："为什么要送我这个？"

有风轻轻吹来，施喜念回神，笑着说："姐姐走得匆忙，什么也没有留下，我想了又想，才想起这对耳钉，你就当是姐姐的吧。姐姐有耳洞，我没有，日后你想起她，有个纪念，也不会混乱。"

郭梓嘉眸眸盯着她，默不作声，似乎是不明白她的意思，可眼神又兀地多了几分紧张。

施喜念深呼吸，抬起头，又是一笑："里面还有一张银行卡，是我所有的积蓄，密码是我的生日，也就是姐姐的生日。里面的钱虽然不多，但还上之前我住院的花销，还有过来这边的车费、花销，也应该足够了。"

听到钱，郭梓嘉的眉心更加紧绷，他问她："施喜念，你是在打发我吗？"

面对郭梓嘉的质疑，施喜念摇头否认："你的救命之恩我会铭记于心，只是目前我只能这样报答你。"

"我不觉得非得这样……"

"郭梓嘉，我们说好的，各自重新开始，所以，就在这里告别吧。

在你们开始的地方结束。这一刻，你当我是施喜念也好，当我是欢苑也好，总之，从这一刻开始，过去就让它过去吧。"

"我从来没有答应。"

"我陪着你领略过你心上的旧风景，仍旧无法感同身受，因为我不是她。郭梓嘉，我希望你明白，我有我的人生和梦想要去实现，你口口声声都是欢苑，而我只想安安静静地为成为建筑设计师的梦想努力。对于我们来说，别再打扰对方，才是最好的结局。"

"这梦想是你的吗，还是陆景常的？"

"都一样。"

两个人对峙着，一个傲然，一个倔强。

直到长达一分钟的沉默过去，施喜念先一步有了动作，只见她后退一步，手攥住行李箱的拉杆，对他说："再见了，郭梓嘉。"

他和她都清楚，所谓再见，是再也不要相见。

步伐迈开时，施喜念有些忐忑，她其实害怕他病发，疯狂地拽住她，要她留下来当施欢苑。

但，街上安安静静的，她连他动一动脚的细微声响都听不到。

直至她在路口拦住了一辆出租车，直至她扬尘而去，她都没听到郭梓嘉说再见。

她不知道，看着她渐渐走远，郭梓嘉的脚曾冲动地抬起过，只是不到一秒，就又轻轻地落回了原地。

他想起那一日在电梯里偶遇邱医生的一幕。

那日，他站在电梯口，手按住"开门"键不放，神情紧张又有些忐忑，一句"邱医生"落下许久，他才问她："你还记得欢苑吗？"

第四章

/

**很高兴认识你，
亲爱的施喜念**

如果你希望重新开始，那我会来
遇见你。

其实，在王淑艳提出合租邀请时，施喜念是十分错愕的，除了错愕，心里满怀感激。

王淑艳不会知道，对于那一日守着一个行李箱和两个纸箱，站在公交车站迷惘又无措的施喜念而言，那一句"你要不要和我一起合租"到底有多温暖。温暖到，孤立无援的她轻易就交付出一颗真心。

譬如此刻——

看见摆放在货架上的金针菇，施喜念即刻奔上前，随手抓起其中的两小盒，兴奋地朝着王淑艳摇晃着，说："淑艳，你喜欢的金针菇，两盒够不够？"

此前，施喜念也只听王淑艳说过一次她对金针菇的痴迷而已。

"你又不吃，我一个人哪里吃得下那么多？"王淑艳没好气地说，"还有，叫我 Chris ！"

"抱歉，淑——"嘴巴下意识地嘟成一个圆，发出"淑"字音之后匆匆合上，抿成一道尴尬的微笑，施喜念挠了挠耳后，转口道，"Chris。"

"拿点青椒。"王淑艳无奈地长叹一口气，努了努下巴，吩咐道。她不明白，为什么施喜念能记得她只提过一次的金针菇，却总记不得她反反复复提过的英文名，但她没打算重新描述一遍自己对"王淑艳"三个字的嫌弃。

知道王淑艳并不是真的在生气，施喜念笑着放下其中一盒金针菇，随手又抓了两个青椒抱在怀里，然后快步追上王淑艳。

不远处的货架后，双眼睛苦着情流，眼眼锁住施喜念的身影。

视而不见，有时只是为了下一次还可以再见。

02

晚上，施喜念与王淑艳正一起吃着火锅的时候，编辑打来了电话。

从前对自己从事漫画工作遮遮掩掩的她，这一次并没有刻意避开王淑艳，瞄一眼来电显示后，就一边涮着肥牛片，一边接听了电话。

早上她上交漫画连载的最后一话时，顺便在邮件里向编辑提出了解约，她想，编辑大概是为了这件事。果不其然，她刚"喂"了一声，编辑就劈头盖脸地问她："你真的确定要解约？"

合作几年，编辑很清楚她的梦想，以及经济状况。

施喜念无所谓地笑笑，夹起肥牛片，蘸一下酱料，塞进嘴里："嗯，我兼顾不来，想全心全力学好建筑。"

"可是，你坚持了那么久……"

"建筑设计师比画漫画更重要。"

"你要不要再考虑一下？毕竟这两年你的学费、生活费全都靠你自己赚取，如果没了漫画收入，你就要跟父母伸手要钱了。"

闻言，施喜念一时哑舌，编辑提出的正是她考虑不周的地方。

见她不回话，编辑又斟酌着言辞，说："你再好好考虑一下吧，我觉得你还是可以兼顾得来的，实在不行，我这边给你申请周更（一周只更新一话），这样你学习时间也比较充足。"虽然施喜念不是她手上最好的作者，但她总是最偏心施喜念。

犹豫了一会儿，施喜念点头："嗯，我想想。"

电话挂断，施喜念若无其事地夹了一片土豆片。旁边的王淑艳慌慌张张咽下嘴里的牛肉丸，一脸八卦地说："你还是个漫画家啊，真看不出来！"

"不过是个小作者。"施喜念谦虚着，脸上有点小娇羞。

"谦虚什么，又不是什么丢脸的事！哎，你画的是什么漫画啊？我去找来看看，以后也能跟别人炫耀说我有个同学是漫画家！"王淑艳叽叽喳喳，一点也没感觉到施喜念微微蹙起的眉头。

"我去冰箱拿王老吉，你要吗？"嘴边的微笑不失礼貌，施喜念径自避开话题。

"帮我拿一罐可乐呗。"王淑艳依旧未察觉施喜念的逃避，右手的筷子夹住青菜往嘴里塞，左手的手机正处于短信页面，含糊的声音漫在空气中，絮絮不休地问着有关漫画的事。

施喜念从厨房出来，把可乐递给王淑艳，没再说话，心里只想着编辑说的那些话。

烦恼盘在眉间时，父亲打来电话，这一回，施喜念避开了王淑艳，独自回了房间，关了门。

那年陆景丰与施欢苑相继离世以后，被遗落在盛夏里的施喜念决意要去A大，父亲留不住她，只好放了手，带着母亲四处云游，说是要弥补年轻时失去的那些青春。其实，施喜念依稀也猜测得到，父亲是怕母亲想起欢苑会难过，所以才卖掉了雁南城的房子，卖掉了C市的房子，带着母亲离开。对于他们来说，这一段曾以为要一生遗憾的旅程，不仅仅是要填补母亲记忆中关于欢苑的缺口。

只是，与父母亲分开时，施喜念没有想过，两年的时间，一家三口就只见过一次。

想着这些，人往床上一躺，施喜念缓一口气，轻轻莞尔，而后看着天花板调侃起电话那端的父母亲，说："终于想起你们的宝贝女儿了吗？"

耳边很快传来父亲施令成的轻笑，低沉的声音里分明带着宠溺："哟，听这话是有意见啊？"

施喜念撇撇嘴，撒娇："当然有意见啊，你们可是一个月没给我打电话了。"

施令成也故作生气："你还说呢，都一个月了，我们不找你你也不晓得打个电话给我们，就不怕我们丢了吗？"

"你们也不怕我丢了啊。"闻言，施喜念笑得越加轻快。

"唉，你自己要走丢我也没办法啊。"施令成叹一口气，一语双关，语气瞬间染上了伤感。

顿了顿，他又问她："你们最近怎样？"

你们，自然指的是她与陆景常。

施喜念咽了咽口水，只觉得喉咙忽地干燥得很，眼睛也干涩着，心脏在跳动的刹那一下一下地发疼。

难过之所以突如其来，是因为她想起了陆景常。

回到 A 市的第二日，自认为是陆景常唯一可托付的人，施喜念马不停蹄地赶到了医院。她想领回陆景常的尸体，安排简单的安葬。她打算给陆景常火葬，骨灰就存放在骨灰坛里，等她实现了他的梦想，便带着他回雁南城，回到冯云嫣与陆景丰身边。可是，施喜念万万没有想到的是，她不是亲属，没有资格领回陆景常的尸体。

艰难地将难过生生吞咽，施喜念深呼吸，逼走鼻腔里的酸涩，也克制着说话的声调语气。

她从来不会主动提起陆景常，也不会说太多她在 A 市的生活，此时此刻，她更不可能向父亲坦言自己的心痛。只见她连续几番深呼吸，在父亲的问话落下之后，她一如往常地献上了一成不变的答复："我很好啊。"她语调轻松地躲避过陆景常的那一部分。

察觉不出异样的施令成也识趣地点到为止。

话音落下后，施喜念不让沉默趁机漫开，助长了心上的悲痛，于是立刻就转开了话题，问父亲："你们现在又在祖国的哪个地方啊？"

"在澳门呢，我和你妈到这边两天了，这边风景很好，遇见的人也都很热情。"对她的逃避习以为常，施令成一如平常，不动声色地收起了关心，"你不知道，这边到处都是赌场，可热闹了。今天我和你妈也去玩了几把，她运气比我好，赢了两三把，然后被我一把给输光了。哈哈，她刚刚还嚷嚷着要我赔呢，我答应赔她一个猪扒包她就高兴得不得了……"

听着早年行走江湖寡言少语的父亲絮絮叨叨的声音，施喜念忍不住笑了。

那厢，父亲没发觉她的"嘲笑"，念叨了半晌之后，他忽地想起什么似的，声调低了些许，如若自言自语一般，说："说起来，你妈去洗手间怎么去了这么久，该不会迷路吧？"

她忍不住轻笑，嘲弄着说："我妈又不是路痴。"

声音才落下，电话里就传来了母亲顾芝的声音，她对施令成说："你才迷路呢，我在那边上洗手间，你却跑到了这边，莫不是看上哪个金发碧眼的小妞，被勾了魂吧？"

　　母亲故作吃醋的话惹得施喜念又是一阵笑，随之徘徊在耳际的，是父母亲小恩爱小情趣的斗嘴。她仿佛看见，母亲故意揪住了父亲的耳朵，父亲夸张地歪着嘴巴求饶，逆流的时光好似带走了生命中兜兜转转的不愉快。

　　施喜念蓦然想起了施欢苑。

　　她禁不住想，若不是施欢苑，也许，父母亲永远都不可能会有今时今日的幸福。是施欢苑的离开，换来了父母亲新的开始，她不知道，这应该算是"幸"，还是"不幸"？

　　细细回忆，她还记得，当初施欢苑从 C 市跑到雁南城之后，在那个久别重逢的深夜里，施欢苑告诉她：父亲要结婚了。

　　与其说施欢苑是想念喜念，所以才远道奔赴雁南城，不如说是她不能接受父亲的选择。

　　施喜念清清楚楚地记得，当时月光从窗口映入，落在床上，施欢苑就躺在月光里，恶狠狠地瞪着天花板，咬牙切齿的同时，她刻意压低着声音，说："跟当年那个女人！"

　　"那个女人"四个字，在父母亲离婚前，曾从母亲嘴里溜出过无数次。

　　记忆里同样清晰的，还有父亲自始至终都未曾变过一个字的那一句话——"我只是替老大照顾她。"

　　小时候，没有信不信，没有对和错，她们只知道，谁也不快乐。

　　分开以后，心中思念再多，施喜念也不敢提起父亲与姐姐半句，她没想过父亲会不会真的跟那个女人结婚，也没想过一家四口会在何年何月再见。

　　后来，欢苑出事，父亲急匆匆地赶回了雁南城，施喜念也没有问起那个女人。她看到，父亲看着母亲时，眼里依然情意深重。

回忆点到为止，耳边的打闹声也渐渐消了下去，紧接着是母亲的声音。

抢过了手机的顾芝问她："小念，你最近怎样？都放暑假了，要不要来澳门找我们啊？"

"我很好啊，就不过去打扰你们谈恋爱了。"施喜念笑着，迟疑一下，突然坦白道，"我要争取时间更加努力地学习，妈，我以后想当建筑设计师。"

"这么厉害啊！"把陆家一同忘记了的顾芝惊叹道，因施喜念这伟大的人生目标，声音里不由自主地染上了骄傲。

"妈，我会做到的，对不对？"

"当然啊！"

03

接连着的几天，施喜念每天都到图书馆去。

图书馆的开馆时间是早上八点半，她每天都会踩着点到图书馆，偶尔还会比负责开门的管理员早那么几分钟，中午到附近的美食街随随便便吃一碗面线，然后又到图书馆里窝一下午。

她借阅的书全都是建筑方面的，一个星期不到，笔记本已经密密麻麻，只余下不到四分之一的空白页数。

这样的生活既简单又充实，只是，只有她知道，心里始终有个缺口。

正当她失神时，身后有人路过，背包不小心就撞到了她的后背。道歉随之而来，施喜念抿嘴，缓过神来，顾不上回头原谅对方的冒失，眸子仍旧定格在本子上，移不开半寸。只见簇拥着汉字的本子上面画着一个男孩子的人设线稿图。

以陆景常作为参考对象的人设线稿，一笔一画里，一半是思念，一半装着她自己的梦想。

头猝不及防地疼了起来，施喜念忙不迭抬手按住太阳穴，不料，钢笔就在抬手的一瞬间挣脱了手指。

"啊。"紧接着，旁边有人发出低低的吃痛声。

"对不起，对不起！"施喜念立即道歉，一抬头，郭梓嘉皱着眉的脸映入了眸子里。错愕之际，她也皱了眉，眼里习惯性地抹上了狐疑。

偶遇再偶遇，时隔不过一周。

哪怕上一次，他眼中装满了冷漠，施喜念依然疑心顿起，张口就问："你怎么在这里？"

随手将钢笔搁在两人中间的桌面上，郭梓嘉漫不经心地打量了她一眼，冷冰冰的目光转眼就落回书上，轻声反问她："小姐，你是在搭讪吗？"

他说话的口吻，仍旧是对待陌生人时惯用的淡漠。

施喜念闻言，霎时哑舌，半晌说不出话来，郭梓嘉的冷声冷语令她有几分自作多情的尴尬。愣怔过后，她才感觉到闷在心口的愠气在鼓胀着。

"郭梓嘉……"

"嘘，图书馆内，禁止喧哗。"

目光凝在书本上的他淡淡地"嘘"了一下，手一动，书翻过去一页。

她气急败坏，咬紧着牙关，连连深呼吸，转瞬，张嘴想要说话的冲动被生生地压下去，她默默地合上了嘴巴。

图书馆内依然安静，两人说话的声音本来就不大，小插曲也单单是热闹了这一平方米的空气而已。

然而，施喜念的心没有跟着空气一同安静下去。

低着头的她看似全神贯注地看着桌面上的书，谁也没看到，她的眼珠子不安分地来回溜达着，时不时就瞟向郭梓嘉。

她不信缘分，除了陆景常，她不信任何的巧合，何况是郭梓嘉。

几番寻思都猜不透郭梓嘉的心思，施喜念拧紧着眉，只觉得书上密密麻麻的字仿佛散作一盘的珠子。心里忐忑着，她长叹一声，然后把书合上，背上背包，将书抱在怀里，起身匆匆离去。

她以为，郭梓嘉会追上来。

但，一直到她吃完午饭，她都没再见到郭梓嘉，松一口气时，心有些莫名地失落。

没由着情绪发酵，施喜念从热闹的美食街里出来，她很清楚，形同陌路才是她想要的结局。

回到图书馆时，正好一点钟，这个时间的图书馆，静谧里透着一点点昏昏欲睡的慵懒。

施喜念轻手轻脚地从前台走过，完全没有想到，原本趴在桌子上的图书管理员会把她叫住。随后，对方笑着从办公桌的抽屉里拿出一支钢笔递给她，说："同学，中午你走了之后，有个男生捡到了你的笔，让我转交给你。"

第一时间想到郭梓嘉，施喜念眉心微蹙，满腹狐疑。

她习惯性地怀疑他，尤其接过钢笔时，她看见了裹住钢笔笔身的那一圈蓝色便利贴。

将钢笔转了转，她看到便利贴上郭梓嘉的留言，他说：不要随便相信别人的书单。

留言后面跟着的落款名是——被钢笔砸到的陌生人。

这口吻，倒是刻意要装作陌生人的感觉。

想着，施喜念略带嫌弃地摇摇头，扯下便利贴就要将它揉成团，却发现便利贴下面还贴着一张便利贴。

她纳闷地撕开，只见被藏在下面的便利贴上写着好几个书名。

什么嘛！

她心下嘀咕着，便利贴被捏在手心里，皱成一团。她转身走开，到平日里"占据"的位置上，把书放在桌子上，正要翻开，手偏又顿住在上面，满脑子都是郭梓嘉写在便利贴上的书名。

犹豫片时，她还是起了身，朝着不远处标注着"建筑学"的书架走去。

虽然不想与郭梓嘉纠缠过多，但她相信，作为郭氏集团的继承人，郭梓嘉的推荐自然有他专业的意见作为基础，她不想错过这种专业指引。建筑学从来都不是一个简单的学科，她没有任何的天赋，除了努力，没有捷径，唯一可称得上"捷径"的，只有在走弯路的时候，旁人的指引。管对方是谁，她只是想想尽办法地站到陆景常梦想的高处。

将书放在书桌上，施喜念听见了背包里轻微的振动声响。

是手机在响。

很快反应过来的她，立刻把手伸进背包里，随即，脑海中忽然闪现郭梓嘉的名字，心跳猝不及防地漏了一拍，仿若做贼心虚一般，她不住地左右张望起来，生怕郭梓嘉就藏在某个角落里。

幸好，视线范围里没有类似郭梓嘉的身影，手机上的来电显示也与他无关。

施喜念微微舒一口气，按下接听键后，轻轻地朝着电话里头的编辑打了声招呼："喂。"

那厢，编辑没有任何的铺陈，开口就问："解约的事，你考虑得怎样？我这边刚刚收到一个现成的脚本，男主角是建筑设计师，你要不要画？要的话我给你申请周更，这个漫画脚本很不错。"

"建筑设计师？"从编辑一股作气说完的话里挑出了重点词汇，施喜念霎时心动，声调没有控制好，声音突兀地响在静谧的图书馆里。

意识到自己的失礼，她尴尬地环顾着四周，声音低了下去，问："是什么样的故事？"

"没想到你还真的感兴趣啊！"编辑有些愕然。

"呃……"施喜念没察觉这惊愕的不妥，只继续低声道，"还得看看是什么样的故事。"

"我跟你说，这个故事还真的很不错，讲的是……"编辑娓娓而谈。

施喜念一只手握住手机，一只手抬着，手肘抵住桌面，手指微弯曲着，无意识地用食指轻轻点着嘴唇，节奏缓慢。

看着施喜念认真的模样，郭梓嘉点开手机看一眼时间，然后默默地转了身，朝电梯口走去。

其实，在她将他推荐的书一本本地抱在怀里时，他就已经隐身在不远处的另一个书架后。

但大概是他藏得太好，所以她一直都没有发现。

04

所谓缘分，在第三次偶遇郭梓嘉时，施喜念终于不得不信。

这天是王淑艳的生日，施喜念几日前就与她约好，要在这家王淑艳心心念念的日式料理店一同吃饭庆祝。比约定的时间早到了十几分钟，施喜念万万想不到的是，会在这偌大的料理店里遇见郭梓嘉，更巧的是，整个店里就只余下回转桌子处郭梓嘉旁边的两个空位。

此时的郭梓嘉并没有看见她，只低着头，目光落在菜单本上。

施喜念无奈得很，凝眉立在原地，好半晌才搁下纠结，将郭梓嘉忽略，而后快步从他身后走过，与他相隔着一个空位坐下。

服务员紧跟着过来开单，如坐针毡的施喜念敛声息语，眼珠子时不时瞟向郭梓嘉。

其实，她有点紧张，害怕与郭梓嘉四目相对，可眼珠子不受控制，总兀自偏移了焦点。

即便心里早已收起了对郭梓嘉的习惯性怀疑，她不再轻易揣测接下去的剧情，可，这种既陌生又熟悉的感觉，这若即若离的距离，这略微喧嚣却也窘迫着的空气，总让她莫名地忐忑。

尤其是，想起在他推荐的几本书里面的各种标注，她的心越加难以安宁。

那一日，翻开书本，看到贴在里面的便利贴时，施喜念心里

五味杂陈，上面的重点与解读一点也不含糊，可以省去她好些时间。虽然她认不出便利贴上的笔迹，但直觉告诉她，那是郭梓嘉安排的。

施喜念不是铁石心肠，她会感动，也会受之有愧。

她曾低估了他的自制力，她没有想过，在诀别以后，他不仅没有纠缠不清，更是默默地陪着异想天开的她努力走在建筑设计师的路上。

这样的郭梓嘉，与以往记忆中的判若两人。

若换作别的女孩子，该会感动得一塌糊涂，将心都掏出来吧。

就连她这么凉薄的人，也差一点就要喜欢上这样温柔体贴的他了呢。可惜，偏偏她是施喜念，她分得清感动与心动，对于郭梓嘉，她心上的感动再如何沸腾也不会成为心动，差一点就是差一点，她的心早就随着陆景常死去了。

想着，施喜念深吸了一口气，然后小心翼翼地吐了出来。

再摁亮手机时，时间又溜去了十几分钟。

她皱了皱眉，已经过了约定时间许久，王淑艳仍旧迟迟未到，纳闷之际，她只好将电话拨了过去。

耳边的"嘟嘟"声响了好久，王淑艳终于接了电话，语气匆匆地道："抱歉啊，喜念，我临时加班，现在还在店里呢。不知怎么回事，今天特别忙，店长不肯放我走，我可能得忙到关店了。刚才本来要打电话跟你说的，一忙起来就忘记了，真的不好意思，抱歉抱歉，今晚只能丢下你一个人吃晚饭了。"

施喜念闻言，无奈地皱紧着眉头，叹气道："你要……"

话还未说完，施喜念隐约听见有一把女声在说话，紧接着是王淑艳匆匆的道歉声："抱歉啦，我得挂了，店长在叫我！"

她话音刚落下，节奏紧凑的忙音就在施喜念的耳朵里徘徊。

手机从耳边撤离，烦躁之际，施喜念揉着发疼的眉心，余光不自觉地瞄向了郭梓嘉。如果不是早前在医院休养时，王淑艳过来探望，她曾听郭梓嘉无比嫌弃且鄙夷地吐槽过王淑艳，大概她会怀疑他们私下里有联系并且串通着上演了这一幕巧合。

就在施喜念胡思乱想时，郭梓嘉正好偏过头来看她。

四目相对的刹那，施喜念做贼心虚地收回了凝望的目光，随手就从眼前的回转带上拿下一碟寿司。

那是一碟海胆寿司。

看见上面黄色的海胆，假装镇定的脸一下子就垮了，她最讨厌海胆。

"能把它让给我吗？"举着筷子的施喜念正无从下手，旁边忽然传来了郭梓嘉的声音。

"哦。"施喜念如蒙大赦，双手端起眼前的寿司碟，递了过去，脸上释然着笑意，似乎忘记了萦绕在彼此间的窘迫气氛。

"谢谢。"郭梓嘉拿过寿司，津津有味地吃了一块。

简短的对话里充斥着陌生人之间的客气，就连微笑都恰到好处地生疏着。

这或许是他们之间唯一的结局吧。偶然遇见，也当是不曾相识，即便生命线交叉而过，那一秒的对视或者是一分钟的对话，都不会成为往后记忆中的一部分，因为是陌生人之间的萍水相逢，不值得记忆。

心有所感触，施喜念抿嘴浅笑，心不在焉地看着回转带上一碟碟路过的寿司。

时间就像这一碟一碟的寿司，静静地从眼前溜走，心神恍惚的她在回过神之后才发现，已经溜到了郭梓嘉面前的那一碟寿司是她喜欢的。

心里想，总会有下一碟的，所以她没有伸手越位去留住。

不一会儿，旁边兀地伸过来一只手，而后，一碟鳗鱼寿司被放在她面前。施喜念讶异地抬起头，正好听见郭梓嘉问她："一个人吗？"

她反应迟钝，只睁着眼盯着他。

郭梓嘉又说："我们之前见过的，一次在超市，一次在图书馆，正式认识一下吧，我是郭梓嘉，很高兴认识你。"

他说着，把手伸了过去。

像失忆了一般，又像多次偶遇的陌生人被缘分折服。

如她所愿，真的是重新开始，从新的遇见开始，从"我是郭梓嘉，很高兴认识你"开始。

施喜念一脸懵然，从前的一切，他似乎抹得干干净净，不留痕迹，可她心里却还残留着以前的记忆。

她看着他，犹豫着，不知道要不要重新认识。

眼前的郭梓嘉没有一丝急躁，始终面带微笑地注视着她，一只手顿在半空中，等待着她的回应。

时间凝固在这一秒，他知道她信缘分也信天定，但她不知道，他从来只信事在人为。

"我——"约莫两分钟过去，施喜念才慢吞吞地把手伸出去，手心贴在郭梓嘉的手心的刹那，她感觉舌头像打了个结。抿了抿唇，咽了咽口水，她佯作镇定，继续自我介绍着，"施喜念。"

"喜欢是思念的开始？"郭梓嘉笑着握了握她的手，没有多一秒的贪婪。

施喜念怔怔地看着郭梓嘉，她从来不知道，自己的名字居然可以如此诗意。

惊诧之余，脑子里忽地响起了陆景常的声音，类似的话，他曾经也说过，只是，他说的是——思念是喜欢的开始。

那日黄昏，如往常一样，施喜念捧着化学作业来到陆景常的教室外。放学后的教室空荡荡的，剩下陆景常和另一个男生在做值日。

施喜念从教室后门进去，轻手轻脚的她心血来潮，想故意吓一吓背对着她的陆景常。可她才刚踏入教室就听见男生在对陆景常倾诉，男生说："我觉得我好像是喜欢上一个女孩子了，自从遇见她之后，我总是很想再见到她，梦里也总是她，我感觉我已经害上相思病了。"

不小心窃听了男生的秘密，施喜念一时尴尬，呆呆地立在原地，有些不知所措。

这时，陆景常笑了笑，若有似无的笑声轻轻地划过安静的空气里，他继续着扫地的动作，漫不经心地说："当你无时无刻不在想着某个人时，也许就已经是喜欢了吧。毕竟思念是喜欢的开始。"他低着头背对着施喜念，谁也看不见他眼中明亮又温柔的星光。

大抵是年少无知，那时候，对于陆景常的这句话，施喜念并没有任何特别的感觉。

她只怕被男生发现她不礼貌的窃听，所以缓过神后的第一时间，她蹑手蹑脚地出了教室，假装才到教室门口，还特意敲了敲浅绿色的木门，然后对着闻声回头的陆景常微微一笑。

那时候她不知，一模一样的八个字，排序不同，意思也有了差别。

如今记起那个早就被忘记了的黄昏，她仍旧浑然不知，那八个字曾藏着陆景常未曾曝光的欢喜。她的眼前只有郭梓嘉给的这场浪漫诗意，她第一次感觉到，在郭梓嘉面前的这个自己，与施欢苑没有任何关系。

第五章

/

鲸鱼吻住了深海里不眠的花

三百块拼图，是我给你三百天的
时间，等你日久生情爱上我。

01

雨，连连绵绵下了两日。

阴沉湿绵的七月末，凉风冷雨将夏日的燥热洗刷得一丝不剩。

凌晨两点四十四分，书桌上的杯子早已见底，只留下咖啡色的污渍沉淀在杯底。施喜念放下画笔，紧闭上干涩的眼睛，右手半捂住嘴巴打着哈欠，左手习惯性地端起杯子。凉凉的杯口贴住干燥的唇，头往上微仰，一滴咖啡都没有喝到，很快恍然过来，她笑笑，默默将杯子放回桌上。

随后，抬手揉了揉眉心，她握住鼠标，正打算将刚刚完工的新漫画连载的封面发送给编辑，目光却不由自主地定格在电脑的屏幕上。蓝色的背景晕开来，往上是越来越黑的夜，有星光零碎点缀着墨黑的夜，往下是深蓝的海底，男主角吻住女主角额头的同时，鲸鱼吻住了盛放的花。

看着封面上的男主角，施喜念脑海中关于陆景常的记忆纷至沓来。

新连载中，她笔下的男主角，依稀有着陆景常的影子。

她一直以来都不敢把陆景常画进她的漫画里，这一次是例外。也许是陆景常不在了，也许是漫画中的男主角是一名建筑设计师，又或许是脚本作者的不干涉，于是她纵容了自己，自作主张地将那些无处安放的想念藏在了别人的故事里。

在想念放肆地将内心搅动之前，施喜念吸一口气，用力地吐出。

眼睛一合一睁，目光转瞬间落在了封面底下的那条鲸鱼上，看似硕大凶猛的鲸鱼，在吻住微微发光的花时，温柔得不像话。

明明是顺着心意画出的鲸鱼，此时此刻，她却莫名地觉得眼熟，像曾经在哪里见过这份藏在凶狠跋扈里的温柔。

凝眉忆想了好一会儿，终究没能在记忆中找到与此相符的画面。

她寻思着，大抵是因为影射着男主角，所以，鲸鱼也才有了陆景常的温柔吧。没有往记忆更深处追想，她浅浅一笑，很快就将封面发到了编辑的邮箱里。

窗外的雨还在淅淅沥沥地下着，施喜念关了电脑，熄了灯，爬上床。

闹钟调在早上六点半，想起天气预报说，明日还会有雨，施喜念翻了翻身，窗帘敞开着，柔黄的灯光浅浅地映在玻璃上。

关于陆景常的某段记忆又被唤醒，猝不及防地，她想起了许多年前的某个夏夜。

那夜，月亮与繁星一同下落不明，整个雁南城被大雨冲刷着，寂静的夜里，她一个人在空荡荡的屋子里等待着母亲的归来。那阵子母亲虽然很忙，每天要加班，但回到家里最晚也不超过八点。不巧的是，当晚母亲乘坐的公交车发生故障，又因暴雨天气，所有人只能在中途站等待下一辆公交车，耽误了好长时间，以至于母亲九点钟还没有回到家里。

施喜念还记得，当晚的雨很大很大，"哗啦哗啦"的，偏偏九点刚过还停电了。

她怕黑，更怕一个人独处于黑暗之中，吓得三魂出窍的她当即就跌跌撞撞地跑了出去，连伞都没有拿，直奔陆景常家里。开门见到一身湿漉漉的她，陆景常被吓得不轻，连忙拽着她入屋，拿出干净的衣服给她换上。

后来，冯云嫣带着陆景丰先去睡觉，施喜念与陆景常就窝在沙发上，等待着顾芝。

蜡烛的微光充盈在小小的客厅里，施喜念想起第二天的约定，忍不住问他："阿常哥哥，明天还下雨的话，是不是就不能游泳了？"

一个星期以前，陆景常答应过她，要教她游泳。

闻言，陆景常偏过头看她，眼里带着笑，说："明天一定是晴天。"

施喜念不信，皱眉道："天气预报说，要下整整一个星期的雨呢，明天才第五天。"

"那就看你信天气预报，还是信我了？"陆景常摸了摸她的脑袋，仍然浅笑着。

"我当然是信你啊。"当年的她，是这么迫不及待地表达着对陆景常的无条件信任。一如今夜，她眯着眼笑着，对着窗口处的柔黄灯光，在心上悄悄地重复了一遍当年的相信，然后闭着眼睡去，把枕头当作当年陆景常的肩膀。

被闹钟叫醒的清早，窗外阳光正好，就像多年以前，陆景常说的那样，天放晴了。

与多年前不同的是，十四岁的陆景常站在门口，对她说"看吧，我说了是晴天。"而，十九岁的施喜念打开门后，门外空荡荡的，没有十四岁的陆景常，也没有二十一岁的陆景常。

尽管早就知道，对已经不存在的人不要怀抱期待，注定是要扑空的，她依然有些失落。

但好在她长大了，不再是从前的施喜念，不会动辄就将失落描在脸上。她无奈一笑，出了小区，踏着一路的阳光离开。

下了公交车再转地铁，等施喜念到 A 市丽湾区时，已经是一个多钟头后。

丽湾区位于 A 市西部，是 A 市的老区，过去有很多豪门富商在这里营建大型的住宅，形成了 A 市典型的传统建筑群。这些住宅大多高大明亮，装饰精美，具有重大的历史价值，现在已经成为 A 市的著名景点。

早前施喜念就通过教授的关系，与这边的负责人联系好，约好这日过来测量。对历史建筑物的测量，也是建筑设计专业的一个很重要的学习内容。

早上八点半，对于游客们来说，这个时间还早，景区里只有寥寥几个人。

许久过去，测量作业也只完成了一小半，眼看周遭的人渐渐多了起来，为了不受干扰，施喜念决定今天完成当下这间屋子的测量，其余的留待下一次。想着，她在笔记本上记下数据，又拉长了测量尺。

记下最后一个数据，蹲在地上的施喜念站起身来，忽然一阵眩晕来袭，她脚下一崴，下一秒，人就倒进了一个结实温暖的怀抱里。

"抱歉！"

那阵眩晕来去匆匆，她闭着眼睛晃了晃脑袋，站稳后朝着身后的人道歉，随之眼睛蓦然睁大。

眼前，郭梓嘉在对着她微笑。

"看来，我来得真是及时。"他说着，从口袋里掏出手机递给她，"你的手机。"

"我的手机怎么在你这里？"施喜念愕然地接过手机，她记得她明明有将手机放进背包里的。

"我打你电话找你，你室友接了，说你忘记拿手机，所以我跑了一趟。"郭梓嘉轻描淡写道。

"谢谢，麻烦你了！"诚挚的感谢里有些许不好意思，施喜念一边道谢，一边回忆着出门前的一幕幕，隐约记起早上王淑艳从她包包里借走了润唇膏，可她对王淑艳没有丝毫的怀疑，转瞬抬起头问郭梓嘉，"你有事找我？"

郭梓嘉点头，说："知名建筑设计师 Marc 即将在首都展开学术演讲，你有没有兴趣？"

"Marc？"施喜念眼睛泛光，藏不住的兴奋从眼角漫到上扬着的嘴角，"Marc 可是阿常哥哥的偶像啊！"

"嗯。"郭梓嘉微微蹙了蹙眉，满不在意的应答分明是在意陆景常在她心上的地位。

有些人有些事，在意就是在意，重新开始不过是在假装忘记，忘记介意，心始终抹不去痕迹。

而他的烦恼心事之所以没有败露，只不过是眼前的施喜念一心只挂念着陆景常。

她无心关注郭梓嘉的心情，甚至未曾在意"阿常哥哥"四个字对于郭梓嘉来说有多讽刺，她只记起陆景常谈起 Marc 时，眼里的崇拜与敬重。陆景常说，总有一天，他会去见一见 Marc，跟 Marc 探讨一下建筑设计。

记忆里，陆景常的神情越是憧憬，施喜念的心就越是难过。

他已经失去了每个期待里的"总有一天"，他的生命停止在那场大火里，很多人他来不及见，很多事他来不及做，很多梦他来不及实现。

施喜念咬住唇，深呼吸，模糊的视线在一点一点地擦清。

02

施喜念又梦见了陆景常。

那是 2013 年的暑假，她在客厅的茶几上教陆景丰学英语，陆景常则埋首于饭桌上。

当陆景常凑过来坐在她身旁时，她正握着笔在英语本上给陆景丰示范着如何书写"Z"这个英文字母。突然横隔在眼前的白纸，叫她顿时反应不过来，直到陆景常问她："这个房子怎样？"她才缓过神，看见上面的铅笔痕迹。

那是一间房子的结构设计图，四房两厅的布局方正宽大。

"房子好大！"她由衷地叹道。那时候，她也只能看明白简单的结构设计图里，哪一块是房间，哪一块是客厅。

"那你喜欢哪个房间？"陆景常笑着问她。

她认认真真地对比着，指着其中的一个房间，说："我喜欢这个，飘窗好大，还有小书房，书桌这里我要弄照片墙，整面墙都贴着我喜欢的照片。还有还有，以后我要是住在这样的房间里，飘窗要挂上纱帘，要有星星灯，这样，每天晚上都有星星陪我睡觉。"

她碎碎念说了一大堆，陆景常只是看着她浅笑着。

等念叨完，她才想起什么似的，问他："这是你们以后的家吗？"

"肯定……定……是！"陆景常尚且来不及回答，好不容易等到插话的机会，陆景丰抢着道，"四……四个房间，妈妈一个，阿哥一个，景……景丰一个，毛毛一个，刚……刚好！"

毛毛是陆景丰给自己未来的狗狗取的名字，陆景常答应过他，等他长大能照顾自己了，陆景常就送他一只狗狗。

看着陆景丰下巴高抬的骄傲模样，陆景常颇为无奈地笑了，随之摸了摸他的脑袋，强调说："毛毛住不了那么大的房间。"

梦，到这里结束。

施喜念从梦中醒来，抓住残余的画面，在记忆中搜寻着后续。

她记得，关于房子的话题，最后的结束语是陆景常的那一句——"以后我建了房子，就按你说的布置。"

那时，她还年少，天真亦懵懂，全然不知陆景常字里行间的暧昧与暗示，还以为陆景常觉得她想法很好，也想把自己的房间布置成和她想的一样，于是她撇了撇嘴，故作不满地道："那你算不算盗用我的设计啊？"

此时此刻，当回忆娓娓道出暧昧，后知后觉的施喜念这才红了脸。

可惜，事过境迁，失之交臂的，永远都不会重新光临。

伤感突如其来，鼻子里都是酸柠檬的气味，施喜念深吸了一口气，眼睛仍然湿润润的。她想，大概是早上郭梓嘉说起著名建筑设计师 Marc，她的潜意识才会翻箱倒柜，把往事塞进梦里吧。毕竟，记忆里的那一日，陆景常曾告诉她，学校里的一个学长考上了 Marc 任教的大学，如愿成为 Marc 的学生，而后，他捧着 Marc 著作的一本书，对她说："喜念，总有一天，我会见到他的。"

恍惚间，她再次深呼吸，余光里有一只手伸了过来，给她递上了纸巾。

施喜念怔了怔，抬眼时，蒙眬视线里，郭梓嘉正蹙眉看着她。

自料理店那日偶遇之后，她总能在图书馆里遇见郭梓嘉，有时候他说"真巧"，有时候他说"我特意过来找你的"。于她而言，恰到好处的距离是，他说完"真巧"之后，并不会顺势坐在她身旁的空位子上；他说"特意"时，也从未牵强地抛出各种借口纠缠不清。

片时的愣怔过去，施喜念接过纸巾，有意偏过脑袋，背着郭梓嘉轻轻擦拭着眼角。

郭梓嘉配合地佯作无视，只轻声说："还是第一次见你在图书馆里睡过去。"

"呃……"施喜念只顾尴尬，心虚地左右张望一番，丝毫没有察觉到郭梓嘉话里的"第一次"分明藏着许多次的注视。转瞬，等心稍稍定下来，仿佛想起了什么似的，她问他，"你不会是这么巧也来借书吧？"

"我约了人在附近见面，想起你也许在这里，所以过来看看。"郭梓嘉云淡风轻地说完，将一小块拼图放在她面前摊开着的书上，"早上忘记给你了。"

施喜念拿起拼图，笑笑，漫不经心地问他："还是蓝色的，到底是天空还是大海啊？"

郭梓嘉耸耸肩，做了个不知道的表情，而后起身对她说："我走了。"

她点了点头，嘟着嘴巴，轻飘飘地应了声"哦"，看着他离开，她没有说一句"再见"，自顾自地回想起那一日。

那一日从料理店离开后，两人路过一家精品店，郭梓嘉突然拉住了她，叫她等一下，不一会儿他就从店里拿着一个袋子出来了。随后，未等她思疑，他将手心里的一小块拼图给了她，笑说："和你玩个游戏。"自此，每一天施喜念都会收到一块小小的拼图，有时候是他亲手拿给她，有时候是图书管理员，有时候是美食街里某个摊位的老板，有时候还会是背着书包的学生。

她不是一个喜欢拼图的人，但，陆景丰很喜欢。

拼图是陆景丰唯一的强项，无论拼图总块数是一百还是一千，细小的拼图块到了他手里，他总能在很短时间内拼成一幅完整的图案。

她还记得，每次陆景丰拼好拼图，陆景常总不厌其烦地称赞他："我们景丰可真像个魔术师呢！"

想起陆景丰，施喜念总记得他说过的某些话——

"等……等我长……长大……大了，照顾妈妈、阿哥，我……我来！"

"等我会……会赚钱，买……买冰激凌阿哥喜念吃，香草最……最爱的，我要赚……赚多多的！"

"喜念，偷偷我……我跟你说秘密哦，我……我喜……喜欢你，跟妈妈阿哥一……一样！"

　　智力缺陷影响了他的语言能力，看似语无伦次的话，却蕴含着最单纯最美好的天真。

　　视线渐渐迷蒙起来，凝固在拼图上的目光失去了焦点，施喜念一手拿着拼图，一手握紧纸巾，放任着情绪泛滥。

　　仔细回忆起来，那些年里，看似什么也不懂的陆景丰还说过很多温暖人心的话。

　　譬如，他说他以后一定会成为天下无敌的钢铁人，他要保护家人，还要保护施喜念。施喜念记得，那一次她被比她年幼两三岁的男孩子抢走了买晚饭的钱，母亲在工厂值夜班，走投无路的她只好去陆家蹭饭，陆景丰说长大了会保护她。

　　又譬如，他曾指着电视里正在结婚的一对新人，说要和陆景常和她三个人结婚，这样大家就永远都会在一起了。那时候看的哪部电视剧，她已经记不得了，她只是记得陆景丰问她，他们在干吗？她说，他们在结婚，结婚以后就会永远幸福地在一起，于是陆景丰当即就要和他们两个人结婚，说谁也不能落下。

　　昔日的记忆历历在目，心上的伤似乎永远不会痊愈。

　　施喜念轻轻捂住隐隐作痛的胸口。

　　她还记得那些陆景丰想象过的匪夷所思的以后，她想，陆景丰一定没有想过，他连十六岁的生日都未能抵达，就变成了过去的人，永远留在过去里。就像她从来没有想过，在那个盛夏里，陆景丰会因她而死。她也没有想象过，有朝一日，就连陆景常的未来也毁在了她手里。

　　也只能，用自己的余生去偿还了。

03

两千多公里的距离，从 A 市到首都，飞机在天空中翱翔了三个多小时，玻璃窗外的明媚阳光渐渐失去了踪影。

时间是下午三点零三分，施喜念看着窗外浅灰色的云，一脸呆相。

穿过了头发塞在左耳上的耳机正放着歌，陈奕迅在声情并茂地唱《给爱丽丝》，播放列表轮回了几次她已经记不得，唯一清楚的是，耳机线连着的另一个耳机就塞在郭梓嘉的右耳上。

在施喜念的记忆中，这般咫尺的浪漫，只属于陆景常。

哪怕此时此刻，旁边郭梓嘉衬衫长袖下的手正好贴着她搭在扶手上的手臂。

在她心里，所谓的浪漫，大概也要挑中对象，当身边的那个人变了模样，心就会失去了炽热，再无罗曼蒂克可言。

这，只是郭梓嘉一人的浪漫。

在他侧着脸凝目看她时，广播里传来了空姐温柔清甜的声音——

"女士们、先生们，飞机正在下降。请您回原位坐好，系好安全带，收起小桌板，将座椅靠背调整到正常位置。所有个人电脑及电子设备必须处于关闭状态。请您确认您的手提物品是否已妥善安放。稍后，我们将调暗客舱灯光。谢谢！"

广播里的声音消失片刻，飞机降落时的失重感来袭。

施喜念皱起眉头，她不喜欢这种失重感，像极了那一日见到陆景丰尸体的感觉，像极当时陆景常红着眼蓄着怒火质问她时的感觉。深深吸了一口气，将前尘往事锁在记忆深处，直至飞机落地，她才轻轻地喘过气来。

走出飞机，南风正起，施喜念有些发愣，郭梓嘉拉了拉她，两人没有对话，默契地并肩走向出口。

这是座陌生的城市，郭梓嘉是她唯一的依靠。

他领着她，从机场到酒店，从地道美食到著名景点，从凉凉午后到夜色朦胧。

施喜念不知道，郭梓嘉也是第一次来到这座城市，他所有的轻车熟路不过是用了两天的时间，恶补了网络上一些旅行日记与攻略，如此才能装作驾轻就熟的模样。

夜晚十一点三十分，他喝着鸡尾酒，她捧着果汁，静静地倚在酒店三十二层的栏杆上，整个灯红酒绿的世界都在脚下，她只感觉到，眼前的零碎星光都好像是天上掉下来的星星，所以天空才那样黑。

忽然间，她想起了陆景常，想起高考结束那天，她满怀期待去赴约，整个雁南城偏偏遇上百年一遇的大停电。

她没放纵思念，很快深呼吸，将蠢蠢欲动的记忆压了下去。

回头时，她有意抹去脑海中的影像，然后低声唤了一声郭梓嘉。她企图借着学术演讲的事情，来掩饰这一刻对陆景常的想念，但她尚且来不及问话，空气中就飘来了一个清脆明朗的声音——

"先生，买朵花送女朋友吧？"

那是一个小女孩的声音，施喜念循声望去，一个八九岁的小女孩就站在郭梓嘉旁边，手里提着一篮子的红玫瑰，脸上带着灿烂又纯真的笑。

恍惚回过神后，施喜念因为"女朋友"三个字，不由得蹙了眉。正一脸尴尬，她又听见了郭梓嘉的声音。

他说："她不是我女朋友。"

听他笑着澄清他们之间的关系，她也释怀地笑了，以为他终于放弃了让她当姐姐的替身。

边上的小女孩不依不饶，又说："那你给小姐姐买朵花，她就变成你女朋友了啊。"

闻言，施喜念无语，郭梓嘉却哈哈笑了起来。

他伸手拿过一朵红玫瑰，微合着眼睛，鼻子凑近娇艳欲滴的玫瑰，做着细嗅的动作。

风从边上路过，玫瑰花瓣轻轻颤动。

施喜念眨了眨眼，一瞬之间，竟觉得眼前的郭梓嘉就像是深海里的一条鲸鱼。

他确实像一条鲸鱼，霸道、强悍、凶狠。

她脑子里隐约浮现起几天前交给编辑的那幅新连载漫画的封面图，在这一秒，郭梓嘉就好像是她画作里的那条鲸鱼。

时间定格，吻住了花的鲸鱼温柔得不像话。

犹如深海里向来横行霸道的王者，此刻，细嗅玫瑰的郭梓嘉亦是温柔敦厚。

鲸鱼与郭梓嘉，吻合度百分之九十九。

震惊过后的施喜念有些无措，她怕是双胞胎的感应，怕那条鲸鱼之所以从笔下画出，是感觉到施欢苑对郭梓嘉爱意的心在自作主张地释放着施欢苑的想念。

迷茫时，手机响了起来，施喜念如获大赦，匆匆从胡思乱想之中脱身出来。

接通电话后，很快，一个熟悉的声音携着愚弄，对她说："施喜念，好久不见，你是把自己变成了施欢苑了吗？"

耳边的手机里，风在"沙沙沙"地吵闹着。

施喜念没听清楚对方说的话，却有些恐慌，用疑惑的口吻轻轻应了声："嗯？"

余光里，她看见郭梓嘉掏钱给小女孩，随后小女孩高高兴兴地走了，脚不自觉地就要抬起，想要逃避郭梓嘉的告白。毕竟，小女孩说的那句"那你给小姐姐买朵花，她就变成你女朋友了啊"，在她心里不停地回放。

可是，当脚离开地面的那一刹，郭梓嘉正好微笑着将那一朵玫瑰花插在了桌上的花瓶里。

原来，他买下那朵红玫瑰，跟她一点关系都没有。

04

第二天，天气依旧阴沉沉的。

知名建筑设计师 Marc 的学术演讲这一日将会在首都大学举行，施喜念与郭梓嘉约好的时间是八点半，出门时，天已经下起了淅淅沥沥的雨，视线里的世界一片朦胧。

坐在副驾驶的位置上，施喜念看着玻璃上的水痕，微微皱了眉头。

大抵是两年前的那场意外，那场暴雨都洗不去的悲痛，她越来越不喜欢下雨天。

对盘踞在施喜念眉心上的惘怅毫不知情，郭梓嘉伸手打开了车内的音响，试图借着音乐遮住令人无措的沉默。很快，熟悉的音乐前奏漫在狭窄的车厢内，紧接着，唐娜·露易丝的声音钻入施喜念的耳朵里，她的心猛地一颤。

I could be your sea of sand（我可以做你沙滩的大海）

I could be your warmth of desire（我可以做你渴望的温暖）

I could be your prayer of hope（我可以做你希望的祈祷）

……

有些事，总是避不开。

就像回忆，总藏在生活的每一处。

这一首《I could be the one》（倾我所有），很快就扰乱了她的心，像趁势席卷而来的龙卷风，盘旋过，让她的心隐隐作痛。

施喜念深吸了一口气，嚅了嚅唇，说："换一首吧。"

在这个早上，她想保持清醒，她要代替陆景常参加 Marc 的学术演讲，还想代替他向 Marc 讨教很多的问题，她不允许自己陷入回忆里，以至于失魂落魄，以至于完成不了那些早早就写在笔记本上的问题。

她拼命地抓住那阵龙卷风，用力地压下动荡不安的记忆，直到郭梓嘉将这首歌切断。

但是，郭梓嘉并不理解，他笑着说："这首歌挺好听的。"

施喜念没有答话，只抿嘴笑了笑。

两人对视过后，再一次陷入了沉默，只余下空气中梁静茹清清暖暖的声音在唱着《爱久见人心》——

我冷漠是不想被看出太容易被感动触及

我比较喜欢现在的自己

不太想回到过去

我常常为我们之间忽远忽近的关系

担心或委屈

别人只一句话就刺痛心里每一根神经

你的孤单是座城堡让人景仰却处处防疫

你的温柔那么缓慢小心翼翼脆弱又安静

……

静静地看向窗外，施喜念全然不知，正在开车的郭梓嘉稍稍走了神。梁静茹唱的每一句歌词，都仿佛戳中了他的心思。但，他不似施喜念，他有足够的定力，不过两三秒的时间，他就将脑子里纷纷扰扰的情愫打包搁置。

他也信，爱久见人心。

尽管，施喜念从不相信他。

各自沉默许久，车子终于开进了首都大学，郭梓嘉领着她进了会场，坐在了观众席第二排的位置上。

九点半，学术演讲正式开始。

看着 Marc 从旁边走上讲台，看着他站在台中央，笑容淳厚地用英文介绍着自己。施喜念屏息凝神，眼睛一眨不眨，她在心里低低呢喃，说："阿常哥哥，你看到了吗，那就是你很崇拜的Marc，我看到他了。我代替你来到他面前了，我们只相差约莫五米的距离。"

从这一刻开始，她的眼睛是属于陆景常的，她的耳朵也是属于陆景常的。

直至两个小时后，这场演讲结束，眼见 Marc 礼貌鞠躬后从讲台上下来，施喜念突然离开位置，朝着他跑了过去，如同一个疯狂的粉丝一般，抓住了他的衣袖，用磕磕绊绊的英语问他：

"Can you help me to see the design（你能帮我看一眼设计图吗）？"

话音还未落下，边上已经有保安上来拉她。

无措之际，施喜念紧紧扯住 Marc 的袖子，继续请求道："Please（拜托了）！"

她的倔强，叫郭梓嘉止不住心疼，明知道她是为了陆景常，他仍无法视若无睹。他三步并作两步，上前一把扯开了保安，将施喜念护在身后，然后用流利标准的美式英语对 Marc 说："You just have to take a little time to look at the design, and if your time is delayed, I'll buy it（你只需要花费一点点时间看一眼设计图就可以了，如果耽误了你的时间，那就当我买下了你这点时间）！"

郭梓嘉刚说完，方才愣怔着的两名保安立刻迈步上前，千钧一发之际，Marc 笑了起来。

谁也没有想到，爽朗的笑声落下后，Marc 一只手推了推架在鼻梁上的黑框眼镜，一只手轻轻一摆，让保安退下，紧接着一句"interesting（有趣）"，一句"well（好吧）"，他朝着施喜念伸手，掌心朝上。

施喜念怔了怔，随即弓着腰，连忙双手将设计图奉上。

这是陆景常最后的遗物，她知道，如果它能被展现在知名建筑设计师 Marc 的眼下，那会是陆景常的荣耀，无论是称赞，抑或是批判。

她挺着一口气，紧张忐忑地看着 Marc。

"Is this your design？ It looks great（这是你的设计吗？看起来挺不错的）！"半晌，听见 Marc 面带微笑地称赞，施喜念忐忑的心才安定了下来。

"Really？ Thank you for your approval（真的吗？ 谢谢）！"她长出一口气，立马道谢并表明，"But,this is not my design, it belongs to a good friend of mine（不过，这不是我的设计，这是我……是我一个好朋友的设计）！"

"Well, if your friend has time, you can ask him to come to me. I'm interested in the theme park, which is nostalgic and environmentally friendly （好吧，如果你的朋友有时间，可以让他来找我，我对这个以怀旧为主兼顾环保的主题公园设计很感兴趣）！"Marc 说完，把设计图交还予施喜念。

窸窸窣窣的窃窃私语里，施喜念听见 Marc 离开的脚步声。

"他……"她咬着牙定定地看着手中的设计图，压低着哽咽的声音，"他没法去见你啊。"

除了郭梓嘉，偌大的会场之中，谁也没听见她的低声呢喃。

须臾间就落入悲伤的雾网里，施喜念正巧错过了郭梓嘉朝着 Marc 后背问出的那句话。

"Are you really interested（你真的感兴趣吗）？"他说，"I mean the design（我说的是刚刚这个设计图）……"

05

晚上，下了一整日的雨终于停歇。

施喜念坐在榻榻米上，俯视着华灯初上的城市，风从敞开着的窗口吹来，空气依然湿嗒嗒的，也温润了她的双瞳。

离开首都大学后，她一直想着 Marc 说过的那些话，在心里一遍遍地责备着自己。

深吸了一口气，施喜念低下头，拭去眼角不小心渗出的泪水，目光随之定格在眼前的那一袋啤酒上。

听说，酒能消愁，所以从来滴酒不沾的施喜念特意到附近的便利店买了这一袋子啤酒，想要一醉方休。然而，啤酒买了回来，她却连醉一次的勇气都没有，依旧胆怯懦弱，宛如从前。

看着袋子里的啤酒，喉咙越发干涩。

手伸过去，又缩了回来，来来回回，反反复复，就在此时，手机忽地响了起来。施喜念喘一口大气，借机逃避，拾起一旁的手机。

是郭梓嘉。

看见屏幕上面郭梓嘉的名字，她心下嘀咕了一句，然后接通了电话。很快，听筒里传出郭梓嘉的声音："你在房间里吗？"

"嗯，"施喜念点了点头，一只手心不在焉地玩弄着塑料袋子，"有什么事吗？"

也许是重新认识的这个郭梓嘉与从前记忆里的不一样，凡事都有分寸，照顾周到，也顾及她的感受，尊重她的每一次拒绝，于是她对他没有过多的排斥。尤其是，他上午才刚刚帮过她。

郭梓嘉笑笑，问："要吃消夜吗？"

施喜念没有马上回答，像是在犹豫。

彼此静默了三秒钟，他又说："你明天就要走了，我也没办法陪着你回去，也许还要在这里待上好几天，所以想和你一起吃个消夜，顺便把东西给你。"

他并没有明确说是一日一块的拼图，但施喜念却立马就想到了。

以为一点都不在意的东西，就这么轻而易举地占了她生活的一席之地。

"好啊。"施喜念说道。

"那我上来接你，你等一下，我差不多要到酒店了，大概十分钟就能到你房间门口。"

"不用了，直接在酒店门口见吧。"

"也行，那，等会儿见。"

电话挂断，施喜念关上窗户。起身从榻榻米上下来时，头发上的黑色发绳被扯了下来，套在手腕上，随之，她抬着双手，随意拨了拨凌乱的头发，再拿上背包，穿上鞋子，径自出了门。

等待电梯的时候，手机再次响了起来。

以为是郭梓嘉到了酒店门口，施喜念看也没看一眼来电显示，就接听了电话，说道："我在等电梯，马上就下来。"

那厢的人顿了顿，旋即讥笑起来："赶着跟郭梓嘉约会吗？"

施喜念一怔，熟悉的声音将记忆撕开了一道口子，她深吸一口气，抓住背包背带的手止不住加重了力气。

"心姿？"电梯门恰好打开，施喜念却呆立在原地，眉心微蹙，心中有愤怒也有委屈。

"呵，终于想起我啦？"戴心姿冷笑一声，"许久不见，我回国之后第一个电话就是打给你的，可是你居然挂了我的电话。我还以为你把我忘了呢，还是说，我昨晚打扰到你和郭梓嘉的约会了？那真是抱歉了，听说你们孤男寡女的在首都好不快活呢。果然，陆景常就活该去死吧，他死了，你们才能在一起快活。"

话落，戴心姿一阵大笑，鄙夷又轻狂的笑声，把愤怒与痛恨悄悄掩饰掉。

耳边徘徊着的狂笑叫施喜念气得发抖，她向来就容不得别人对陆景常有半点的诋毁谩骂，何况戴心姿居然还说了"活该去死"这样充斥着诅咒意味的四个字，明明当初是戴心姿犯下的错，如今竟说得像是别人福薄。

"你住嘴！"越想越愤怒，施喜念当即惊声尖叫，"该死的人是你！"

她死死咬住唇，樱粉色的唇瓣被咬得发白，记起那场大火，心中的愤恨越演越烈，宛若记忆中的熊熊烈火穿越了时间，灼烧着她的心脏。

痛，在一寸寸地蔓延。

她完全记不得戴心姿昨晚给自己打过电话。

戴心姿也不知道，前一晚，当她用着愚弄的口吻质问施喜念是否把自己当作施欢苑时，施喜念正巧走了神，全然忽略了电话里她的声音，随后更是在彼此短暂的沉默里挂断了电话。

"不，该死的是你才对。"听见她歇斯底里的尖叫，戴心姿扬着下巴，毫不客气地带着讥笑反驳，"是你害死了陆景常兄弟俩，害死了自己的亲姐姐，你才该死！"

施喜念当即咂舌，心里的火好似烧到了喉咙，干涩炽烈得她说不出一句话。

眼前的电梯门早已闭合上，无言以对的沉默里，身子在剧烈发抖，愤怒已经被惊恐驱逐。

她连连深呼吸，好半晌过去，哆哆嗦嗦的声音才在空气中轻轻响起："我真是疯了，我就应该跟警察说，是你把我锁在美术室里的！"

"你不说，是因为你知道我无罪，那场火不是我放的。"仿若那一夜的恐惧都只是假象，戴心姿语气傲然，掩下心脏那一瞬的微颤，强作镇定，"施喜念，我是真的很想你，虽然很快就能见面了。"

手机里，戴心姿话落的一瞬，施喜念于余光中瞄见了映在电梯门上的一个黑影。

除了惊吓，她来不及有多一秒的反应，身后的人已经贴近过来，一把捂住了她的口鼻。

"啪嗒！"手机掉在了地上。

"唔……唔……"施喜念圆睁着眼睛，惊恐地挣扎着，两只手抓住对方的手臂。

感觉到窒息时，她隐隐约约好似看见了陆景常。

他，在对着她笑。

——阿常哥哥。

她心下呢喃，须臾间软了手脚，紧接着，意识也在下一秒消失。

第六章

/

不如将痴念埋葬深苑

我那样的过去，你会不会介意？

01

人生漫漫，总有许多擦肩而过的瞬间。

譬如这一分钟，推门走进酒店里的郭梓嘉，与推着一个 32 寸黑色行李箱的男人擦肩而过。

此时，手机里节奏分明的"嘟嘟嘟"声已经在郭梓嘉的耳边徘徊了约莫十分钟的时间。

十分钟前，他就该在门口见到施喜念的，但施喜念并没有等在那里。十分钟的等待时间不算长，叫他在意的是，其间他一直都没能拨通施喜念的电话，担心油然而生。

就在郭梓嘉眉头深锁、心神恍惚之际，他的脚尖意外踢到了行李箱。

他没有道歉，甚至看也没看一眼行李箱的主人，只是下意识地往脚边滑过的行李箱嫌弃地瞄了一眼，黑色行李箱上，一块白色的布料卡在拉链的缝隙里，格外显眼。他没有多想，更没有多看一眼，手机很快从耳边被拿下，他又重拨了一遍施喜念的手机号码。

默契的是，男人也没有对他的"不小心"和"不礼貌"多加纠缠，默默加快了步伐，推着行李箱往外走。

互不相识的两个人，一进一出，像两条直线交叉而过，除了交叉的那一瞬，不再有多余的交点。

随后，郭梓嘉径自走进电梯。

耳边的"嘟嘟嘟"声还在继续，他的手无意识地连续不断地按住电梯门旁闭合标志的按钮。

一分钟后，电梯停在了三十楼。

门外隐隐约约地传来了手机铃声，郭梓嘉心下一惊，缠在眉间的担忧越加浓烈。他不由得深呼吸，目光紧紧盯在电梯门的下方，随即，在电梯门敞开的瞬间，他看见了施喜念的手机就躺在地上。

才吸进去的一口气顿时就卡在喉咙里，世界安静得只有回忆的画面在脑子里翻腾扑簌的声息——

"少爷，欢苑小姐出事了……"

"她乘坐的那辆汽车从悬崖坠落，全车除了包括她在内的三名乘客失去了踪迹，无人生还。"

"少爷，警方刚刚确定，失踪的三名乘客均没有生还可能。"

往昔的痛，再一次炽烈在心上，天生敏感的他直觉施喜念一定出了意外，心一阵颤抖，久久不能安定。

不！

喜念，你一定不能有事！

我不能失去你，我没办法承受再一次痛失所爱的感觉。

这恐惧忐忑，这心神慌乱，亦如当初得知她被大火困住时候的感觉。

他一边想着，一边连番深呼吸，粗重的喘息声在静谧的走廊里越发诡谲可怖。极力冷静下来后，他拾起手机，以最快的速度直奔施喜念的房间。他一边敲门，一边按着门铃，一声声的"喜念"漫在静寂的走廊里，叫这夜生了几分忐忑。

半分钟过去，房内依旧鸦默雀静。

郭梓嘉不假思索地离开，直接到大厅的服务台，费尽心思终于看到了监控录像。

监控画面上，一个身穿黑色运动套装的男人显得形迹可疑。郭梓嘉凝神看着那人，只见他头戴黑色鸭舌帽，脸上戴一个黑色口罩，打扮得格外神秘。随后，他看见，在三十楼的电梯前，男人从身后捂住了施喜念的口鼻，不消片刻，施喜念就昏倒过去，男人动作轻快，扛起她马上就从逃生出口离开。

脑子里忽地闪烁过一个黑色的行李箱，郭梓嘉心里"咯噔"一下。

回忆在翻箱倒柜，他依稀记起，那个推着行李箱离开的男人，以及卡在行李箱拉链缝隙的格格不入的白色布料。

难道，那里面装着的是喜念？

猜疑一起，他倒抽了一口冷气，吩咐保安人员调出酒店大门口的监控。

从监控上看见黑衣男人上了一辆出租车，郭梓嘉马不停蹄地联系上出租车公司，而后得知，男人就在距离酒店最近的一个商业广场下车。

倘若施喜念就在行李箱里，意图不轨的男人不可能会到新利商业广场那样人多复杂的地方，最大的可能性是，他要去往的是新利商业广场下面的停车场，出租车不过是对方掩人耳目的小把戏。

笃定自己的推测，郭梓嘉立刻赶往新利商业广场。

他没有报警，天生疑心大的他信不过任何人，就连警察都得不到他的信赖，唯有施欢苑与施喜念是例外。

找到施喜念时，已经是第二天清晨五点多。

前一晚在新利商业广场的地下停车场调查时，郭梓嘉得知男人开着一辆灰黑色的面包车离开，他一路追到一个较为偏僻的小区里。清晨，一个十多岁的男生收了郭梓嘉的钱，假装送牛奶，查到形迹可疑的男人就住在六楼，并且屋子里只有他一人，于是，郭梓嘉单枪匹马地上了楼。

以一敌一，郭梓嘉自信满满。

然而，就在郭梓嘉与男人拳脚较量时，男人的两名同伙回来了，不敌三人的郭梓嘉很快被关进了一间小黑屋里。

门关上的那一刻，黑暗将他吞噬。

房内，被蒙住了眼睛、捆住了手脚的施喜念就在角落里。听见开门的声响，嘴巴被布条堵住的她艰难地发出"唔唔唔"的声音，偏偏，只被捆住了手的郭梓嘉却如聋子一般，听不见她的呼叫。

深埋在心脏深处的画面挣脱了束缚，黑色是记忆里唯一的颜色。郭梓嘉屏住呼吸，感受着窒息般的感觉，浑身止不住地哆嗦着。

他仿佛看见年幼的自己被关在一个狭小的衣柜里，衣柜的门被封住，黑暗将他的双眼蒙住，除了绝望，他看不见任何的微光。他不停地拍打着衣柜四壁，"砰砰砰"的声音将恐惧一点点扩大，他喊"救命"喊到喉咙沙哑，却始终等不来救援。

一天，两天，三天？

他忘了自己到底被黑暗锁住了多少天，他只知道，再见到父母亲时，已恍若过了一个世纪。

在那个衣柜里生存的日子里，偶尔，他会得到特赦，能够暂时离开黑暗，可是，对他来说变态的虐打和恣意的肆虐是比黑暗更加绝望的地狱。

一帧帧的过去历历在目，那些恐惧那些痛再一次将他击倒，将他完完全全困在了过去的雾网里。

这一刻，郭梓嘉恍惚觉得，他还是当年那个十岁的自己。

他想逃，他拼命地挣扎，拼命地撞向黑暗中的某处，跌跌撞撞着。

由于那几个人是在急匆匆之间把他丢进这黑屋里，竟忘了封住他的嘴巴，郭梓嘉得以放肆地呼救——

"我要出去！开门！我要出去！开门啊！"

嘶哑的声音里充斥着惊恐，震荡在空气中，偏偏助长着隐身暗处的绝望。

02

无端端遭遇绑架，施喜念既莫名又惊慌恐惧，煎熬的一夜里，她一直在祈祷着郭梓嘉的搭救。

说不清算不算依赖，但，他是她当下唯一可信赖的。

因此，当她如愿听到了郭梓嘉的声音时，晃荡了一整夜的心才稍稍安定了下来。

郭梓嘉不知道，黑暗中，他的声音是安慰施喜念的唯一的温暖，可惜，温暖不过转瞬即逝。听着郭梓嘉惊恐万分的嘶吼，听着他撞到墙上、门上、地上的声响，施喜念当即蒙了。她能感受到郭梓嘉的恐惧，平日里傲慢又霸道的郭梓嘉，此刻就如同一个不谙世事才看见世界狰狞昏暗一面的小孩。

她努力地张开嘴，发出"呜呜呜"的声音，她想问他——

郭梓嘉，你怎么了？

可是，她说不出来，就连呼唤他的名字，都变作低弱的"呜呜"声，被他的嘶吼掩盖。

不知所措之时，施喜念恍惚记起两个人曾在摩天轮上的那段记忆。那一次，主题公园停电，摩天轮停止转动，他们被滞留在最高点，她记得他当时惨白的脸色，记得他脸上的恐惧，她还记得他用手痛苦地扼住他自己的脖子，似乎就要窒息过去。后来，她才知道，他患有狂躁抑郁性精神病、幽闭恐惧症。

回忆至此，施喜念皱眉，心下一惊。

难道，郭梓嘉这是发病了？

当下的情况，他的幽闭恐惧症，分明比在摩天轮上的那一次还要严重。施喜念想着，不由得担心起来，随之下意识就要起身去帮他。可是，被捆住了手脚的她挣扎了几下，仍旧滞在原地，哪怕一声安慰的"我在"，都无能为力。

正当施喜念束手无策之际，她听见郭梓嘉的声音似乎越来越近。

于是，她深呼吸，冷静下来，歪着脑袋听清了声音传来的方向，而后靠着捆在一起的双脚与臀部，一点一点地朝着郭梓嘉的方向移动。虽然每一次移动的距离都很微小，但她知道，如果能够到达郭梓嘉身边，也许就能够安慰到他。

哪怕像上一次那样，假装是施欢苑，也无所谓。

施喜念胡乱想着，慢慢地，人已经到了郭梓嘉的身旁。

此时，在黑暗中跌跌撞撞的郭梓嘉仍然未察觉到施喜念的存在，惶乱的步伐仍在继续着，毫无方向地想要找到出路。忽然之间，他踩到了施喜念的脚，下一秒，人径自往前，扑向了施喜念。

角度暧昧得刚好，施喜念被压在了他的身下。

未有半秒迟疑，感觉到郭梓嘉的耳朵就在自己的耳旁，施喜念立刻偏过头，被布条堵住了的嘴巴贴了上去。世界有了一秒的安静，施喜念趁机"呜呜呜"地叫了起来，嘴唇轻轻摩挲着他的耳朵，鼻息一下一下地扫在他的耳朵上。

她的声音那样低弱，在稍纵即逝的那一秒钟，全然进入不了郭梓嘉的世界。

他挣扎着要起身，精神仍处于高度的紧张与恐惧里，他感觉不到身下躺着的施喜念，甚至，他感觉不到，那是一个人。如惊弓之鸟的他，只想着逃跑，很快，他整个人就从施喜念身上滑了下去。

来不及思考，在距离拉开以前，施喜念直接顺着郭梓嘉滑落的方向，翻了翻身。

她只想留住他，她想尽办法，只是想把他从惊恐之中拉出来。

然而，她万万想不到的是，一个翻身过去，再抬起头，须臾间，她的嘴巴正好贴住了郭梓嘉的嘴巴。

"我要……"

郭梓嘉的叫喊就这么被切断。

世界遽然间安静了下来，他心上所有的恐惧，所有凌乱狼狈的旧记忆，统统都得到了安抚。

这一个意外的亲吻，仿佛一束温暖的曦光，粉碎了他脑海中的黑暗，驱赶了令人窒息的绝望。

他深呼吸着，一遍接着一遍，急促的呼吸渐渐缓下节奏。

"喜念……"许久，一步步走出了那一段地狱般的记忆，挣脱了魔鬼的纠缠，他才哑着声音唤她，"是你吗？是……你吗？"

有泪水从眼角渗出。

像十岁那年，警察撬开了那个衣柜，他重见光明，站在光里的母亲扑了过来，哭着将他拥进了怀里。那时候，意识迷糊的他说不出话来，只在心里一遍遍重复地问着：是你吗？妈妈，是你吗？

他的低泣依稀藏在静默的空气中，施喜念怔了怔，点了点头。

是我。

可她没法说出来。

郭梓嘉深吸了一口气，哽咽着声音说："我以为，我永远都不会好了。"

施喜念不懂他话里的意思，也未曾察觉，这一次，他口口声声清清楚楚地唤着她——"喜念"。她沉默地陪伴着他，宛若还未从那个意外的亲吻中恍过神来。

好久过去，郭梓嘉才意识到，施喜念被蒙住了眼睛、堵住了嘴巴，他立刻用被捆住的手，扯下她的眼罩和嘴里的布条。

恍过神后，施喜念喘一口大气，问他："你还好吗？我很怕你……"

话还未说完，郭梓嘉靠了过去，想拥抱她却因双手被困而无法实现，于是他将脑袋枕在她的脖颈间。

他亲昵地蹭着她，声音轻浅："幸好有你。"

施喜念顿了顿，张了张嘴，有些语结："没……没事就好。"

话落，两人又被沉默包围。

等了好一会儿，郭梓嘉还腻在她身上，脸贴着她脖子上的皮肤，温温的鼻息有些烫热。

施喜念蹙了蹙眉，刻意耸了耸肩膀，说："郭梓嘉，我们必须逃出去，你可以克服你的幽闭恐惧症吗？"

"我会带你出去的。"郭梓嘉承诺道。

"我信你，我们都会没事的。"听出了他的呼吸里仍有些紧张，施喜念笃定道。

她在鼓励他，也在安抚他。

03

与朝思暮想的人牵着手在清早的晨光中狂奔，浅浅的影子在灰色的水泥地面上摇摇晃晃，却有一种风再大也不能把紧牵着的手分开的感觉。郭梓嘉一边想着，一边借着余光，一再凝视施喜念，心跳在加速，像有人在耳边卖力地打着鼓，节奏紊乱，却莫名地好听。

他忍不住勾了勾嘴角，牵着施喜念的手也更加用力，一丝缝隙都不愿留给路过的风。

二十岁出头才遇见爱情的他，在第二次喜欢里，也如十多岁的少年一样。

对于郭梓嘉此时此刻的欢喜，施喜念一无所知，时不时回头，身后的"绑匪们"还在紧追不舍，她只一心要摆脱他们。

许久，身旁的郭梓嘉拉着气喘吁吁的她，一个闪身，钻进了胡同里。

这里的胡同四通八达纵横交错，施喜念紧随着郭梓嘉的步伐，两人在胡同里拐了几道弯之后，正好看见不远处有一户人家正在搬家。家门口停着一辆小货车，旁边还有一些衣柜、沙发等家具。

至此，郭梓嘉回头，而后仅仅迟疑一瞬，趁着主人家未察觉之时，他拉着施喜念钻进了大衣柜里。

衣柜的门一合上，世界立刻陷入黑暗。

郭梓嘉猛地倒抽了一口冷气，心忐忑着，不安着，遥远记忆里的恐惧与绝望蠢蠢欲动，恍若就要卷土重来。

感觉到手心里他的微颤，施喜念立刻伸出另一只手，抱紧了他。

她小心翼翼着，几乎花光了所有的力气，左手紧握着他的右手，右手用力地揽住他的肩膀，她不敢吭声，郭梓嘉却听得见她的心在说话。

他听见，她好像在说："没事的，我在。"

那一瞬间，心里那张牙舞爪的恐惧突然消失不见，仿佛衣柜外的阳光穿透了木板，照落在他的心上。

郭梓嘉低了低头，黑暗里，他什么都没有看见，却觉得她好像一颗从黑夜里滑落的流星，正落入他怀里。

外面的世界很安静。

主人家与货车司机似乎都不在外面，等待了片时，施喜念犹豫着要不要出去，郭梓嘉拉住了她。

与此同时，外面传来一阵慌乱的脚步声，"嗒嗒嗒"的声音，正好停在衣柜不远处。

两个人同时憋着一口气，一动也不敢动。很快，外面依稀飘来了一个男人的声音，粗糙沙哑，似乎是在打电话。郭梓嘉听到那声音的主人在毕恭毕敬地说："代先生，对不起，人跑了……"

声音落下，顿了几秒，又响起，"是是是，好好好，明白了……"

那人话落，又有一个女人的声音传来，说："师傅，最后把这个衣柜搬上车就可以了。"

脚步声乱糟糟的，似乎有许多人在走动，杂乱中，略显慌张的脚步声越来越远，沉稳且步调分明的脚步声停在衣柜外边。

下一秒，施喜念感觉到衣柜动了动，随之，她整个人如若失了重心一般，倾向郭梓嘉，一整张脸也顺势埋进了他的胸口。突如其来的惊吓叫她差一点就尖叫出来，好在她反应迅速，立刻抿紧了嘴巴。衣柜也在此时重新落地，"嘭"一声，宛若地动山摇一般。

紧接着，外边立马有男人喘着粗气在念叨："这衣柜怎么这么重？"

施喜念惊魂未定，悄悄喘一口大气，受了惊吓的心还在怦然乱撞，反倒是身边患有幽闭恐惧症的郭梓嘉镇定自若，在她受惊时候，牵住她的手稍稍用了用力，像是想要安抚她。

直到确认"绑匪"已经离开，施喜念与郭梓嘉才推开衣柜门出来。

此时，已经尝试了好几次都没能搬起衣柜的两名师傅正要进行下一次尝试，看见施喜念与郭梓嘉突然跳出衣柜，两个四十多岁的中年男人气得脸都绿了。面对责骂，施喜念一边连连道歉，一边拉着郭梓嘉离开。

她怕晚一秒，皱着眉满眼冷意的郭梓嘉会口出狂言，惹恼了大叔们。

虽然认识郭梓嘉不到两年，却足够她去了解他的脾性，他讨厌喋喋不休的谩骂，即使是自己先麻烦到了对方。

胡想着，两人一同出了胡同。

在人生路不熟的陌生城市的郊区摸索着走了约莫二十分钟的路程，他们才终于拦住了一辆出租车。

在车开往酒店的路上，彼此沉默着，好似各怀心事。

不一会儿，依稀记起什么，郭梓嘉从口袋里掏出施喜念的手机递还给她。随后，又将这短短不到十个钟头的惊险经历回忆了数遍，他若有所思地问她："那几个人抓走你之前，戴心姿是不是找过你？"

施喜念下意识地抬头看他："她给我打过电话。"

郭梓嘉眉心一紧，眸子里分明铺陈着狐疑："她说了什么？"

"说了……没什么特别的，就是说，我们很快就会见面。"话落，施喜念很快反应过来，心里"咯噔"一下，盯着郭梓嘉问，"你怀疑是她做的？"

郭梓嘉没有回答，脑子里响起了绑匪的声音——

"代先生说，女的照旧交货，男的丢到有人的地方就行了。"

"代先生，对不起，人跑了……"

前一句是他们逃出来之前，绑匪一边开门一边说的话；后一句话是他们躲在衣柜里时听到的，当时绑匪似乎是在讲电话。

戴心姿。

他心里默念着她的名字。

戴心姿也姓戴，唯一不同的是，她是女的，而与绑匪有联系的幕后主谋应该是个男人。

04

时间一晃两日。

这天晚上十一点，施喜念正窝在电脑前画着漫画，忽然一阵噼里啪啦的声音从窗口处传来，瞬间就将屋子里的静默粉碎。她循着声音回头，紧闭着的玻璃窗上，水痕一条覆盖过一条。

台风登陆了？

想起天气预报说，一个新台风正在形成，施喜念心下嘀咕着。

想着，她保存好刚刚完工的漫画，拿起杯子，将剩余的咖啡一饮而尽，然后端着杯子走向厨房。路过王淑艳房间时，门还是关着的，她又抬头看了一眼客厅墙壁上的挂钟。虽然王淑艳偶尔也会值夜班，但她鲜会超过十一点钟都还不回来。

雨那样大，施喜念心下不免担忧，决定回头给王淑艳打个电话。

转瞬到了厨房，她将杯子洗干净后，往沥水架上一放。正当她拉下挂在墙上的抹布擦着湿漉漉的手时，屋外忽然闪过一片煞白的光，紧接着，一记炸雷"轰隆隆"响起，屋子里的灯宛若受了惊，闪了闪，全数灭了。

施喜念吓了一跳，抬手抚了抚胸口。

闪电与雷鸣还在继续，煞白的光映在玻璃窗上，她看见，整个小区都黑漆漆的，似乎是巨雷打坏了附近的电压箱，导致这一片区域都停电了。

施喜念摸着黑穿过客厅，回到了房间，给王淑艳打去电话，问她："淑艳，这么晚了，你还没下班吗？外面正下着暴雨呢，你没事吧？小区也停电了，等会儿你打车回来给我电话，我下去接你吧。"

"我打不到车，回不去，今晚就和同事一起住酒店了。刚洗完澡打算给你打电话说一声的，你就打过来了。"施喜念一股脑唠叨了许多，王淑艳已经没心思去计较那一句令她头痛的"淑艳"。

"这样啊，"施喜念有些失落，却装作若无其事，"那好吧。"

挂了电话，看着黑漆漆的房间时不时被屋外的闪电染上一层白光，施喜念皱着眉头，长叹了一口气。

最孤独脆弱的时候，是回忆最容易乘虚而入的时候。

施喜念钻进了被子里，才静下心来，回忆已经在脑海中点燃了蜡烛，烛光里，一帧帧一幕幕的过去，都有着陆景常的身影。从最初遇见，青梅竹马的从前，到那年施欢苑的出现，陆景丰的意外身亡，再到最后陆景常踏进火场救她，一命换一命，一切如梦亦如幻。

思念与悲伤同步，如同闪电与惊雷形影不离。

时至今日，她仍然还会止不住地痴想，如果那一年夏天，施欢苑没有长途跋涉来雁南城，陆景丰也许还活得好好的，她与郭梓嘉大概会在施欢苑高抬着下巴的介绍下认识，而她与陆景常，大概也早已经有情人终成眷属了吧。

她是那么喜欢陆景常。

她好不容易确定了陆景常的心意，却也在那一瞬间明白，无论是她还是欢苑，迟来的真相抹不去他们之间的过去，陆景丰死了，他的妈妈也死了。她清楚地记得，那时候陆景常妈妈落在她身上的眼神，满满当当的恨，只差将她千刀万剐。

陆景常说，他不介意她是施欢苑的妹妹，不介意是拥有着那张与她一模一样的脸的主人拆散了他的家，将他的弟弟与母亲都拉下黄泉。

可是，施喜念知道，倘若他们真的在一起了，午夜梦回时，从梦魇中醒来的陆景常一定会介意。她应该庆幸，他们没有在一起，否则每一个漫长的深夜，她都是他不能言语的痛，如刺扎在心头，因为这一道鸿沟，永远不会消失。

很多个瞬间，她都希望，死的人是她。

无论是死在两年前的那个夏天里，还是一个多月前的那场大火里。

偏偏，从来只有她一个人在苟延残喘地活着。

胡想着，抱着回忆的施喜念一再深陷悲痛里，时间一分一秒在暴雨中流逝，回忆越是动荡不安，无处安放的思念就越是浓郁，而眼泪早已经泡湿了枕头，犹如屋外的瓢泼大雨渗入了屋内。

迷迷糊糊中，施喜念隐约听见门铃响起。

已经是午夜十二点多，她猜疑着屋外访客的身份，迟迟不敢出门，甚至不敢应答，直到郭梓嘉打来电话，说："开门。"

施喜念闻言怔住。

两日前回到 A 市以后，她与郭梓嘉之间，就又回到了一种互不联系的状态，除了每日都以快递形式被送上门的拼图。也只有每日见到拼图的时候，她才会想起郭梓嘉，想起那日独自从首都回来时，突如其来的孤单感。

缓过神后，她慌慌张张地起身开门，随之依稀看见郭梓嘉就站在门外。

"你怎么过来了？"让他进了屋，施喜念从鞋柜里摸出一双闲置的女款拖鞋，递给他，"暂时穿着这双拖鞋吧，我们这儿都没有男生住，也没想过会有男生过来，所以没有准备男款的。"

"无妨。"郭梓嘉脱了皮鞋，偌大的脚硬塞进那双女款拖鞋里，却还是有大半的脚踩着地面。

"你外套湿了，先脱了吧。"施喜念打量了他一番，建议道。

"哦。"郭梓嘉解开扣子，将外套脱下来给她。

"你什么时候回来的？我还以为你至少要在那边待一个星期呢。还有，怎么这种天气还过来我这里，总该不会是路过吧？是不是有什么事？"接过外套，施喜念一路走向阳台，一边没话找话地问道。

"下午刚回来。"郭梓嘉坦白说，"你室友那个谁，打电话给我说，你们这里停电了。"

"淑艳？"施喜念烦恼又无奈地吐了一口气，把郭梓嘉的西装外套挂在墙上的挂钩上。对郭梓嘉与王淑艳，她没有半分怀疑，只是想起，从首都回来的那一日，王淑艳就一直在追问着她与郭梓嘉之间有没有因为这次短暂旅行而有更进一步的发展。

短瞬的回忆带来了片刻的沉默，等施喜念回神时，屋子里有了第一束光。

她诧异地回头，只见茶几上摆了十几根小小的香薰蜡烛，郭梓嘉正拿着火机，一根一根点燃，微醺的烛光充盈在屋子里，温馨得很。

她蓦然想起多年以前的那个秋夜。

十一月十一号，她记得很清楚，那是陆景丰生日的当晚。陆景常熄了屋子里的灯，漆黑一片时，施喜念听见"啪"一声，是陆景常打燃了火机。摇曳的火光里，她看着他将蛋糕上的蜡烛一一点燃。

烛光微醺，她顿时有一种错觉，那是她的生日蛋糕，于是在陆景常点燃最后一根蜡烛时，她迫不及待地双手合十，说："那我许愿咯！"

她声音落下，一旁的陆景丰着急起来，一边推搡着她，一边急急道："我的！是我的！"

陆景常"哈哈"笑了起来，笑声清朗，施喜念立即缓过神来，脸上染上了尴尬的红晕。

"乖，景丰，没人抢你的愿望和蛋糕。"旋即，低着头的她听见陆景常继续说道，"喜念，你想许愿的话，可以对着我许，如果不是太难实现的话，我可以当一回愿望天使。"

"我……"想着自己的愿望，施喜念脸更红了，"才不要。"

那时的愿望很简单，不过是希望陆景常也能像她喜欢他那样喜欢她。

如果不能一样，那么差一点点也没关系，她可以喜欢他多一些，甚至再多一些都无所谓。

记忆又在挑唆着情绪，施喜念连忙深呼吸，丢下一句"我倒杯水给你喝"，就仓皇逃走了。

端着盛满温水的玻璃杯出来时，客厅里又多了一样东西。

她走近一看，才知道那是一张沙画台，底部是可照亮的透明的胶硬板，上面有细小的沙子。

"你从哪里弄来的？"施喜念一脸诧异，他进门时，明明手里只有一把伞和一个装着蜡烛的袋子。

"是我……"郭梓嘉顿了顿，"是你室友那个谁告诉我的，说杂物间里放着这个东西，应该是房东留下的。"

"她怎么连这个都告诉你？"她嘀咕着，有些狐疑，却没有多想。

"我正好会玩这个，要捧个场吗？"郭梓嘉没有解答她的疑惑，只笑着问她。

闻言，施喜念沉默着走至他身旁，以注视在沙画台上的目光表示捧场。

与此同时，他的双手轻轻拨弄着沙画台上的细沙，烛光柔黄，她悄悄抬眼看他，发现他比烛光还要温柔。

随着郭梓嘉手指灵活地拨弄，一笔一画，沙画台上的胶硬板上开始有了影像。

静谧里，他轻声讲起了故事，声音清浅、柔缓："从前有一条鲸鱼，住在深不见底的深海里，它一直都很孤独，它看不起深海里的其他动物，它们也都害怕它。它活了很久，但从来没有游出海面。直到有一天，一只小灰猫从游轮上掉了下来，沉入海底，于是鲸鱼遇见了爱情，它第一次游出了海面，看见了白云，遇见了风，也被阳光拥抱……"

故事里的鲸鱼，孤独敏感，施喜念听着听着，脑子里遽然浮现出新漫画连载封面的那条鲸鱼——

那条代表了男主角的鲸鱼。

那条与男主角一样孤独敏感、温柔又霸道的鲸鱼，那条她企图想将它当作陆景常，却又像极了郭梓嘉的鲸鱼。

05

一夜的暴雨过去，天空一尘不染，两道彩虹若隐若现，横跨过湛蓝的天空，映在眸子里，顿时就点亮了人们的心情。

这是施喜念第一次遇见双彩虹，她偷偷地想念着陆景常，心下呢喃着：若是你在就好了。

所有良辰与美景，她都只想与陆景常分享。

她忘了，陪了她一夜的郭梓嘉就站在她的身旁，在她身不由己地困在思念里时，他的目光也情难自禁地锁定在她身上。

在郭梓嘉眼中，比奇迹更值得注目的，是身边的施喜念。

可惜，他放任她在他心上落地扎根，施喜念却不曾想过要在心里给他留一席之地。

就在两个人各怀心事之际，两段节奏各异的手机铃声一前一后响起，掺和在一起，打破了沉默。

一瞬的错愕，两人相视一笑，各自拿出手机。

随后，见到屏幕上"戴心姿"三个字时，施喜念眉心微微一蹙，转过身默然回屋，穿过客厅，回了房间。

切断手机铃声时，施喜念脑子里一片空白。

对戴心姿，她已经无话可说，心里唯一存疑的，只有离开首都前，郭梓嘉对戴心姿的怀疑。若换作是从前，她绝对不会怀疑戴心姿分毫。但每每想起戴心姿划破她的脸，将她锁在美术室里，咆哮着叫她去死，想起陆景常闯入烈火熊熊的美术室里救她却意外丢了性命，施喜念就无法如从前那般信任。

在施喜念悄悄走神时，戴心姿的声音冷冷地刺入了耳朵里："施喜念，出来见个面吧，就现在。"

"没必要，我并不想见到你。"站在窗边的施喜念回头看一眼紧闭着的房门，话里充斥着与戴心姿不相伯仲的冷漠。话落后，她迟疑须臾，在戴心姿接话前又开口，径自问道，"你是不是叫人绑架了我？"

"呵，连你也这么说？"戴心姿嗤笑一声，转瞬，咬着牙，恶狠狠道，"若我狠得下心，定不负你们这番污蔑！"

"是不是你都好，心姿，我放过你一次，不代表会放过你第二次。陆景常不在了，我必须替他活着，我有很重要的事情要代替他完成，你不要再来妨碍我！"咬牙切齿时，施喜念紧握成拳头的手抵住在玻璃窗上。

感觉到施喜念语气里的焦急愤恨，戴心姿心中也有万千委屈。下一秒，她咬牙咽下盘踞在眉头上的所有委屈与愤怒，故意放低了姿态，带着笑轻声说："我约你见面，就是为了陆景常。"

总觉得她的笑声有些不怀好意，施喜念警惕地皱了眉头，正要拒绝与她对话，戴心姿却如早有预料一般，在施喜念的手机悄悄撤离耳畔之际，一字一字地说："陆景常还活着。"

施喜念闻言，心顿时一紧，一口气堵在喉咙里，上不来也下不去。

因为激动，她浑身都在颤抖，她心里有惊喜在雀跃，也有疑惑在漫卷。她整个人在这一秒钟完全怔住，只余下嘴唇在哆嗦着。潜意识里，她想要说话，可哆嗦的嘴唇在微微张合，大脑里偏偏只剩白蒙蒙的一片。

眼泪在这一瞬间掉落，是喜极而泣，亦是难过至极。

抵着玻璃窗的拳头静悄悄地抬起，很快堵住了嘴巴，牙齿咬在拳头上，疼痛袭来，她却笑了。

所有的人都告诉她，陆景常死了，这是她第一次听见有人说——陆景常还活着。

如果说世界上最恶毒的话是郭梓嘉的那一句"陆景常死了"，那么，世界上最动听的话，应该就是从戴心姿嘴里溜出来的这一句"陆景常还活着"。

尽管，她恨着戴心姿。

虽然施喜念在努力地保持沉默，但凭着她越发急促的呼吸，戴心姿已经想象出她的震惊与雀跃。她满意地咧嘴笑了，语气揶揄："你不愿意出来就算了，反正还会见面，我就在电话里说吧，陆景常没死，他还活着，施喜念，你被骗了。"

"你……"连番深呼吸落下，一分钟已过，施喜念这才捂住胸口，颤颤巍巍地问，"你说的是真的假的？是什么……什么意思？"

"陆景常没死。"戴心姿笑得魅惑，"我可以发誓。"

"那他在哪儿？他在哪儿？"她信戴心姿，从戴心姿说"陆景常还活着"的时候，她就已经相信戴心姿了。此刻，再难以压制心上的惊喜，她几近咆哮，她迫不及待，恨不得马上就飞到陆景常的身旁，管未来要怎么面对。

"确实有人想要他死，是我亲眼所见。"戴心姿答非所问，自顾自地说，"若不是这一次，因为你，他那样待我，我可能会想不起来，毕竟爱情总是盲目的，我总不能看着他受罪。"

惊喜的同时带来阴谋。

施喜念倒吸一口冷气，凝目盯着窗外，湛蓝的天空中，彩虹早已消失。

随即，她问戴心姿："你，说的是……"

戴心姿仍笑着，施喜念看不见，此时的她正站在镜子前，一只手轻轻摸着脖子上的红印，施喜念只听见她说："你知道是谁的，那晚还有谁冲进了美术室，是谁救了你，你心中有数。"

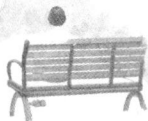

第七章

/

期盼终于长出了枝蔓

戴心姿说，你还活着，我信。

01

关于真心与谎言，有时候，人们只会相信自己愿意相信的。

譬如施喜念，在郭梓嘉与戴心姿之间，她选择的其实不是戴心姿，而是她自己内心的期盼。

她希望陆景常还活着，她要陆景常还活着。

于是，郭梓嘉变成了"头号嫌疑犯"，她甚至拒绝相信，在医院里看到的尸体就是陆景常。她没有证据，也没有隐藏在记忆中的蛛丝马迹可供怀疑，她说服自己的理由仅仅只是她固执地认定，根本无法凭肉眼辨认出烧焦了的尸体的身份。她强迫自己相信，当时她在太平间里没能凭着尸体确定他就是陆景常，那便是他活着的最好证明。

当她决定不信郭梓嘉时，他所有的好，都在须臾间被抹去。

脑子里反复回放着戴心姿说过的话，她有很多问题想问清楚郭梓嘉，她迫不及待地想要知道陆景常的下落，但是，手握住房门把手的时候，她忽然又冷静了下来，整个人一动不动地立在原地。

她想，若郭梓嘉有心要骗她，那么，无论她质问多少次，他也不会承认。

不，她不能像以往那样，把怀疑描在脸上，用咄咄逼人的质问方式去寻求答案。

何况他是那么神通广大，一个人就能骗过全世界，骗得大家都相信陆景常真的死了，把一个活生生的人埋葬在那一场大火里，硬生生变成死去的人，最后渐渐消失在大家的记忆里。

恍惚想起他曾经说过的那一句——"我救你是道义，至于陆景常，我没有那个义务。"

她猛然顿悟，原来，那不是他的口硬心软，就因为没有义务，所以不仅仅见死不救，一如戴心姿所说的，他甚至想要陆景常死……

胡想至此，她有些毛骨悚然，心下更是笃定郭梓嘉心有歹意，于是，紧握住门把的手不由自主地使着力，白皙的手背即刻青筋暴起。

愤怒将她眼睛染得通红，身子因为惧怕与怨恨开始微微颤抖起来。

与此同时，"咚咚咚"的敲门声与郭梓嘉不紧不慢的呼唤一同响起，房门也在微微颤动，明明是门那边的郭梓嘉敲得大力了些，施喜念却恍惚觉得，是眼前的这扇门也在陪着她瑟瑟发抖。

她强迫着自己冷静下来，一遍遍地深呼吸之后，手才扭动着把手，把门打开。

她低着头，咬着唇，双手垂在裤子两边，默不作声地攥紧着裤子，目光定在米白色的瓷砖上，砖面上隐约映着彼此的身影，可瞧不见郭梓嘉的脸。

站在门外的郭梓嘉看着她，敏锐地察觉到一股盘绕在施喜念身上的低气压。

他忍不住蹙了蹙眉，看着她的眼神里带着打量："怎么了？"

施喜念深吸一口气，用力紧咬牙关，强行压住心胸里的愤恨，脑袋轻轻晃了两下，张嘴时，只勉强能够说出一个字："没。"

"确定？"郭梓嘉不信，倒也没多问。

沉默了两三秒，等不到她的下一句对白，他便转开了话题，说："我刚刚接到了 Marc 的电话，他答应担任我们公司新立项的主题公园建设项目顾问一职。或许现在才跟你说，有些先斩后奏，但其实你给 Marc 过目的设计图，不仅 Marc 有兴趣，我也已经向总公司申请发展这个项目并得到许可。所以，你要不要来应聘我的助理，一起参与这个项目？"

"你是说，阿常……陆景常的设计图？"施喜念猛地抬起头，眼里霎时有了光。

"走正常的投简历应聘程序，我不会给你开后门的，虽然是朋友，但你只能靠你自己的实力去争取。"故意无视她眼里因陆景常而燃起的星光，也对设计图的归属问题避之不谈，郭梓嘉淡然道。

"你为什么，要帮陆景常？"惊喜过后，施喜念眼里充斥着困惑。

"在商言商罢了，况且连 Marc 都赞赏，并且愿意担任顾问。"郭梓嘉嗤笑着，眼里分明有着针对陆景常的鄙夷。

与他四目相对的刹那，蒙住了眼睛的困惑更加浓郁了。

直觉告诉她，所谓的"在商言商"不过是他的借口，他有心要替她圆了陆景常的梦，以至于在首都多逗留了两日。

可是，一想起陆景常，施喜念立即凝目蹙眉，她不愿意相信郭梓嘉对陆景常才华的欣赏，也不愿意相信是因为她所以才选中陆景常的设计，她宁可相信，他心中只有所谓的商机。

因为，她希望郭梓嘉是在骗她。

"郭梓嘉，"胡思乱想落罢，施喜念唤他，问道，"你，有没有骗过我？"

"有。"面对她突如其来的问话，郭梓嘉坦白承认，转瞬又宛若解释一般，答非所问地说，"有一部电影说过，每个人每天平均要说六次谎言。"

他的答案看似肯定，却又带着模棱两可的意思。

施喜念抿了抿唇，犹豫着，又问："你是不是，曾经希望陆景常去死？"

闻言，郭梓嘉眉心悄然一紧，打量着她。片刻后，他冷着声音，不答反问："你是不是也曾经希望我代替陆景常死在那场大火里？"

未曾想过他会有这一句反问，施喜念顿时怔住。

她无话可反驳。

那是她心里不可言说的秘密，郭梓嘉就这么冷声冷语地将问题抛了过来。虽然没有丝毫质问的意思，但做贼心虚的她立刻一副如芒刺在背的模样。转瞬，缓过神后，她脑袋立刻低了下去，眼珠子不安地转来转去。

02

一个星期后，施喜念正式成为郭梓嘉的助理，并参与代号1221项目。

郭梓嘉清楚，吸引施喜念的，是亲手将陆景常的设计变成现实。可是，他不知道，在决定应聘他的助理一职以前，施喜念就已经对他有所算计，她笃定，只有留在郭梓嘉身边，才能查到陆景常的下落。

为了陆景常，她甚至想，她也可以假装成为施欢苑。

因为她深信不疑，在这个世界上，只有施欢苑才是郭梓嘉唯一的弱点，是他的软肋。

然而，施喜念万万没有想到的是，在她成为郭梓嘉助理的第五天，他父亲的秘书就将她约到了公司附近见面。

见面前，施喜念只觉来者不善，毕竟许久以前的第一次见面，干练傲慢的秘书小姐就带着任务，希望她彻底消失在郭梓嘉的世界里。

果不其然，第二次见面，秘书小姐直接递给她一封辞职信，要求她主动辞职。

施喜念看了一眼桌面上白色的信封，又看了看秘书小姐。自始至终，秘书小姐都一脸淡漠表情，偶尔与施喜念对上眼时，眼里总带着轻蔑。

对于秘书小姐的蔑视，施喜念不在乎，她从不在意除了陆景常以外的任何人的看法。

目光凝在白色信封上面，仅仅两三秒的时间，施喜念很快拿起信封，余光里，对方不自觉地勾了勾嘴角，一抹"早有预料"的自信轻描在嘴角边上。

施喜念笑笑，将信封对撕再对撕，随后，她学着秘书小姐高高在上的姿态和口吻，说："请你转告郭董，我就是要待在郭梓嘉身边，如果容不下我，他可以直接将我解雇。"

自信的笑一秒就剥落，瞬息，秘书小姐又轻笑起来，意味不明地道："我现在才发觉，你们姐妹俩果然很像。"

像吗？

施喜念直视对方的眼睛，在那双黑色的瞳仁里，她依稀看见了自己。

不，那张脸褪去了懦弱与胆怯，颇有几分傲然与倔强，看起来确实更像是施欢苑。

她正凝思沉默，坐在对面的秘书小姐也斜着眼睛，嘴角隐约闪现过讥诮的笑意，随即，她端起杯子，抿一口温水，对施喜念不紧不慢地补充道："都没有一点自知之明，都那么不知天高地厚。"

话落，秘书小姐起身，离开前，还留给了施喜念一句警告。

秘书小姐说："郭董的耐心是有限的，希望你不要太像你姐姐，否则后悔就太迟了。"

未能领会对方的言外之意，施喜念眼神坚定地看着对方越来越远的背影。

那位秘书小姐不会明白，对施喜念来说，倘若能够在有生之年见到安然如故的陆景常，她愿意付出一切。这时候的她，根本不知道所谓的"后悔"背后藏着怎样的可怖阴谋。

起身离开咖啡店时，郭梓嘉打来电话。

他问她："你怎么这么快就走了？"

站在路边，施喜念抬头看了看橘红色的天，八月份的傍晚，天还是很亮。她吸了一口气，慢声慢气地说："我约了人。"

郭梓嘉"哦"一声，很快又道："明天一起吃晚饭吧？"

"明天？"施喜念疑惑，明天她还要上班，他怎么不等明天才约吃饭。

"嗯，就刚定下的行程，项目投资方想和我们见个面，我需要你一起出席，怕你明天约了人，所以给你打电话确定一下。"郭梓嘉镇定自若地撒着谎。

"哦。"清浅一声，算是应承，施喜念没有任何狐疑，也没有记起，第二天是农历七月初七——七夕节。

她静静地走完了那段斑马线，然后站在红绿灯旁，谈笑自若地问郭梓嘉："你怎么没问我，刚才约了谁？"

他笑了笑，口吻暧昧，反问道："你希望我问？"

她仍然对这种暧昧的气氛有所抗拒，尤其心里始终介意着陆景常的生死，施喜念直接略过他的反问，自顾自坦白，说："是你爸的秘书，她叫我主动辞职。"

郭梓嘉顿了顿，语气里有着不易察觉的紧张："你怎么回答的？"

施喜念莞尔一笑，有些骄傲地说："我把她给我的辞职信撕了，还让她转告郭董，说可以直接解雇我。"

未料到施喜念会有如此霸气的一面，郭梓嘉顿时咂舌。

惊诧过后，爽朗的笑声透过电波传来，黏在施喜念的耳边，紧接着，她听见郭梓嘉说："你终归是像她的，有时候。"

彼此重新认识以后，这是他第一次提起施欢苑。

施喜念抿住唇，咬紧牙，心想，我不会成为她的。

转瞬，她又笑了，嘴角缓缓上扬，她想，再坚持下去，她这个"施欢苑"一定可以骗得过郭梓嘉。

为了骗过郭梓嘉，第二天上班前，施喜念在衣柜前踟蹰了许久，最终还是把那条黑色抹胸晚礼服装进了袋子里。礼服裙是施欢苑的，那一次施喜念与郭梓嘉一同去往 C 市，她就曾穿着属于施欢苑的裙子，陪着郭梓嘉去参加宴会。后来，郭梓嘉把这条裙子给了她。

施喜念不喜欢隆重的礼服裙，可，那是能将她变成施欢苑的裙子。她要像施欢苑那样，陪着郭梓嘉赴一场饭局，她要找到陆景常。施喜念完全没有想到，等待她的，并不是一场工作上的应酬，而是一个大大的惊喜。

她想着，等她换上礼服，郭梓嘉一定会受宠若惊。

可是，下班前十五分钟，郭梓嘉就找借口离开了公司，换装后的施喜念一无所获，之后由司机直接载到餐厅。

当包厢的门缓缓打开时，她还在想着，郭梓嘉是不是早已等在里面，他会有什么样的吃惊的表情？她寻思着，眼前的门缝越来越大，当门完全打开，她一个抬头，恍惚中看见父母亲就在光里，正微笑着看着她。

施喜念一怔，不由得圆睁着眼睛。

爸爸妈妈？

她抬起手揉了揉眼睛，而后笑着扑了过去，一把投入了母亲的怀中："你们怎么在这里？你们怎么过来了？怎么都不告诉我？"

许久不见，她依旧是他们的小孩，说话时依旧会不自觉地带着撒娇的口吻。

顾芝一边温柔地抚着她的长发，一边笑着说："我们也没想要过来的，要不是有个自称是你朋友的郭先生安排，我们已经在上海了，本来计划是在上海玩几天，然后再转机去罗马的。"

郭梓嘉？

施喜念立刻朝四周打量，下一秒，身后就有脚步声传来。

她闻声回头，就看到郭梓嘉站在了门口，身后一个侍应捧着一瓶酒紧跟其后。两人四目相对时，他眼里簇拥着诧异，微微张开着的嘴巴似乎欲言又止。他既惊又喜，他从没想过，有生之年会看见施喜念再次穿上这条裙子，他感觉眼前站着的这个人，既是他深爱过的施欢苑，也是他离不开的施喜念。

是她，也是她，爱不增不减，如此最好不过。

短瞬的静默过后，在这一分钟里，施喜念吸了吸鼻子，有些嗔怪地道："你怎么把我爸妈给叫过来了？"

语气是嗔怪的，笑容却是温暖的。

她早已忘了自己身负重任，全身心都陷在了与父母亲相聚的欢喜里。

郭梓嘉很快也缓过神来，笑了笑，直接略过施喜念的发问，对施令成与顾芝说："叔叔阿姨，我们先入座吧。"

"好好好。"顾芝与施令成异口同声。

"对了，我刚才就想问呢，郭先生是在追我们小念吗？"就座后，顾芝忽然问郭梓嘉。

从他联系他们的第一天第一句话开始，郭梓嘉的表现一直绅士稳重，顾芝早就对郭梓嘉的心思有所揣测，见面以后，她也对他十分满意。

听到顾芝突如其来的"审问"，一旁的施喜念顿时就不淡定了。尴尬之际，她伸手拉了拉顾芝的手臂，低声急道："妈，你胡说什么，他只是……他只是我的老板，我的上司，我们……我和他……"

话至此，她猛地想起了她的"间谍"任务，也想起了施欢苑。

但是，她什么也没继续说，也不敢在母亲面前提起施欢苑。

心虚的时候，她小心翼翼地低下头看了一眼身上的裙子，生怕这裙子带着施欢苑的记忆，叫母亲重拾失去的记忆，深陷苦痛。

空气正沉默，郭梓嘉浅然笑了起来，继而郑重道："还得看叔叔阿姨许可吗？"

施喜念一怔，万万没想到郭梓嘉会向她的父母亲讨一句许可。

与此同时，顾芝已经迫不及待地表达了支持："当然同意，阿姨很喜欢你，你尽管追！"

"妈！"恍过神来，施喜念惊呼着，一脸的无奈。

"叔叔呢？"郭梓嘉无视她的窘迫，看向施令成。

"孩子她妈都同意了，我也没有反对的理由。我嘛，就一个要求，必须对小念好，疼爱她，照顾她。"施令成说着说着，竟有些要嫁女儿的感觉，语气有些不自觉地哽咽。他不知道，施欢苑才是郭梓嘉的女友，虽然与施欢苑相依为命多年，但这是他第一次与郭梓嘉见面，第一次知道这个人的存在。

面对父母亲如此大方地将自己推到郭梓嘉身边，施喜念既觉得无奈好笑，又觉得手足无措。

她想，也许郭梓嘉身上真的有好多被她无视的优点。

但，无所谓，她又不是姐姐，无须要学会欣赏他的优点。

正当她凝眉叹气，寻思着如何拆解眼前这个"炸弹"时，郭梓嘉拍了拍手掌，包厢的门即刻打开，紧接着，一个侍应捧着一束白色的玫瑰花走了进来。

施喜念瞠目结舌。

郭梓嘉起身走到她身旁，单膝跪了下去，趁着她沉默愣怔之际，将一条脚链戴在了她的左脚上。

他说："你安心，我知道你比较喜欢循序渐进，我也可以等，这不是一场告白，这条脚链只是想告诉那些对你虎视眈眈的情敌，你已经被预订了。至于玫瑰花，不过是因为今天是七夕，应个景。"

说完，他抬起头，看着她莞尔浅笑，如仲夏夜的月光，虽是天生带着凉意却不失温柔。

03

短暂的相聚过后，第二天傍晚，顾芝与施令成就离开了 A 市。

临上飞机前，母亲顾芝给了施喜念一个大大的拥抱，在她耳边悄声说："有他在你身边，我也就安心了。"

拥抱后分开，施喜念看了看身旁的郭梓嘉，喉咙被"欢苑"二字堵住。

无人察觉她眉间的细纹，除了父亲施令成，可惜，一知半解的父亲以为她还在惦记着陆景常，于是他趁机劝起了她，意有所指地说："小念，要珍惜眼前人，我看小郭对你挺好的，你也是时候要开始新的生活了。"

言外之意，只有父女俩才懂得。

施喜念没有说话，以沉默作答，施令成知道，那是她在倔强地无声拒绝。

劝诫无果，施令成暗暗叹气，随之伸手摸了摸她的脑袋，也不再多说什么，就牵着顾芝的手，与两人道别离开。

在施喜念凝视着父母亲渐渐远去的背影时，郭梓嘉接了一通不到一分钟的电话。

而后，他神情严肃地回到施喜念身边，催促她一同离开。

一眼就看到他眉心上的折痕，施喜念心有疑惑，顿时就问他："怎么了？"

"没什么。"郭梓嘉摇摇头，嘴上说着没事，手却迅速扣在了她的手腕上，拉着她离开，恍若一秒钟也不想耽误，"我先送你回去。"

"哦，好。"施喜念不敢多问，只随着他的步伐调快了自己的步调，兀自思疑着他为何如此着急紧张。

直到第二天早上，施喜念出门前刷了一遍微博，看到新闻，这才知道郭氏集团出事了。

就在她的父母亲登机离开前，A 市人和医院里正在进行改造的大楼施工现场，有施工人员因操作不当，导致墙体倒塌，被活生生埋在墙体下。而，这家医院正在进行的改造工程，正是由郭氏集团负责，郭梓嘉担任项目总经理。

想起前一晚郭梓嘉脸上的凝重神色，施喜念不禁皱紧了眉头。

虽然是郭梓嘉的助理，但施喜念主要负责 1221 项目，人和医院改造项目她完全没有参与。她想，也许是因为这样，所以郭梓嘉才选择了隐瞒，一句"没什么"轻轻地盖过。她刻意只往公事上猜想，心里却分明得很，郭梓嘉就是不想让她担心，所以没向她说明白。

她想着，穿上鞋子正要出门，王淑艳却大叫着从房间里跑了出来，激动地惊呼道："喜念，郭氏集团出事了！"

施喜念淡淡地回了一句"嗯"。

见状，王淑艳挠着脑袋，一脸的不解："你怎么这么冷淡，不用关心一下你的老板吗？"

也许是因为王淑艳的这句问话，心里的天平霎时在左右摇晃，有两种声音在喧嚣不停——一种叫她漠视、一种要她主动关心。

踌躇许久，施喜念抿抿唇，故作冷漠地丢给王淑艳一句："反正回到公司也会见面。"

然后，人迈出了大门，轻轻"嘭"一声将门关上，拒绝了与王淑艳的对话。

可是，她人还没走出小区，记忆里郭梓嘉待她好的那些画面已经反反复复播映了数遍，最终她仍是没能坚持漠然无视，不知不觉就拨通了郭梓嘉的电话。

听到郭梓嘉的声音时，施喜念还有些恍惚，顿了好几秒，才问他："你，还好吗？事情处理得怎么样了？"

"还好。"他只回应了她对他的关心。

"那……"施喜念瞬间就不知该说些什么了，支支吾吾。

"我有点饿了，要不你给我带点吃的？"沉默的瞬间，郭梓嘉笑着说，声音透着疲惫。

其实，他只是想见她，所以随便找了个借口。

虽然听不出他的想念，但施喜念也没拒绝，甚至没有犹豫，直接就问："你想吃什么？"

郭梓嘉有些"得寸进尺"，笑说："要是你亲手做的，什么都无所谓。"

施喜念无意识地翻了个白眼："真麻烦。"

挂了电话，她折身往回走，心里已在盘算：冰箱里还有剩余的黄豆，直接用豆浆机磨成豆浆就好，再用保温壶装上，到公司就还暖乎乎的；昨晚还有一碗剩米饭冰在冰箱里，可以做成蛋炒饭，既简单，又饱腹。

等她风尘仆仆地赶到公司，已经差不多十点了。

秘书说，五分钟前，郭梓嘉刚结束会议，现在人就在办公室里。

施喜念很快就敲响了办公室的房门，等待了好一会儿，里面始终静默着。她犹豫着，手握住把手，将门打开，随后看见郭梓嘉就坐在办公椅上，双目紧合，左手手掌蜷着，抵在脑门，手肘抵在桌面上，旁边一沓文件约莫半只手臂那么高，紧紧贴住手臂，也在支撑着手臂。

他脸色颇有些憔悴，黑眼圈很明显，整个人看起来完全没有平日里的神采。

想来是从昨晚一直忙到方才，施喜念想着，心下隐隐觉得这次的意外并不好处理。

随后，她小心翼翼地将装着便当盒和保温壶的帆布袋搁在一旁，心里还在迟疑着要不要叫醒郭梓嘉，后者却已经醒来。

睁开眼，见到施喜念，他眼里有了光。

再看到搁在桌角的帆布袋，心里笃定那是她为自己准备的爱心早餐，郭梓嘉心里即刻一暖，径自拿过袋子，将便当盒和保温壶一一拿出，说："一醒来就能吃到你做的早餐，还真像是在做梦。"

声音里的疲乏已听不见分毫。

施喜念浅浅莞尔，她不知道，嘴里塞满了蛋炒饭的郭梓嘉此刻想起了施欢苑。

记忆里，施欢苑曾吩咐过他，说："郭梓嘉，你要学会做饭，我以后可是要天天吃住家饭的，早上一定要有你的早餐和早安吻，少一样都没味道。"

那时，他笑着问她："什么味道？"

施欢苑一下就跳到他身上，双手环住他的脖子，一双脚缠住了他的腰，然后狠狠吻上他："自然是幸福的味道。"

幸福，在他的旧记忆里，就是施欢苑。

但，在这一刻，他忽然想要得到更多，贪念才起，嘴巴已不受控制，脱口而出："要是每天都有你的爱心早餐就好了。"

话一落，连他自己都怔住。

他没有想到，有朝一日他居然也会渴望，想要跟施喜念索取施欢苑曾向他索取的那种幸福。

04

两日后。

在下班途中，施喜念被戴心姿拦住了去路。

将近两个月未见，昔日的好友丢掉了从前的亲密，两人面对面站着，相互凝视互相打量，沉默中，路过的风也小心翼翼地敛住了声息。

八月份的傍晚，天还很亮。

背对着夕阳，施喜念将戴心姿眼里满满当当的恨与不屑看得一清二楚，其实，即使眼里隐约匿着对从前情意的唏嘘与惦念，她对戴心姿也一样心有芥蒂，有恨。若不是戴心姿告诉她，陆景常还活着，也许她此生都不想再见到戴心姿。

胡想落罢，恍惚回过神来，施喜念很快发现，戴心姿身上有种说不出来的熟悉感，她眉间一紧，仔细打量起来。

只见戴心姿原本三七分的斜刘海已经修齐，轻轻薄薄，正好盖住了眉毛，而脑后高高束起的长马尾令她整个人看起来清爽干净，被烫成大波浪的发尾随意搭在肩膀上，透着小性感。

可施喜念记得，戴心姿曾经说过，她最不喜欢束起高马尾。

施喜念想着，目光在戴心姿身上打转。

此时，戴心姿打破了沉默，说："让我猜一下，我亲爱的喜念千方百计地潜进了郭氏集团，赖在郭梓嘉身边，该不会是为了陆景常吧？"

她虽是笑着，抿着的唇却有些咬牙切齿。

正巧凉风刮起，迎面吹来了一阵香气，施喜念忍不住打了个喷嚏，脑子里兀地响起了施欢苑的声音——

"这可是名贵的香水啊，你居然打喷嚏。"

跟记忆里的那个气味一模一样，她忍不住揉了揉鼻子。

回忆的画面迅速在眼前闪现，那是施欢苑抵达雁南城的第一晚，洗完澡后，施欢苑拿着香水朝她身上喷，她受不了那香气，连打了好几个喷嚏。当时，施欢苑就摇着头，一脸恨铁不成钢的神情，取笑着她不识货。

轻舒了一口气，施喜念从记忆里走出，目光重新回到戴心姿身上，随之后知后觉地发现，原来，戴心姿的发型竟也莫名地像极了姐姐施欢苑。

心下不由得猜疑，她问戴心姿："你是要变成我姐姐吗？"

敌意与试探都被忽略了，戴心姿冷笑一声，佯作不介意，一边拨弄着头发，一边嗤之以鼻地道："我很像……噢，不，是她很像我吧？"

施喜念不作回应。

戴心姿又笑了笑，说："我不是你，得依着一张与施欢苑一模一样的脸才能待在郭梓嘉身边，我就是我，我不会变成别人的替代品，我不可能会输给施欢苑。她不过是一个死人，我会让她彻彻底底地消失在郭梓嘉的世界里，一丁点的记忆都不会留下。"

她话里的每一个字都很用力，眼里敌意横生，高抬着的下巴有着不服输的韧劲。

施喜念不知道，当初戴心姿逃离A市，是害怕她被烧死，害怕承担法律责任。之后，确认施喜念安然无恙，她却没有赶着回来，那时候的她，像一个迷失了心智的傻瓜，曾经愚蠢地认为只要能被郭梓嘉爱上，即使是一个替代品也无所谓。于是，在她消失的一个多月里，为了变成施欢苑，她找人调查施欢苑，记录下与施欢苑有关的一切，施欢苑喜欢的，她再不喜欢也努力地习惯；施欢苑不喜欢的，她再喜欢也狠着心丢弃。她的装扮、说话的口吻，甚至挑眉抬眼的动作无一不在模仿着施欢苑。

她拼了命想要得到郭梓嘉的爱，不惜一切，如同飞蛾扑火。

那么骄傲的她，为了郭梓嘉，宁愿把骄傲和自我都抛弃，就连她的脸，也差一点变成了施欢苑的模样。若不是在整容医院门口踟蹰时，被强行收起的骄傲在瞬间醒来，叫战战兢兢的她选择了逃跑，也许此时此刻，她已经成为"施欢苑"。

是在那时，她才明白，她骨子里的骄傲不允许她成为施欢苑的代替品，不允许她认输，不允许她把施欢苑的脸复制粘贴到自己脸上。

　　回想那些努力把自己变成施欢苑的日子，戴心姿发现，曾经想要成为代替品的她，最是愚不可及。

　　她一点也不想成为施欢苑。

　　但，她仍学着施欢苑，换了齐刘海，烫卷了头发。

　　她很清楚，她不过是在利用郭梓嘉对施欢苑的念念不忘而已。

　　戴心姿胡思乱想着，眼里有了愠色，像被天边的霞光染上了颜色。而施喜念并未理会她的话，也未注意到她的情绪，只径自将话题绕回了陆景常身上，问她："你说陆景常还活着，那你知不知道他在哪儿？"

　　终于等到施喜念问这一句，戴心姿缓过神来，嗤笑着，反问道："我说的，你信吗？"

　　施喜念闻言，沉默着咬了咬唇，她在犹豫，她深谙戴心姿未必可信，但戴心姿是她唯一"可信"的。

　　见施喜念不声不语，戴心姿又笑了笑，故意阴阳怪调地说："他还活着，却不找你，或许是因为他被关起来了，寸步难行，也没办法联系到你，又或者是，他以为你跟郭梓嘉在一起，所以死心了，觉得没有必要再见面。出事以前，你不是对他说，你爱上了郭梓嘉吗？"

　　她最后一句话，不由分说地将施喜念扯进了回忆里。

　　在被戴心姿骗到美术室之前，在那场大火发生之前，施喜念在图书馆被陆景常拦住了去路，他质问她为什么要揽下属于施欢苑的罪责和过错，她却笑着说凶手是她还是施欢苑根本没有区别，是同一张脸害死了陆景丰，害死他妈妈。哪怕他说可以不介意，她仍然拒绝了他，甚至撒谎说她已经喜欢上了郭梓嘉。

这一个多月里，施喜念也曾后悔。

她想，若当初自私一些，牵住了陆景常的手，大概也不会生死别离吧。

可是，没有早知如此，没有何必当初。

更何况，陆景常要去香港，要展翅高飞，她不能当他的绊脚石，她不能自私地成全自己的喜欢，看着他困在未来无数的梦魇里，因为梦见陆景丰和冯云嫣却无法回应他们的质问，所以夜夜不得安眠。

施喜念拧紧着眉心，隐忍着的痛依稀可见。

目光始终凝在她身上，窃见她的痛苦，戴心姿悄悄地眯了眯眼，嘴角一勾。

"我不知道陆景常到底在哪儿，但我猜他有可能在 H 省，也有可能在 X 省。"即便对戴心姿来说，施喜念屡屡沉默是一种轻视，但施喜念的痛苦足够填补戴心姿心中的不满，所以她"大度"地不计较，把早就准备好的对白一句句搬出来，"我查到，大火之后，郭梓嘉曾派手下的人去过这两个地方，对方形迹可疑，不像是为了工作出差，倒像是在运什么大件货物，譬如——人。"

故意把"情报"泄露，一抹嘚瑟的笑悄然绽放，戴心姿意味不明地打量了她一番，然后补上一句："把人装入货柜像货物一样搬运出去，任谁也不会想到里面是个活生生的人吧。噢，差点忘了，我这次过来，主要是为了给你一样东西。"

施喜念抬眼看她，只见戴心姿递过来一张照片。

那是施欢苑与郭梓嘉的亲密合影，照片上，施欢苑整个人骑坐在郭梓嘉的肩膀上，双手朝上张开，脸上是幸福洋溢的笑容。

戴心姿提醒她："你姐姐左脚上的脚链看着很熟悉呢。"

闻言，施喜念的目光落在照片上施欢苑的左脚上，眉心下意识一蹙，确实是很熟悉的脚链，因为她脚上也戴着一条一模一样的。

自始至终，她仍旧是姐姐的替身。

深吸一口气，施喜念默然将照片放进背包，抬起头时，戴心姿已经走远了。

背对着夕阳离去，戴心姿兀自落入了回忆，手不自觉地捂上了脖子，那道红色的勒痕已经不在，隐隐作痛的感觉却纠缠不清。

她记得，那天是暴风雨前一日，郭梓嘉突然出现在她面前，邀约她一同兜风。兴奋至极的她，并未多想，不料郭梓嘉将她带到了海边，强行把她捆在木筏上，又用麻绳套住她的脖子，将她连人带木筏放逐在海上，自己则拉着麻绳的另一端。窒息的感觉随着冰冷的海水一次次席卷而来，感觉到心跳的每一次静止，她惊恐万分，直至郭梓嘉大发慈悲地将她打捞上岸。心有余悸之时，她看着郭梓嘉点燃了一支烟，看着他冷漠着脸，指责她不应该绑架施喜念，还企图把施喜念当作货物进行交易。再后来，他把玩着刀子，刀刃锋利地切断了燃着的香烟，随之刀刃贴在她的脸上，他问她，是不是她把施喜念关在美术室里，是不是她划伤了施喜念的脸？

她想，最终那一刀没有划下来，大概是她不再战战兢兢，反而高傲地抬着下巴的模样像极了施欢苑吧。

多亏了他对施欢苑的念念不忘，她才得以幸免于难。

但是，她恨极了施欢苑，恨极了施喜念。

她想，假使她比施欢苑早遇见郭梓嘉，在他心上根深蒂固的人只会是她——戴心姿。

05

H省在中国的最北边，X省在中国的最西边。

施喜念聚精会神地看了一晚上的资料，最终也没决定，是该往H省寻找，还是该往X省？无论是H省还是X省，她都很清楚，寻找陆景常的路途并不是两三天的事情，也许一两个月，也许一两年，又或者是更长的时间。

除此，无眠到天亮的她，还在纠结如何兼顾学习、助理的工作，以及漫画的连载。

1221的项目才刚刚开始，学校也已经临近开学，她要实现陆景常的建筑梦，所以她舍不得放弃其中的任何一项，至于漫画连载，她与漫画平台早有合同在身，若是违约，要付一笔数目不小的违约金，而她承担不来。

但，无论如何，她必须要去一趟H省和X省。

哪怕她心中有数，戴心姿不是一个值得相信的人。

烦恼许久，直到看到桌面上被纸张盖去了大半的一枚硬币，施喜念忽然就想到了什么，只见她拿起硬币，用拇指和食指捏着，立在桌面上。而后，她闭上眼睛，心里默念：是字，就去H省；是花，就去X省。

默念完毕，拇指与食指轻轻一动，交叉而过，硬币在桌面上转起了圈圈，不一会儿就平躺在桌面上。

是字。

她笑着，迫不及待地打开了购票网站，买了一张最快到达 H 省的高铁票。

给郭梓嘉拨去电话时，已经是十点多。

虽然是周六，不用上班，不用任何的交代，但她也无法预知此行会耗费多少时间，提前请假是必需的。

耳边的"嘟嘟"声响了好久，郭梓嘉仍然没有接听电话。

拿下手机，施喜念纳闷地皱了皱眉，没有深究，只简短地给他发去一条短信："我有急事要离开一个星期，请假条后补。"

短信发出后，一直没有得到回复，施喜念也没有在意。

下午两点半的高铁，她早早就收拾好东西，然后直接拖着行李箱去了公司。她想将 1221 项目的资料带上，她期盼着能见到陆景常，能带上最好的礼物给他。

办公室里，负责人和医院改造项目的几个同事正在加班。

施喜念越过他们，到自己的办公位上，取好资料正要离开时，她无意中听见他们在讨论着人和医院的那场意外——

"听说早上的谈判谈崩了。"

"是啊，那个施工人员的家属要求我们公司赔偿五千万呢！"

"不会吧？五千万？明明就是那个施工人员自己操作不当才出了意外，我听说那天下午工头还嘱咐他不要一个人去弄那堵墙的。"

"大家都知道，可是家属们不依啊，硬是将责任怪罪到我们公司，索要高额赔偿。"

"这个数额都算勒索了吧？"

"你们说，家属们会不会到工地闹事？"

"估计会，我听项目经理说，早上谈判的时候，家属都要动手了。"

听了同事们的讨论，施喜念的心"咯噔"一下，蓦然就想起了郭梓嘉，想起那个打不通的电话。

很快，她摇了摇头，对自己说：郭梓嘉不会有事的，又不是小孩子，没什么可担心的。

她不想去在乎郭梓嘉，只想着要快点找到陆景常。

正当她说服着自己时，耳边忽然传来了一句："刚刚宏哥打电话来要医院的资料，你们谁有空送过去？"

办公室里鸦雀无声，面面相觑时，有人说："我才不去，万一遇上家属闹事就倒霉了。"

"我去吧。"

几乎是下意识的回答，声音掠过静默的办公室，施喜念立刻成为众人目光的焦点。怔住在原地的她，在那一刹那，恍惚有了错觉——是施欢苑借着她的嘴巴在抢答。她想着，眉心微蹙，方才接了电话的同事已经把资料塞到她怀中，唯恐她反口不去似的。

到了医院施工区域，施喜念远远就看见了郭梓嘉。

他安然无恙，只是脸上稍有些憔悴。

施喜念的心安定了下去，已经是下午两点四十分，开往 H 省某市的那班高铁已经离开了 A 市。她无奈地长出了一口气，一边拿出手机，重新购买了一张今天下午五点的高铁票，一边走向郭梓嘉。

将资料递给郭梓嘉时，她顺便请假："我有急事要离开一个星期。"

郭梓嘉翻着资料的动作顿了下来,看向她,问:"什么急事?要去哪里?需要帮忙吗?要不要我陪你?"

闻言,施喜念立马摇头拒绝:"不用。"

她抬头看着郭梓嘉,强压住心里想要质问的冲动。与此同时,身后忽然有一个粗犷的声音喊着"他在这里,姓郭的在这里",紧接着,一群人从身后冲了过来,混乱嘈杂的脚步声震得空气瑟瑟发抖。

施喜念猛地一惊,回头时,看见男男女女一群人手持着木棍朝他们冲了过来。

下一秒,耳边传来郭梓嘉的一声"快跑",然后她的手被郭梓嘉牵住。她该随上郭梓嘉的步伐,但,还未反应过来的她偏偏被郭梓嘉一扯,左脚踩到了右脚,整个人重心不稳,直接就摔在了地上。

不过须臾,又长又粗的木棍从头顶上砸下来,施喜念惊恐大叫,郭梓嘉立马将她拉入怀里,紧紧地抱着。

群情汹涌里,她听见木棍砸落在郭梓嘉身上发出沉闷的"嘭嘭"声,也依稀听见他流连在她耳边的声音在说着:"没事的,有我在。"

她恐惧惊惶的心莫名就安定了下去。

下意识地,她的手也抓紧了他衬衣的前襟。

直到保安将闹事的家属驱逐开,施喜念隐约听到郭梓嘉在她耳畔喘了一口大气,然后整个人瘫在她身上。

"郭梓嘉?"

她唤他,手去扶他的脑袋,却摸到黏糊糊的一大片。

心颤颤巍巍地一抖，她战战兢兢地抬起手，只见掌心一片猩红，宛若红色的玫瑰被揉碎在掌心里。

"快，快，快，救命！"

06

手术持续了整整三个多小时，施喜念一直守在手术室外。

警察给各方录过口供，施喜念也从中得知，那些因为勒索不成而找到郭梓嘉泄愤的家属根本没有预料到，砸落在郭梓嘉身上的那些木棍，上面有些带着不起眼的生了锈的钉子，偏偏又恰巧，钉子除了扎上郭梓嘉的后背，也正中他的后脑勺，不止一根，也不止一下。

但，自始至终，施喜念都未听到他呻吟一声。

她不敢去想象他当时的痛，怕过多的内疚会抹平她对他的计较，她还不甘愿丢弃那些计较，尤其是他骗她说陆景常死了。

胡思乱想之际，手术室外的红灯熄灭了下去。

与此同时，静谧的走廊上传来一阵慌乱的"嗒嗒嗒"的脚步声。

施喜念抬起头，从椅子上站起来，余光中，一个女人从边上冲了出来，猛地扑到刚从手术室出来的医护人员身上，而后抓住其中一名医生的袖口，紧张又惶恐地问："医生，我儿子……我儿子怎样？我儿子郭梓嘉怎么样了？"

那是，郭梓嘉的母亲？

猜想刚落下，施喜念还来不及好好打量那个背影，就听见医生说："手术很成功，但由于病人脑部曾被钉子扎入，未来四十八小时是最关键时刻，病人会转入ICU（重症加强护理病房）。

如果病人能安然度过接下来的四十八小时，未出现高烧不退等并发症，病人才算是完全渡过危险期，到时就可以转回普通病房。"

医生的话一落下，郭梓嘉母亲颜画已是双腿发软，见此，施喜念连忙上前，在对方踉跄着要摔倒时将她扶住。

兴许是沉浸在悲痛里，颜画接受着施喜念的温柔，却看也没看她一眼。

很快，有医护人员推着睡在病床上的郭梓嘉出来，步伐匆匆，施喜念扶着颜画，紧步跟上。

谁也没有先开口说话，直至郭梓嘉被送到了 ICU 病房。

隔着一扇玻璃窗，两个人各自凝望着昏睡中的郭梓嘉许久，施喜念才开口，对颜画说："对不起，都怪我，要不是为了保护我，可能他也不会……"

她也自责地想过，是不是她不去现场，郭梓嘉就能够躲过家属们的施暴。

哽咽的话没法说完整，施喜念咬着唇，深呼吸，恍惚间，有人将她的身子生生地扳过去，她还未来得及反应，一个耳光就落在她的脸上。

"啪"一声，清脆的声音响彻了整个走廊。

脸火辣辣地疼了起来。

施喜念顿时蒙了，立在原地，一动不动。

心有郁气，戴心姿死命地咬住下嘴唇，朱红色的唇中间被咬出一道白痕，被泪水覆住的双瞳蓄着怒火。似乎觉得一个耳光不够泄气，戴心姿哆嗦着抬起发麻的手，趁着愠怒正盛，迅速再甩了一个耳光过去，嘴里咆哮着："施喜念，你是不是恨不得郭梓嘉陪着陆景常一起死掉了才好！"

跟跟跄跄过后，施喜念稳住身子，咬住牙，捂着烫热的脸颊，凝眸盯着戴心姿。

她以沉默应对，分明是没听清楚戴心姿话里的异样，而此时戴心姿依旧一副骄傲的姿态，任由怒火肆意焦灼，高昂着下巴，横眉怒目道："你给我滚！永远不要再出现在郭梓嘉面前！"

谁也没有料到，凝眉旁观了好一会儿之后，颜画会站在施喜念这边，她口吻冰冷地朝戴心姿说："该滚的人，是你。"

戴心姿根本没有猜到对方的身份，怒极笑道："你又是谁？"

"我是阿嘉的母亲。"冷静下来的颜画，脸上的悲痛已悄然隐去了踪迹，她正面对着戴心姿，眼里充斥着厌烦，"我不管你是谁，马上给我消失，否则我会让保安把你丢出去。"

"你……你是郭梓嘉的妈妈？"戴心姿倒抽一口冷气，一脸的难以置信。

"滚。"颜画言简意赅，言行间透出不容冒犯的高贵与冷傲。

"我……"戴心姿还想说什么，下一秒，颜画狠狠瞪过来，她立即就闭上了嘴巴，悻悻然离开。

待戴心姿离去，施喜念才小心翼翼地打量着颜画。

忽然，颜画问她："你叫什么名字？"

"喜……喜念，我叫施喜念。"后知后觉地缓过神来，施喜念结结巴巴地道。

"我知道，阿嘉遭遇的意外跟你无关，所以你不必自责。"在来的途中，颜画已经听说了事件的整个过程。话落后，颜画话锋一转，又问她，"阿嘉喜欢的人，是你吧？"

"啊？"施喜念一怔，随即摆了摆手，"不是，他喜欢的人是我的姐姐，不过，我姐姐已经不在了。"

颜画闻言，半信半疑的目光来来回回扫视着施喜念。

颜画想起闺密邱敏的话。

邱敏说："从心理医生的角度来看，我敢肯定，阿嘉是陷入爱情了。"

一个月以前，邱敏打了一通电话给远在台湾的颜画，告诉颜画，她遇见了郭梓嘉，两人还有过短暂的对话。

与郭梓嘉分开十多年，颜画一直被排除在郭梓嘉的生活之外，她知道，郭梓嘉在恨她。

她不知道，郭梓嘉与施欢苑的相识相爱，也从不知道施喜念的存在，她只是偶尔从听说里知道郭梓嘉过得怎么样。她只听说，郭梓嘉曾喜欢过一个女孩子，可后来，那个女孩子出车祸死了。

是听见施喜念刚刚的那一句"他喜欢的人是我的姐姐"，颜画才恍然，郭梓嘉是先后爱上了姐妹俩。

胡想一通后，颜画轻轻莞尔，对施喜念说："你对阿嘉很重要，如果可以，请你一定要好好照顾他。"

来自颜画的托付，令施喜念备感莫名。

愣了愣，她正要澄清与郭梓嘉之间微妙的关系时，颜画已经坐在一旁的椅子上，开始碎碎念了起来。

"有些事，阿嘉也许一辈子都不会告诉你，但他心里一定想要你知道。"

施喜念莫名，疑惑地看向颜画。

颜画轻轻叹息，继续道："我和阿嘉父亲的结合是属于商业联姻，我们之间没有爱情。我一直以为，我的一生应该会是在郭家的大宅里，相夫教子，直至死去。后来，我遇见了我现在的丈夫，是他让我有勇气继续追逐自己的梦想，所以我毅然离开了阿嘉和他的爸爸，随着现在的丈夫去了台湾。这是我一生中，最勇敢、最正确，也最错误的决定。"

话至此，她又叹了一口气，闭上了双眼，自顾自陷入了回忆。

施喜念随着她的情绪，走进她的故事里，脑子里本要说的话，统统忘得干干净净。

"我没有想到，当年我偷偷离开时，阿嘉从窗户里看到，并且追了出来，跟在了车子后面。他一直在喊'妈妈'，可是我没有听到。就因为我的疏忽，他被有心人绑架，在那间黑森森的小房子里，饱受禁锢、殴打与折辱，在那个狭小的衣柜里度过一日又一日，只短短的五天，他从鬼门关走过了一圈。

"你知道吗？当警察把衣衫褴褛、浑身伤痕的他从衣柜里抱出来时，我扑上前去抱他，结果，他拒绝了我。

"我忘不了他看着我时眼里的恨意，他很多天没有说话，好不容易开口，说的第一句话却是'我不要再见到你'。

"后来我才知道，那些人简直是变态，他们甚至对这个手无缚鸡之力的小孩子做了丧尽天良的事情。

"那时，他不过才十岁啊！

"自此，他变得敏感冷漠，更患上了幽闭恐惧症。

"因为那次绑架事件，他的父亲坚决地与我离了婚，我也获得了自由。但我又错了，我没有想到，一直对他很严厉的阿嘉爸爸，在他遭受绑架更是差点被撕票之后，看着他成日唯唯诺诺的，居然采用强硬的逼迫式教育，强迫他走出阴影。在那段最需要关爱的日子里，他一个人承受着非人的折磨，但在他乖巧温顺的面具下，没有人察觉到不妥，直到有一次他将家中的保姆打伤，我们也才后知后觉地发现，他患上了狂躁抑郁性精神病。"

听完了颜画的叙述，施喜念难以置信地圆睁着眼睛，半晌说不出话来。

蓦然间，她想起了那次她被绑架时，他的惊惶不安。她恍然，那时候他兴许是想起了那段不堪的往事吧。

心猛然刺痛了起来，既内疚又不安。

她开始明白，为什么姐姐会是郭梓嘉刻骨铭心的执念。

她开始明白，与姐姐一模一样的这张脸，对于郭梓嘉而言，是一种多么"幸好"的存在。

"我不是一个好母亲，但大概是母子间的感应，即便很少联系，我也可以感觉得到，拼命护住你的阿嘉到底有多喜欢你。"

施喜念正恍神，颜画的声音又轻飘飘传来，她说："所以，我也只能拜托你了，喜念。"

第八章

/

假装吻过烟花散落的痕迹

你好似永远都看不见，
我比他更爱你这件事。

01

四十八小时的等候，如同煎熬。

直到郭梓嘉从 ICU 病房转入普通病房，直到听说他醒来，施喜念忐忑不安的心才安全着了陆。

电话里，颜画在祈求她："来见见阿嘉吧，他想见你。"

施喜念没有说话，两日前，正是郭梓嘉的父亲郭京将她从医院赶了出去。

似乎是明了她沉默里的顾虑，颜画补充了一句："要不就明天早上吧，他爸明天早上有一个会要出席。"

言外之意是，她可以避免与郭京碰面。

犹豫片刻，她点头，回复颜画，说："好吧。"

挂了电话，她轻车熟路地打开电脑，以最快的速度预订了一张从 A 市开往 H 省某市的高铁票。

被耽搁了的行程，总要出发。

施喜念目盼心思着，终日想象着与陆景常的再见，她早已笃定陆景常还活着，但是，想起郭梓嘉待她的好，想起他拼命护她周全的一幕幕，她的恻隐之心也在不知不觉间蠢蠢欲动。她不愿意相信，郭梓嘉是恶人。

仍然是辗转难眠的一夜。

翌日清早，施喜念早早起了身，出于感激，她给郭梓嘉煮了粥。

在出门前往医院之前，王淑艳正好揉着惺忪睡眼从房间里出来，互相打了声招呼之后，王淑艳随口问施喜念，说："你这是要去医院探望郭梓嘉吗？他怎样了？醒了没？"

"听说是醒来了。"施喜念一边穿鞋子，一边体贴说道，"锅里还有粥，你等下记得吃了再去打工啊。"

"嗯，谢啦。"王淑艳打了个哈欠，旋即来了精神，一脸八卦地看着她，笑嘻嘻地问，"讲真，郭梓嘉这次可是拼了命去护你，你有没有被感动到？如果等下他见到你就跟你告白，要你以身相许，你会不会答应？"

郭氏集团继承人被已故施工人员的家属围殴，这么大一件事，当日就上了新闻。

施喜念还记得，那日王淑艳找她八卦而得知事件的全过程之后，问过她说："如果郭梓嘉变成植物人怎么办？如果他醒来但是变成残疾人怎么办？你会不会像电视剧演的那样，留在他身边照顾他一辈子？"

那时，施喜念心里没有答案，她知道自己不愿意，但她的良知不允许自己不愿意。

而今，相似的问题再被提起，心知郭梓嘉既不会成为植物人，也不会残疾，她也安心依从自己的心，淡然道："不会，我不爱他，没法以身相许。"

王淑艳"哦"了一声，叹气，说："其实，郭梓嘉也蛮好的啊，虽然脾气臭了点，霸道了点，神经质了点，变态了点，但，他对你是真的很好。"

"这一点一点的都比不上……"脱口而出的话至此，施喜念猛然"刹车"。

"他都不在了。"知道她欲言又止里的那个人是陆景常，王淑艳摇着头，无奈地丢下这一句，径自朝卫生间走去。

王淑艳的话犹如冷箭一支，"咻"的一声，刺中了施喜念的心脏。

她咬咬唇，转身出了门。大门合上时，"嘭"一声，响亮的声音似乎带着情绪。

到了医院，病房里只剩下郭梓嘉一人。

似乎是等待已久，见到施喜念那一瞬，郭梓嘉眼睛都亮了起来，嘴角含笑，立刻挣扎着就要起床。

见他动作迟缓吃力，施喜念眉头微蹙，连忙上前扶住他。

彼此亲近的时候，她的发尾扫过他的鼻尖，郭梓嘉不禁合眼深呼吸，空气中隐约有着洗发水的柠檬清香，他莞尔一笑，此时，施喜念的声音轻飘飘地漫在耳边。

她说："你刚醒来，动作不要太大。"

他点头。

把枕头竖起让他靠着坐好，她转身打开保温壶，一边将温热的粥倒进碗里，一边说："我给你煮了猪肉青菜粥，也不知道你用不用忌口，所以简单了些。"

她将装着粥的碗递给郭梓嘉，又补充了一句："这可不是在做梦。"

郭梓嘉闻言，立即想起几日前，她在他的"要求"下给他送来早餐时，自己曾说过一句话——"一醒来就能吃到你做的早餐，还真像是在做梦。"

他没忍住，轻轻笑出了声。

施喜念抬眼，目光猝不及防地定格在他缠着白色绷带的脑袋上，顷刻间，她想起那日他把她护在怀里的一幕，心里有内疚动荡不定。她抿了抿唇，吸了吸气，一声"谢谢"迟疑了半晌才道出口来。

她眼里的内疚，被郭梓嘉一厢情愿地翻译成心疼。

于是，他的掌心贴在了她的脸上："你知道的，哪怕一命抵一命，我也要你活着。"

施喜念凝视着他眼中的一汪春水，心下笃定，无论是柔情蜜意，还是他一命抵一命的守护，在他心里，那都是仅属于施欢苑的，与她无关。

她想着，嘴角一扯，将晦暗不明的微笑挂在脸上，而后身子往后一退，结束了暧昧。

彼此落入沉默时，空气小心翼翼地凝固，忽然，病房的门被推开，稳健有力的脚步声将凝固的空气震得粉碎。

闻声，两人一同回头，只见郭京背着手走来。

视线尚未对上，施喜念已经心虚地低了头，避开了郭京的视线。她以为是"情报"出了错，是冤家路窄，根本不知，是郭京有意演了一场狭路相逢，无意中听到了颜画给施喜念打电话的他，甚至把该进行的会议延迟了一个小时。

等脚步声消去，房间内的沉默卷土重来，气氛也更加尴尬。

寻思片时，施喜念打破了沉默，说："我先走了。"

她说完，毕恭毕敬地朝郭京鞠躬，不想郭京竟开声留她，说道："坐一会儿吧，正好，1221 项目你也在跟进。"

施喜念讶异地抬头看向郭京。

而郭梓嘉正襟危坐起来，颇有些紧张地唤了一声："爸……"

"怎么，我们公司的项目，我作为董事长还不能过问了？"郭京乜斜着眼看着郭梓嘉，下一句直接切入重点，毫不含糊地道，"这可是你第一个设计作品，我可不希望你丢了我的脸，报告一下进度吧。"

"爸，我……"

"郭董，"郭梓嘉正要说些什么，施喜念却蛮横地插了嘴，切断了他的话，眉头紧皱着，"你刚刚说什么，1221是……是郭梓嘉的作品？"

"有什么问题吗？作为助理，难道你不知道这个设计是谁的？"

"这……这明明是阿常……是陆景常的作品，设计图……设计图是他的室友管叔明给我的，怎……怎么可能是郭梓嘉的？"

难以置信的施喜念偏过头，直勾勾地盯着郭梓嘉，眸子里充斥着错愕、震惊与怀疑。

这种感觉，就像是郭家父子联手抢走了陆景常的设计。

"郭梓嘉你说，这设计图是陆景常的对不对？"嘴上虽是质问，她心里却已经笃定，是郭梓嘉与郭京意图不轨，要抢走陆景常最后的设计。于是，话落后，她咬牙切齿地扑向郭梓嘉，拽住他胸前的衣领，"我是不会让你们抢走阿常哥哥的设计的！"

"哼，开什么玩笑，为什么项目代号是1221？因为阿嘉的生日是12月21号。"回应她的，是郭京淡定冷静的声音。

施喜念咬着牙狠狠瞪着郭梓嘉，她知道，他的沉默就是回应。

沉默，等于默认。

她想不明白，为什么陆景常的设计图最终变成了郭梓嘉的，直到郭梓嘉坦诚地说："设计图是我的，是我两年前的作品，是我模仿了陆景常的签名，再让管叔明把它当作是陆景常的设计交给了你。"

从一开始，他就居心叵测。

可，愚笨如她，从未有丝毫察觉。

02

开往 H 省某市的高铁，穿过阳光，沿轨道行驶，渐渐远离 A 市。窗外有蓝天白云，也有山间林野，施喜念把脸别向窗玻璃，咬着牙，眼泪悄无声息地滑落。阳光覆在她的脸上，泪珠折射出的光芒也在玻璃上扑闪着。

静默的车厢里，无人瞧见她的委屈，无人察觉她的难过。

她拼命忍住想要号啕大哭的冲动，隐忍又憋屈，仿佛郭家父子真的联手抢走了陆景常的设计一般。

直至高铁钻进了隧道，黑暗蒙住了双眼，施喜念这才抬手抹去脸上的泪痕。

轻微的耳鸣过去，她重新振作起来，给郭梓嘉发去一条短信，说："我要辞职，从今天开始，我不再是你的助理。"

她知道，手机始终沉默，是因为郭梓嘉的手机被郭京缴了。但她确信，他绝不会错过这一条短信。

思想之间，脚下传来"啪"一声，旁座女生的手机掉到了她的脚边。

施喜念下意识俯身，歪着脑袋捡起手机时，目光不经意地扫过左脚脚踝，随即被圈在上面的脚链锁住。猝不及防地就想起了郭梓嘉，刚刚搁置下的悲伤再次被挑唆，施喜念眉心一皱，抿抿唇，随着一个深呼吸落下，弓着的腰挺直，她把手机递还给旁座的女生，然后再次弯下腰，将脚链摘下。

也许，没必要再假装施欢苑了。

心里介意着郭梓嘉的欺骗，愤怒蒙蔽了理智，这一瞬，她忘了她偶尔假扮施欢苑也不过是为了陆景常。

她忘了，不仅仅是郭梓嘉在欺骗着她，她也在欺骗着郭梓嘉。

直到高铁抵达目的地，她的愠怒还未消去。离开了高铁站之后，她径直前往邮局，将脚链打包好邮寄到公司，还给郭梓嘉。

所有的牵绊，到此为止。施喜念想。

愤怒也好，憎恨也罢，没什么能够比得上陆景常，她只要陆景常，只要找到陆景常，就什么都可以不计较。

然而，足足一个星期过去，施喜念始终没有陆景常的消息。

没有人见过他，就连类似的背影或是影子，她都没有遇见过。

孤立无援的她就像一只无头苍蝇，在这座陌生的城市里横冲直撞。

这里的天气很好，可即便是阳光普照，在怅然若失的施喜念心中，这座城市也只有空荡荡的寂寞，她的心感觉不到半点温暖。她总是想起那年的盛夏，想起她追在汽车后面的那个晚上，想起陆景常的决绝，想起第一次感受到的叫"永别"的绝望。

待到离开时，风吹落了路边行道树的树叶，她才恍然，八月末的 A 市正值盛夏，而这座城市已经走进了秋天里。

难怪每一寸阳光都凉飕飕的。

她拿下发间的枯叶，心下念叨着，而后将枯叶丢进垃圾桶，大步流星地离去。

高铁票上标注的目的地是 A 市，蓝色的返程票上没有旅途结束时应有的满足与心安。

世界那么大，哪怕单单只是一个 H 省，要走遍省内所有的城市，也要耗掉几个月甚至一两年的时间，她没有时间漫无目的地走遍所有被冠上"可能"的城市，收集了一个星期的失望后，她决定回到学校。

寻找陆景常是很重要的事情，但实现陆景常的梦想一样不可以怠慢。

四十个小时的长途跋涉之后，高铁终于抵达 A 市，从高铁站出来，施喜念给王淑艳打去电话，问她："淑艳，我现在过去找你可以吗？"

一周前，悲愤不已的她从郭梓嘉的病房离开，郭京的秘书在电梯前将她喊住，用警告的口吻对她说："施小姐，郭董希望你尽快搬出花臣小区 E 座 1221 房。"

出于对"1221"的敏感，施喜念后知后觉地恍然，一直租住的房子是属于郭梓嘉的。

她没有找王淑艳确认，只皱着眉，咬牙回复秘书小姐说："好。"

可，当晚十点多，王淑艳就打电话给她，说郭梓嘉的父亲派人过来，将她们的行李全部打包丢在了门口，门锁也被换掉了。王淑艳无奈，只得将两个人的行李搬到了同事的住处，跟同事睡一张床，暂住到开学。

接到施喜念的电话，王淑艳有些恍神，半晌才回话，说："哦，你过来吧，我还没下班，你得等会儿，等我下班了再带你去拿行李。"她说话的语气有些冷淡。

施喜念不知，王淑艳对她有些心怀怨言。

在王淑艳心中，自己是因为施喜念才被赶出了花臣小区，以至于临时要向同事乞求一个落脚处，狼狈得很。她当然也记得，自己之所以能搬进花臣小区，完全是托了施喜念的福，是郭梓嘉为了施喜念才将房子以略低于市价的价格租给了她们。只是，比起感激，每次想到那日晚上她筋疲力尽地回到住处，却看见两个五大三粗的壮汉与一地的狼藉，便觉得委屈，满腹抱怨。

对王淑艳的冷淡，施喜念并未过于追究。

她很快拦住了一辆出租车，直奔王淑艳打工的广场。此时的她完全没有想到，回到 A 市以后，见到的第一个人会是颜画。

见面的第一句话，颜画没有任何铺垫，直接道："阿嘉要和戴心姿订婚了，我希望你能够出席订婚宴，把阿嘉带走。"

闻言，施喜念如闻笑话，"嗤"一声笑了："我没有那个本事，请替我转告一声'恭喜'，恭喜他们终于在一起了，不用伤害到别人。"

她冷漠的态度，一点也不像初次见面时温顺乖巧的她。

颜画想着，皱了眉头，凝神看着她，说："阿嘉喜欢的人是你。"

施喜念摇头，郑重且严肃地反驳："他喜欢的是我姐姐施欢苑，又或者说，他喜欢的只是他自己，他在乎的永远是他自己的感受，至于别人是死是活，开心还是难受，跟他没有一丁点的关系。"

"喜念，我是他妈妈，我看得出来，他喜欢的人是你。"

"可我看不出来！我只知道，他把我当作姐姐的替代品，他把我的阿常哥哥弄不见了，他拿自己的设计图来骗我，他是个自私又变态的人！"

"难道你们之间，一点属于你们自己的美好记忆都没有吗？"

"没有！"施喜念咬牙切齿地回道，声音落下，脑子里已经有记忆在反驳她。

她想起在雁南一中，郭梓嘉拿着胶片相机给她拍照。

她想起他带她去参加别人的订婚宴，牵着她的手，揽住她的腰，教她跳舞。

她想起她说重新开始以后，他屡次对她视而不见，却又在图书馆里以陌生人的姿态给了她那张书单。

她想起每日一块的拼图块，想起她被绑架，两个人在黑暗的小黑屋里、在幽黑的衣柜里的一幕幕，想起他给她画的沙画，想起那个温馨难忘的七夕……

最后定格在脑海里的，是郭梓嘉将她护在怀里，猩红的血在掌心盛放成花朵的一幕。

但她依旧冷漠着，将所有的记忆私自曲解，告诉自己，那是郭梓嘉对施欢苑的爱，她不过是不幸被挑中，成为替身恋人。

看着悲愤交加的施喜念转身离去，颜画不由得想起了与郭京的争执。

那一日，得知郭梓嘉即将要与戴心姿订婚，颜画就已认定，是郭京在操控儿子的人生，于是她怒不可遏地找上门，劈头盖脸就是质问，说："阿嘉已经不是小孩子了，你还想控制他多久？"

面对颜画的愤怒，郭京冷冷地说："我郭京的儿子，是要继承我的事业王国的，他该过怎样的一生，只有我有资格决定。"

颜画越加愤怒："他的人生是他自己的，他的爱情和婚姻也是他自己的，你没有资格决定他的人生！"

郭京自然不甘示弱："他的一切都是我给他的。"

"郭京！"颜画当即气急败坏，只好深呼吸，"别让我瞧不起你！"

"呵呵……"她这话一出，郭京咧嘴冷笑，随即吸了一口雪茄，吐出烟圈，缓缓道，"你从来就没瞧得起过。"

郭京说得不假，从那段商业联姻开始，从她成为郭太太开始，她的心里就埋下了恨。

恨，在与日俱增，尤其是朝夕相处之后，她发现，郭京既霸道又蛮横，在他的王国里，他就是绝对的王者，他喜欢操控别人的选择与人生，不仅仅是儿子郭梓嘉，哪怕对方不过是他的司机，也难逃他的控制。

而她，曾经也如此被规划。

可惜，颜画不会知道，郭京是爱她的。

03

施喜念搬回 A 大这日，正值新学期伊始的 A 大到处都是一派繁忙景象，许多大一新生拖着行李箱穿梭在校园里，眼里不乏对未来未知生活的期待与兴奋。施喜念走在同一条校道上，同样拖着行李箱，沉淀在眼里的落寞却显得格格不入。

路过男生宿舍时，一阵凉风将她披肩的长发吹起，施喜念伸手去拨头发，不经意就瞟到了站在宣传栏前的那个女生。

似曾相识的一幕，她想起了两年前站在那里等待着陆景常的自己。

旧日的心情还历历在目，施喜念深吸了一口气，再抬眼看去，那女生已经等到了她的男孩，脸上笑靥如花。

悄然抱住伤感，施喜念敛声息语，迈步往前。

喜欢和欢喜都是别人的，她只有如疯长的荆棘一般的思念，风吹也不散。

对于许多人来说，这一日大概是个很平常的日子，可是，对于施喜念来说，这是思念癫狂的一天。

因为，八月三十号，是陆景常的生日。

与陆景常相识的十二年以来，她的记忆里，唯独只有陆景常的十九岁生日，她没有在他身边。

她还记得，陆景常二十岁生日时，她悄悄买了一个芝士蛋糕交给咖啡店店长，拜托他以员工福利的名义给陆景常庆祝生日，自己却躲在远处，连一句"生日快乐"都只能对着空气轻声细语。

今天，他二十一岁了，她依旧只能对着空气说："生日快乐，阿常哥哥。"

空荡荡的宿舍里，除了她别无他人，她的呢喃就如六月的梅雨，黏稠在每一寸空气里、每一粒尘埃里。

思念再次幻化作潮水，将她紧紧包围，将她推向回忆深处。

直到门口传来稀稀拉拉的脚步声，施喜念才恍过神来，将眼角的泪水轻轻拭去，拿起手机，佯作若无其事地翻看着。

随手打开的页面正好是微博首页，戴心姿于十分钟前更新的微博就在眼下。

@ 戴心姿 -Jessica：终于。

言简意赅的两个字下面，是一张情侣戒指的照片。

施喜念先是一愣，然后猛地就想起两日前颜画说过的那句——阿嘉要和戴心姿订婚了。

是今天吗？

她后知后觉，原来这一天，对于郭梓嘉与戴心姿而言，也意义非凡。

正胡思乱想着，门口传来了钥匙与门锁摩擦的声响，以及王淑艳与连芷融说话的声音——

"哇哇哇，芷融，你看你看，戴心姿的微博，不会是要结婚吧？"

"正确来说，只是订婚。"

"你怎么知道？"

连芷融没有回答王淑艳的问话，直接推开门进了宿舍，跟在她身后的王淑艳似乎并不在意她的答案，仍低着头，自顾自地絮絮叨叨着："话说回来，戴心姿是跟郭梓嘉订婚吧？像她眼光那么高的人，怕是不会将就其他人的，不过可惜啊，也不知道郭梓嘉怎么想的，一心净向着施喜念。其实，我觉得戴心姿跟郭梓嘉两个人更般配，哈哈，都是那么'高高在上'的，一副谁也瞧不起的样子。"

等她一口气把话说完，嬉笑着的王淑艳这才注意到连芷融的咳嗽声。

于是，她一边抬头，一边莫名地问："你怎么了？喉咙不舒服吗？"

声音还未散去，王淑艳就对上了施喜念的眼睛，空气霎时被尴尬凝固，两个人面面相觑，无言以对。

还是连芷融机灵，轻咳两声，一句话将两个人拉出了尴尬的氛围。

她对施喜念说："宿舍都打扫干净了呢，你回来得可真早。"

王淑艳干巴巴地笑着，附和了一句"是啊是啊"，然后悻悻地逃回了自己的床位。

施喜念无所谓地扬唇轻笑，说道："反正闲着。"

连芷融回以淡然的浅笑："那晚饭我和 Chris 请客，你一个人把宿舍都打扫了，我们也总要付出点什么。"

做事分明，是连芷融向来的性格。

施喜念默不作声，但嘴角的一抹浅笑分明是答应的意思。

晚上，三个人收拾妥当，正准备出门吃饭时，施喜念的手机就响了起来。

陌生号码的来电。

施喜念看着那串数字，手指慢吞吞地滑过手机，随即，郭梓嘉的声音乘着"沙沙沙"的风，落入了她的耳朵里。

她听见他沙哑着声音，说："我现在就在你们宿舍楼下，我要见你。"

他说话的口吻直接、霸道又强硬。

施喜念沉默不语，整个人定住在门口，眉心拧得紧紧的。

从 H 省回来的那一日，施喜念随王淑艳去她同事的出租屋里拿回自己的行李时，王淑艳把施喜念装着拼图块的罐子还给她。当时她就发现，罐子里的拼图块明显多了。王淑艳说，那是郭梓嘉托人送过来的，一天一块，要她帮忙转交。听了王淑艳的话，她一语不发，当即就把整个罐子都丢进了垃圾桶。

她并不想见到郭梓嘉，可是，沉默过后，她还是回了他一个字："好。"

挂了电话，施喜念一边快步朝楼梯口走去，一边对连芷融与王淑艳说："我先下去，等下学校门口见。"

远远看见施喜念，郭梓嘉已经逆风跑来，随之一把将她拥进了怀里。

这才是他的女孩，他深深吸气，浅浅吐出，紧贴着的身子在贪婪地感受着施喜念身体的温暖。

他曾经也被戴心姿迷惑，消失了将近两个月的她突然出现，身上有着属于施欢苑的香水味，有着施欢苑的影子。那时候，他整个人失了神，仿佛眼前的戴心姿就是施欢苑，一颦一笑，言行举止，翻搅着内心深处的记忆。

如果她也长着一张施欢苑的脸，那么，他一定会相信，她就是施欢苑。

可惜她不是，他很快就从迷雾里挣脱出来，端着冷漠的姿态，说她不应该绑架施喜念。他将刀子贴在她的脸上，问是不是她把施喜念关在美术室里，是不是她划伤了施喜念的脸。想起施喜念，他有想要将戴心姿千刀万剐的冲动。

但，最终刀子还是落了地。

当戴心姿高傲地抬着下巴，一抹魅惑的笑绽放在嘴角，当她说"如果你没能杀死我，你一定会后悔"的时候，她像极了施欢苑，于是他失了魂，丢下了刀子。

记忆里，施欢苑曾惹事被一个混混抓住，他赶去救她，到场时听到的正是这样一句类似的话——

"如果你没能杀死我，我一定会杀死你。"

即使隔着好几米的距离，他仍然能看见她眼里的倔强嗫瑟与傲慢不屑。

宛若回忆重演，戴心姿就是当初的施欢苑。

只是，心很快缓过神来，知道她不是施欢苑，他当即松了一口气。

之后，每次看见戴心姿，他也总会想起施欢苑，只是，比起施欢苑，戴心姿更冷傲、魅惑、邪气，也更狠绝。渐渐地，他发现，高傲的戴心姿不是在模仿施欢苑，她是企图将施欢苑变成她身上的一部分。她企图要他相信，他深爱着的施欢苑不过是戴心姿从前不为人所知的另一面。

脑子里的思绪凌乱不堪，郭梓嘉丝毫没有察觉到来自施喜念的抗拒。

突如其来的亲密，叫施喜念眉头紧锁，她立刻用力去推他，无奈，像是力气较量，她越是想推开他，郭梓嘉偏是越加用力紧拥着她。无计可施之下，她张了嘴，在他手臂上狠狠咬一口。

下一秒，吃痛的郭梓嘉松开了怀抱。

趁着他力气抽退的空隙，施喜念一把将他推开，横眉立目道：

"我之所以来见你，是为了以后都不用再见到你。郭梓嘉，别逼我离开这里，中国那么大，我就不信，我去哪里你都能找到我。"

郭梓嘉无语，失笑质问："就因为一张设计图？"

"不止。"施喜念深呼吸，直视他时，眼里铺陈着冷冰冰的恨，她问，"我最后再问你一遍，陆景常是生是死？"

"他已经死了，尸体你也见到了。"

"好，我明白了，我永远不会从你口中听到我想要的答案。如果有一天，你记起来，陆景常在哪里，你再来找我吧。"

04

当全世界都在讨论郭氏集团继承人的那场订婚宴时，施喜念万万想不到，自己被郭梓嘉拥在怀里的照片会成为一颗炸弹，顷刻间粉碎了喜庆，粉碎了戴心姿的欢喜。

施喜念是在微博上看到这张照片的，把照片发出去的，是拥有认证标志的媒体账号。

@大娱星探V：昨日郭氏集团继承人郭梓嘉与知名企业家戴永贵的小千金戴心姿举行订婚典礼，订婚宴华丽盛大而隆重，唯一美中不足的是，郭公子因病抱恙，全程都只能戴着口罩接待贵宾来客。然而，就在全世界都在祝贺这对有情人时，小编收到了一组照片。在订婚宴举行的同时，郭公子竟然出现在A大女生宿舍外面，与一女生拉扯拥抱！原来订婚宴上的"郭公子"并不是郭公子，一招狸猫换太子，究竟这场订婚宴是谎言还是笑话？

看到微博不久，戴心姿就回到宿舍。

一路上饱受指点与取笑，心里既愤懑又委屈，戴心姿二话不说，直接就给了施喜念一个耳光。

"啪"一声，空气瞬间凝固。

"泄气了吧？"施喜念咬咬牙，捂住被掌掴的脸，抬眼看着戴心姿，一脸隐忍。

"打你一百个耳光都不泄气！"戴心姿恶狠狠地吼着，双手抓住施喜念的双臂，用力摇晃着，嘴里咆哮着，"施喜念，你自己不幸福，就非得拉着我垫背是吧？你以为郭梓嘉去找你了，我们的订婚礼就不算数了吗？我告诉你，哪怕跟我举行订婚礼的人不是他，我们之间的婚约也不会作罢！"

"你疯够了吗？"被晃得头昏脑涨，施喜念一把推开戴心姿。

"我疯了？到底是我疯了，还是你恬不知耻？"哑然失笑后，戴心姿恢复了理智，端起了姿态，一脸鄙夷地看着施喜念，"你明明知道，郭梓嘉爱的人是你姐姐，你还跟他纠缠不清，你对得起你死去的姐姐吗？我要是有你这种妹妹，死都不会瞑目！"

施喜念张着嘴，一句话都说不出来。

她知道，自己没有对不起姐姐，自己没有跟郭梓嘉纠缠不清，但事实是，在郭梓嘉眼中，她始终是姐姐的替身。

见她哑口无言，戴心姿一阵嗤笑，继续道："我终于知道，为什么陆景常活着都不愿意来见你了。"

戴心姿的话一落下，旁边的连芷融立刻圆睁着眼睛，眸子里除了错愕，还有不知名的情绪。

连芷融张了张嘴，一边打量着施喜念，一边小心翼翼地问戴心姿："戴心姿，你说什么？"

"你们不知道吧？"戴心姿意味不明地冷笑着，目光扫过连芷融与王淑艳，而后落在施喜念身上，"施喜念的姐姐可是把陆景常的弟弟推下湖里的凶手，不仅如此，连陆景常的妈妈都被她姐姐害死了。"

"戴心姿，你胡说什么？"听到戴心姿故意扭曲事实的话，施喜念一脸愤然。

"之前，你就一边勾搭着郭梓嘉，一边缠着陆景常，我该用什么词语来形容你呢？是水性杨花，还是朝三暮四？像你这种恶心的人，你有什么资格跟陆景常在一起，你永远都配不上陆景常！何况，你是杀人凶手的妹妹，你长着一张和杀人凶手一模一样的脸，就算让你找到陆景常又怎样，指不定在陆景常心中，你就是杀人凶手，他根本就不想见到你，所以才对你避而不见吧！"

戴心姿的话，一句比一句难听，施喜念心中隐隐作痛，几乎窒息。

不想与之继续纠缠，施喜念抛下一句"随你怎么说"，咬着牙，推了戴心姿一把，径自离开。

连芷融看着施喜念消失，回头又问戴心姿："你怎么知道陆学长没死？"

丝毫察觉不出连芷融话里的不妥，戴心姿白了她一眼："我愿意说他死了就说他死了，我愿意说他没死就说他没死，跟你有关系吗？"

连芷融不吱声，轻悄悄地松了一口气。

等施喜念回来时，已经是晚上九点多，本来就没想回宿舍住的戴心姿早已离开，王淑艳去了隔壁宿舍。

两个人单独相处的时刻，对连芷融来说，时机正好。

于是，反反复复被心事折磨了一整日的她，趁机问施喜念："今天，戴心姿说的是真的吗？你有个双胞胎姐姐，而且她跟陆学长家人的死有关系？"

大概是未曾想过向来冷冰冰的连芷融也有好奇的时候，施喜念既错愕且无措。

迟疑了半晌，她才抿紧了嘴，点头，然后解释："只是意外，大概……实情如何没有人知道，我姐姐也在意外发生的那天出了意外。"

看着施喜念瞬间陷入了悲伤的回忆里，连芷融眉心微蹙。她忽然想起来，有一次施喜念对她说过："真好，你只要努力就能配得上你喜欢的男生，可我永远都没办法配得上优秀的他。"

那时候，她不懂施喜念眼里的伤悲，可现在，她赞同施喜念的"配不上"。

于是，片刻的沉默过后，连芷融吞下整整埋藏了一整个暑假的真相，那些欲言又止的话，被完全抹去了痕迹。她轻声道："大概，你确实不该跟陆学长在一起，对你来说，陆学长死了才是最好的结局。"

她的声音很轻很轻，施喜念根本听不见她这若有似无的"劝告"。

05

流言蜚语闹了几日终于停歇。

这日，施喜念接到编辑的电话，说漫画脚本的作者遇到了瓶颈，想与她见面商讨接下来的剧情。施喜念一口拒绝，她不喜欢与二次元尤其是不相熟的朋友见面，不擅交际的她，其实圈子很窄，也越来越不愿意交朋友。无奈，编辑下了命令，不许耽误连载，她只好硬着头皮赴约。

见面的时间地点由对方决定，在一间新开的餐厅，距离A大不远。

公交车就在餐厅对面马路的公交车站上停靠，下了车，往前徒步约二十米，就有斑马线可以通往对面。

施喜念站在斑马线的这端等待着，不一会儿，红灯闪烁，绿灯紧随着亮起。

她迈开了步子，随着稀稀拉拉的人群朝对面走去，风呼啸着从边上吹来，扬起的发尾差一点蒙住了眼睛，她立即伸手去拨开头发。

依稀间，风里有呼唤传来——

"喜念！"

轻轻浅浅的呼唤掠过耳边，碎在晚上六点五十八分的声音，熟悉得令她不知所措。

迟疑了两秒，站在斑马线中央的施喜念转过头，昏黄色灯光里的面孔全是陌生人。她默默地喘一口气，嘴角一扯，似乎在嘲笑自己这莫名其妙的幻听。随后，听见红绿灯"嗒嗒嗒"的催促声，她匆匆忙忙地收起迷茫的目光，朝着斑马线的那一端小跑着过去。

此时此刻的施喜念，大概永远也想不到，这一秒她错过了什么。

同样，这一秒的她也从未想过，等候在餐厅包厢里的那个人，居然是郭梓嘉。

见到郭梓嘉，她的第一反应是自己进错了房间，随即，从愣怔中回神，她冷冷地丢下一句"不好意思，我进错房间了"就要离开。不料，郭梓嘉叫住了她，对她说："你没有进错房间，念小鹿。"

念小鹿是她的笔名，鲜有人知。

施喜念愕然地蹙起了眉头，猜测顿生，张嘴却只剩下沉默，不敢确认。

见她呆滞在原地，郭梓嘉咧嘴轻笑，一边端起茶壶往跟前的茶杯里倒茶，一边自报身份，说"我就是约你见面的脚本作者——"他顿了顿，放下茶壶时，斜眼打量了施喜念一眼，然后才继续道，"幕后的故事提供者。"

闻言，施喜念脸上的惊愕更甚。

而后，惊愕迅速消退，取而代之的愤怒将她的脸烧得通红。

"你又骗我？你到底想怎样？一次一次又一次，你能不能放过我，是不是要逼我离开这里你才肯作罢？或者，是不是要我死，你才肯罢休？"她咬着牙，质问郭梓嘉，委屈与愤怒之下，言辞冲动、激烈。

在见面以前，郭梓嘉就已经能够预见到她的反应。

她的一言一行，全在他的意料之中，可是，心还是会在意，眉心还是不自觉地紧拧着。

怒气冲冲的她不知道，他是冒着多大的危险来见她一面的。

自从他从家里逃出来，自从媒体爆料订婚典礼中"狸猫换太子"

的把戏之后，郭京就一直想把他抓回家里，好在，颜画还逗留在A市，她护着他，不让他离开她寸步，郭京才无机可乘。

今天，他奋不顾身地来到她面前，她仍然看不见他对她的爱。

郭梓嘉心中有数，也许一出餐厅就会遇见父亲派来的保镖，也许这一次父亲会把他送出国外，也许他再也不能见到施喜念了。棒打鸳鸯的事，他相信父亲不会手软，何况父亲曾警告过他："如果你再不斩断这段孽缘，我不会再让你有见到她的机会。"

但，他依然想要见她，想要一次性把所有的话说清楚。

邱医生告诉他："很多人之所以会错过，是因为总以为来日方长，其实生命中留给我们相爱的时间不多。"

就像他与施欢苑。

就像施喜念与陆景常。

所以，他不想错过施喜念，不想像之前那样，觉得来日方长，将深情告白的话藏在了总共三百块的拼图背后，一日一块地送出，给予彼此整整三百日的时间，等她日久生情，等她拼出巴黎铁塔，等她拼出那一句"施喜念，你是我的未来"，等她彻彻底底地忘记陆景常。

他也等不到了，若施喜念相信陆景常还活着，他永远也等不到她的日久生情。

念想至此，郭梓嘉轻抿一口茶，抬眼直视着施喜念，理直气壮地说："就如同你不愿意让别人知道你是漫画作者，作为脚本故事的主角，我也有权隐瞒我的身份，这不算欺骗。"

施喜念顿时语结。

郭梓嘉又意味深长地说："你应该早就看出来的，这是我们的故事，虽然脚本作者对我的叙述稍作改编，但你画出来的男主角，尤其是封面上的那条鲸鱼，不正就是我吗？"

"不，我画的是陆景常！"

"不，你画的是我。"

一抹自信的笑盘旋在郭梓嘉嘴角，施喜念咬着牙，狠狠瞪了他一眼。

郭梓嘉无所谓地笑了起来，胸有成竹地再添上一句："你是喜欢我的，当局者迷，所以你才没看出来，那是我们的故事。"

他自以为是地胡乱揣测着她的心思。

施喜念无可奈何地白了他一眼，失笑后义正词严地道："郭梓嘉，我是当局者迷，但我迷的是陆景常，我心里只有陆景常，所以那个故事对我来说，男主角就是陆景常。我是永远都不会喜欢上你这样的骗子的，你给我的所有都是假的，你虚情假意、自私自利，你一次次地欺骗我，你把我当作姐姐，你假装真心和我做朋友，骗取了我的信任，你根本就把我当成一个蠢蛋！"

"不，施喜念，我和你之间的所有的一切都是真的。"郭梓嘉的脸色忽地严肃郑重，语气里有着不容置喙的霸气，他说，"我愿意在我的设计图上签下陆景常的签名给你当作希望是真的，我希望能陪着你一起学习建筑设计是真的，我不想你为了陆景常放弃自己的漫画梦是真的，我在漫画连载里的所有感情也是真的，最重要的是，我喜欢你——施喜念，这是真的。"

盘绕在舌尖上，却始终都没有说出来的是——

为了你，我什么都愿意做。

甚至想方设法地从别的医院弄到了一具同样是丧生于火灾中

的面目全非的尸体，就为了让你相信陆景常死了，让你见他最后一面，结束你们之间的所有。

施喜念，我对你的爱，一分都不假，一分都不少。

他看着她，眸中的爱如潮水上涨，几乎要将眼前的她淹没，施喜念却没有能感受到他强烈、霸道而炽热的情感。

"你这种人，根本不懂爱情！"习惯性地反驳之后，施喜念才后知后觉地傻了眼，瞠目结舌地看着郭梓嘉，一脸的难以置信。

她小心翼翼地在脑子里按下了"重播"键，将郭梓嘉说的话再一次回放。

随即，那一句"我喜欢你，施喜念"在脑子里爆炸，她顿时没了反应，只余下意识在反复回忆，反复确认。

时间停凝在这一瞬间，他与她的呼吸交错着，将时针固定。

此时，谁也没有发现，包厢的门正微微透着一条缝隙，一只眼睛的大小，足够令房外的人看清楚郭梓嘉对施喜念的一往情深。

他对施喜念的爱，就好像一把刀，扎在房外人的心上，猝不及防，鸷狠狼戾。

房外的人死死咬住下嘴唇，因为太用力，血丝悄悄渗出，染红了发白的唇。似乎丝毫感觉不到嘴唇上的痛，那人连连深呼吸，缓缓吐出的气却怎么也推不动包厢内的时间，于是，紧握住门把的手更加拼力地用力，克制住想要推开房门的冲动。

爱，须臾间就蒙住了双眼。

妒忌的火光燃烧着，从眼睛到身体的每一个角落。

仿佛一个世纪过去，那人脚下才有了动作，转身背离着包厢离去。

　　与此同时，包厢内的沉默正好到此结束，仿若是给予施喜念冷静的时间已经到了极限。郭梓嘉一步步逼近她，说："难道陆景常就懂得爱情了？如果他爱你，如果他懂得爱你，为什么当初他不信他弟弟的死与你无关？"

　　他犀利的质问，直击她的心脏。

　　霎时，施喜念无言以对。

　　片刻的沉默过去，她选择落荒而逃，只丢下一句气急败坏的"我和他之间轮不到你来多管闲事"。

　　她气冲冲地开了门，从包厢里出来，耳边忽然响起"啪"的一声，整个世界都被黑暗吞噬。

　　像屋外的夜将所有的灯光都吞没。

　　全世界都定住在这一秒，包括他和她。

　　转瞬，迅速回过神来，施喜念循着记忆中的指示，拐向右边。左边是电梯，右边是楼梯，意识到停电，急着"逃亡"的她自然选择了楼梯。但很快，身后的郭梓嘉仍是追上了她。

　　"陆景常早就死了！"似乎是积压已久的情绪在暗黑中爆炸，郭梓嘉抓住了她的手，像个得不到偏爱的气急败坏的小孩，蛮横无理地命令着，"你只可以爱我！"

　　"我不会……"施喜念话还未说完，身子就被郭梓嘉一扯。下一秒，另一只冷冰冰的手握住了她的手腕，好似有刺头附在上面的粗糙感令她忍不住浑身打起了冷战，紧接着，那只手硬生生地将郭梓嘉与她分开。

　　手得到解救，她还未来得及庆贺，身子已经往后倒去。

失去了重心的感觉，叫她禁不住深呼吸，张嘴尖叫："啊——"

黑暗中，郭梓嘉粗重的喘息声夹杂在她的尖叫声里，她隐隐约约看见，似有一个男人的身影将他挟持住。

随之，人落了地，再循着楼梯往下滚去，施喜念感觉到浑身剧痛难忍。

在身体停止滚落之前，她清楚地感觉到，脑袋撞到了一个硬物，意识即将消失，一瞬间，耳边"啪"一声，世界恢复了光明。

迷迷糊糊的她强撑着眼皮，隐隐约约地，竟看见了一个人影。

郭梓嘉很快抵达她身边，一把将她抱起："喜念，没事的，有我在，你一定不会有事的！"

她没有理会他的紧张，迷离的双眸定定地落在某个角落，然后缓缓合上，嘈杂的餐厅里，谁也没有听见她气若游丝的声音——

"姐姐，你……是来……接……我的吗？"

第九章

/

月亮与月光，星辰与星光

梓嘉，我回来了，你的爱呢？

01

九月清早的阳光，看似和煦，其实已透着凉意。

郭梓嘉从外面回来时，施喜念已经从昏睡中苏醒，早过医生预计的时间苏醒。郭梓嘉惊喜之余，一颗悬着的心终于落定了下去，随之，他顾不上关门，快步跑到病床前，将她拥入怀里。用力时，他大口大口地喘着气，仿佛刚刚结束了长跑。

紧闭着双眸的施喜念一语不发，动也不动，任由他拥抱着。

小心翼翼的深呼吸似乎在感受着他的气息，以及，他身上熟悉的古龙香水味。

如果郭梓嘉松开怀抱，也许他会看得见，此时的她眉心微蹙，像有伤感盘踞在上面；嘴巴紧抿着，仿若有道不出的委屈在凝固。

可是，他没有。

他用力地拥抱着她，呼吸黏稠在她的耳畔。

直到施喜念张开嘴，轻轻地唤他："梓嘉。"

亲昵的称呼，暧昧的气息，穿过时空的声音瞬间砸落在他的心湖上，湖面溅起水花，涟漪层层漾开。

施喜念从未曾如此唤过他的名字。

郭梓嘉愣怔之际，环抱住施喜念的手悄悄地失了力气，遽然间，他想起了施欢苑。

也许，连他自己都没发现，在听见"梓嘉"的那一瞬，在想起施欢苑的那一瞬，他忍不住竟打了个冷战。

他没察觉到的失态，偏偏施喜念丝毫没有错漏。

只见她咬了咬唇，轻微的痛将心中的愠怒强行覆盖住，一双白皙纤细的手偏还在无意识地紧抓着白色的被子，将被子抓出皱巴巴的痕迹。随即，未等他从愕然中回神，她又唤了一声："郭梓嘉。"

这一声"郭梓嘉"恢复了从前客气又疏远的口吻。

郭梓嘉也随之从回忆中走出，悄悄地喘了一口气，身子往后一退，将亲密无间的距离拉开了些许。

转瞬的沉默过后，郭梓嘉先开口说话。

他说："昨晚是我爸的人趁着停电想抓我回去，拉扯中把你推下楼梯的。"

他说话时，神情中隐约有着歉疚。她了解郭梓嘉，他从不习惯说"抱歉""对不起""不好意思"这一类的词语，哪怕是他错了，他也不会低头，因为郭京教过他，不要轻易就放低姿态，更不要轻易就道歉，无能的人才会向别人道歉。

她面无表情地看着他，一点不在意他的交代。

她唯一在意的，是在他心目中，究竟是施欢苑重要，还是施喜念重要？

这不是一个"同等重要"或者"同等喜欢"就能打发的问题。她很清楚，这世界上没有两样东西是同等重要的，尤其是在爱情上。施喜念与施欢苑永远都不可能在同一时间里，在郭梓嘉心上的天平各占一处，仍旧没有一丝一毫的偏差。

反反复复地回想起他昨晚的深情款款，她深吸了一口气，终于问他："你昨晚说的，都是真的吗？"

她眼里有泪光在倔强着，郭梓嘉莫名不解。

旋即，来不及思疑她的情绪，他就看见她眼中迫切的期盼，于是他立即拉起她的手，在她的手背上轻轻落下一个吻，说："是真的，我喜欢你，我爱上你了，喜念。"

最后的"喜念"二字，仿佛是在刻意强调他所告白的对象。

"你骗人！"她忽地甩开他的手，眼泪失了控，越过了眼眶，湿润了双颊。

她咬了咬牙，转而又抓住郭梓嘉的手，近乎恳求地问："你是骗我的，对不对？你是因为这张脸，所以才以为你爱上了施喜念，对不对？"

他不明白，为何她会如此激动，甚至被泪水浸润着的双瞳里，还匿着浓郁的失意。

想着，他温柔地再一次握住她的手，笃定而情深地道："你不信我，也不过是因为这张脸罢了。可是，喜念，你知不知道，就算你毁了容，就算你长着一张别的脸，我爱的也是你。因为我爱的是你，是你啊，喜念。昨天晚上，看着你从楼梯上摔下去，看着不省人事的你，我很怕你会死，我很慌张，那种恐惧就像上一次我们离开雁南城遇到车祸时的感觉，就像上上次 A 大美术室的那场大火时也有过。"

是的，慌张又恐惧，还有刺入骨髓的锥心之痛。

就像曾经失去施欢苑的时候，就像曾经目睹着施喜念差一点在大火中丧生的时候。

在那场突如其来的大火之前，他一直想把她变成施欢苑，可是，当得知她就在大火之中，当听见她的求救，他才发现，她已经在他心上扎了根，以"施喜念"的名字。那颗承诺过只会爱着施欢苑的心，早已经不知不觉地爱上了施喜念，在他竭尽全力想将她变成施欢苑的过程中。

也许是他从来都敏感缺爱，也许是他从一开始就很清楚，两个人终究不是同一个人，所以才会让施喜念悄无声息地入住他的心。

他是背叛者。

他清清楚楚地记得，在那场大火里，他像是忘记了施欢苑的存在，心里只有一句话——施喜念，你要活着，只要你活着，我一定会重新来认识你，我可以比任何人都更喜欢你。

起初他是拒绝承认的。

越清楚自己的感觉，他就越是害怕，旧誓言言犹在耳，在心上生出棘刺，所以，每一次察觉到他对施喜念的在意时，心都会隐隐作痛，他只好拼命地否认。

是到后来，他才豁了出去，决意要将施欢苑落在回忆里。

他需要爱，像施喜念给予陆景常的爱；他需要施喜念，像爱着陆景常那样毫无保留地爱着他的施喜念。

他那样笃定——

我妒忌又向往的，一定会成为我的囊中之物。

你，施喜念，以及你对陆景常的爱，都一定会是我的。

"我不信！"恍惚时，郭梓嘉被一声撕心裂肺的嘶吼拉回了病房里，他的真情解剖一点也没能虏获她的心。

施喜念再一次奋力甩开他的手，反手就是一个耳光："你到底知不知道我是谁？"

她歇斯底里的模样，他不是没见过。

郭梓嘉没有多想，用舌头拱着挨过耳光的腮帮，脸上突出的一块在无规则地滚动。片刻后，他才说："你一直在质疑我对你的爱，可我一直在确认，反复地确认，到底我喜欢的是长得跟欢苑一模一样的你，还是只是你？一次又一次，我得到的答案都是你，施喜念，我喜欢你，跟你像不像欢苑没有一丁点的关系。"

闻言，施喜念哑然失笑，是绝望又愤怒的笑容。

而后，她慢慢地抬起头来，无所畏惧地直视着郭梓嘉，说："你知道吗，我昏过去的时候，做了个梦。我梦见了姐姐，她叫我问你，你还记不记得，那年初雪纷飞时，你们说过的诺言？"

记忆毫无预兆地被唤醒，郭梓嘉想起那一年初雪纷飞，他与施欢苑走在深夜一点多的长街上，施欢苑忽然对他说："我们结婚吧，等到了法定年龄，我们就马上结婚。"

他当时就笑了，轻轻地拥住了她，埋怨道："就连求婚这种事，你也要抢了过去吗？"

施欢苑邪笑着："不止呢，郭梓嘉，我警告你啊，你可是我的人，我不管你答不答应求婚，我就是郭太太。你郭梓嘉的太太，只能是我，就算我死掉了，你也要为我守身如玉，永远都不能再娶第二个郭太太。"

"是，遵命。"他宠溺地吻住她，"我只会爱你一个人，这辈子，下辈子，永远。"

回忆至此落幕。

那年初雪的冰寒循着回忆穿越过来，郭梓嘉深呼吸，钻入鼻腔的全是冰冷的空气，他阴沉着脸，一字一句地说："她死了，欢苑死了，陆景常也死了，我们好好地在一起不行吗？"

说话的口吻，像是在对现实妥协。

他曾经也拥有最好的爱情，名为"施欢苑"。

当心中的唯一成为过去，当他发现，施喜念对陆景常的爱炽热得没办法叫他把她当作替身爱人，他控制不住自己心里的妒忌，他发疯地想要将那份感情占为己有。并不是过去的爱情不够好，而是，好似别人的爱情比他曾拥有过的还要有诱惑力。

他不要成为陆景常，也不要施喜念变成施欢苑，他只要施喜念把对陆景常的爱加倍地献给他。

仅此而已。

四目相对，彼此的眼中好似有烟火乱窜。

施喜念冷笑着，眼底蓄着泪光，再次质问："所以你就背叛了她？"

"背叛？"郭梓嘉闻言，转瞬就将眼底的悲痛抹去，居高临下地看着她，"就算是背叛，那又如何？施喜念，我告诉你，从来只有这个世界对不起我，我没有对不起谁，包括欢苑。"

无人知晓他的慌张与恐惧。

无人知晓，对于郭梓嘉而言，也许只有这样理直气壮，才能免减些背叛的愧疚。

02

背叛，是要遭到惩罚的。

镜子里的施喜念一边这么想着，一边抬手利索地剪掉及腰的长发时，郭梓嘉正好推门而入。

她透过镜子，凝神看着身后的郭梓嘉，随之手一松，一撮头发缓缓掉落，一地的狼狈与牵挂在郭梓嘉眼下拼凑出一朵盛放着的黑色蔷薇。

她眸子里的悲伤显而易见，郭梓嘉眉头微蹙，问她："为什么要剪掉头发？"

施喜念握住剪刀的手轻轻一动，又一撮头发落地，她笑了笑，森冷又傲慢："大概是为了让你记住，我有一个姐姐，你曾经爱过她。"

这样的笑容，是他从未在她脸上见过的。

他还注意到，她眼里嚣张跋扈着的恨，这恨太过浓烈，像熊熊的烈火，他并不陌生，意外的是，他依稀能够感觉到，如黑雾般笼罩住她眸子的痛恨里有微微闪烁着的星光，宛若是爱。

有那么一瞬间，他恍惚觉得，眼前的她该是施欢苑。

不可言喻，更是不可理喻。

郭梓嘉深吸了一口气，从回忆里沾水而过，然后沉默地看着一撮一撮的头发从施喜念手里滑落，直至她放下剪刀，头发已经短至耳根。

他有些发愣。

镜子前的施喜念很快转过身来，问他："好看吗？"

"不好看。"郭梓嘉故意阴郁着脸色，随即提着几欲凉掉了的瑶柱粥和包点放到一旁的桌子上，一边低着头摆弄着，一边强调说，"施喜念不是这样子的。"

倒是施欢苑，在他的记忆中，曾经是剪过这样的短发的。

他想起来，那是好久以前的事了，大概是前不久才刚刚回忆过，所以即便过去好久，往事也还历历在目。那一次，施欢苑惹事被一个混混抓住，那混混的女朋友胡乱挥舞着剪刀，把施欢苑的头发剪得乱七八糟，活像个疯子。后来，他从那个酒吧里带走了施欢苑的当晚，她递给他一把剪刀，吩咐他："帮我把头发剪了。"

他还记得，他拿着剪刀，小心翼翼地捧着她的头发，从及腰到及肩，直到最后的齐耳短发，施欢苑才满意地笑着，双手轻轻拍着头发，问他："好看吗？"

好看吗？

不好看，短发的施欢苑不好看，短发的施喜念更不好看。

可是，施喜念和施欢苑真的很像，而且，感觉是越来越像了。

刚从回忆里抽身，郭梓嘉胡思乱想着，随之将盛好的粥递给她，说道："温度正好，快点吃，等会儿医生要来给你做检查。"

施喜念没有接他递过来的粥，只径自往病床上一坐，看着他说："你喂我，就像你曾经喂姐姐那样。"

郭梓嘉闻言皱眉，迟疑片刻，一碗粥终于被他搁回了桌子上："施喜念，你是想把我逼疯吗？"

他的愤怒昭然若揭，施喜念见此，哈哈大笑了起来，一脸人畜无害的笑容："你本来就不是正常人啊，这不是你自己说的吗？"

瞬间，郭梓嘉语结。

他觉得，似乎从楼梯上滚下去以后，施喜念变得越来越伶牙俐齿了。

思疑稍纵即逝，很快，他将重点回归于他与施喜念之间的感情上。无论是陆景常，还是施欢苑，他们都像是一粒不大不小的沙粒，藏在他与施喜念之间，只要两个人稍稍亲密一些，这粒沙子就立刻现身，偶尔会要他们磕出血来。

郭梓嘉很清楚，他容不下这粒沙子。

过去了的人，成为回忆了的施欢苑，不应该阴魂不散。

他吸了吸气，冷静下来，嘴角扯出一抹邪笑，说："我是有病，我是疯子，但是，施喜念，你记好了，只有疯子才会毫无保留地爱你。即使陆景常爱你，那也是有所保留的，在他心里，你们始终横隔着三条人命，不单单是他的弟弟和母亲，还有欢苑。"

将话题转移到陆景常身上，是因为他笃定，施喜念一而再地提及施欢苑，不过是要他不敢爱。

所以，他要一针见血地揪出陆景常，告诉她，不可以相爱的是她与陆景常。

然而，意外的是，眼前的施喜念十分平静。

"陆景常"三个字，于她而言，就如同一个陌生人的名字，激不起半点涟漪。

"所以呢，你这个疯子毫无保留的爱，又有多高尚？不还是给了我姐姐之后，统统又复制过来给我？"她淡漠地说。

她的冷静，叫郭梓嘉难以置信。

空气就此凝住，片刻后，还是郭梓嘉结束了这场较量，像是缴械投降一般，他调整了坐姿，伸手握住她左脚的小腿，然后一把拉过来，将它放在自己的大腿上。

对他忽然的亲昵，施喜念抿唇，故意要缩脚，不想，他一只手用力按住，另一只手往她的脚底一拍。

"啪"一声，然后是他的命令："别动！"

她莫名其妙，随即见他从口袋里拿出一条脚链，自顾自往给她戴上。

熟悉的脚链，在阳光里闪烁着光，伤感袭来，她撇过脸，深呼吸着。下一秒，耳边飘来了他轻声的呢喃。

他说："欢苑告诉过我，男孩子帮女孩子戴脚链，下辈子女孩子就会跟男孩子再一次结缘，男孩子一定会找到那个女孩子。"

她听过的传说，经由他嘴里说出，别有一番怅然滋味。

她忍不住想，给心仪的女孩子戴上脚链的男孩子，无一不是希望，下辈子两人也能在一起。

而郭梓嘉，他曾亲手为施欢苑戴过脚链，也在亲手为施喜念戴上脚链。

那么，下辈子，他到底会去找谁？

念想落罢，她回过头来，抬起脚，打量着脚链，说："这条脚链不是我的。"

郭梓嘉闻声轻笑，说道："是你的，上面刻着你的名字拼音的首字母，你姐姐是有一条一模一样的，但她那条刻的是她名字拼音的首字母。喜念，当初我送你这条脚链就是想告诉你，我分得清，你和欢苑不是同一个人，你不是替代品。"

听到这话，她该要开心吗？

她紧抿着唇，半点开心的感觉都没有，只有恨，只有委屈，只有愤懑。

她其实很想问他：你真的分得清楚吗？那你知不知道，现在的我究竟是谁？

鼻子发酸的时候，她忍不住连番深呼吸，逼退蒙眬了视线的水雾，与此同时，她悄悄地把心上所有的愤恨压了下去。

"那我那条……"半晌过去，冷静下来的她装作若无其事地问道，"我是说，我姐姐那条呢？"

"埋了。"郭梓嘉说，她看见他眼里有新生的希望，还听见他说，"同关于欢苑的所有记忆一起。"

03

施喜念静悄悄地离开医院后，郭梓嘉就打来了电话，严肃着语气，问她："你去哪儿了？医生还要给你检查身体的。"

生气的口吻里，并不缺少关心。

拉着笨重的行李箱走在坑坑洼洼的路上，施喜念微微皱了眉，随后将心里的愠气发泄在了行李箱上，用力地一扯，轮子猛地越过了足有五厘米高的低坎，"嘭"一声落地。她顿下步伐，看着行李箱，眉心盘踞着忧心与愤怒。

冷静了两秒，她才扶起行李箱，对电话那头的郭梓嘉说："不用检查了，我身体很好。"

简短的一句话落下，她径自挂断了电话，俯下身轻轻抚摸着行李箱。

这行李箱是她从医院里偷的，并不珍贵，值得她皱眉的，是里面的东西。

凝思间，郭梓嘉又打来了电话。她看了一眼来电显示，眉头的褶皱越加紧凑，她将手机丢回背包里，对他的来电置之不理。起身后，下意识地环顾四周一圈，她拖着行李箱沿着边上的小道进去。

一直到翌日早上，她才从郊区离开，返回 A 大。

到达 A 大时，正巧是学校上课时间，校园里到处是来来往往的学生。

似乎有些不习惯，站在校道上，施喜念环顾着四周，轻轻吐了一口气。

而后，恍惚想起了什么，她从背包里拿出手机，按下主页键后，看着始终黑漆漆的屏幕，她这才记起，因为郭梓嘉昨日一直不停歇地拨着她的手机，导致手机电量不足自动关机。

无奈地叹了一口气，她暗骂了一句。

"哟，太阳打西边升起了呢，你居然也会骂人。"正当施喜念为眼下的困局而裹足不前时，一个女生从边上过来，挡住了她的去路，落在她身上的目光明显不怀好意。

彼此相互打量之后，施喜念抬着下巴，单边嘴角上扬着，笑容既媚然又不屑。随即，她轻哼一声，意味不明地道："戴心姿。"

"呵，这是什么表情？"方才将注意力落在她的齐耳短发上，戴心姿不明所以。

"请问有何贵干？"无视对方的问话，施喜念将手交叉在胸前，颇有些高高在上的姿态。

这份记忆中从未有过的傲慢，令戴心姿疑惑地微蹙起眉头，与此同时，心里的不悦更添了几分。

思疑之间，戴心姿冷着眸子，上上下下打量了施喜念一番，鄙夷地问："施喜念，你是在模仿施欢苑吧？呵呵，还穿耳洞了，模仿得可真够彻底。"鄙夷施喜念时，她无意识地发出一声不屑的冷笑。

宛若被提点了似的，施喜念下意识地伸手摸了摸耳垂，旋即回神，回以嗤笑，端详戴心姿时，故意用着可怜她的目光，说："我不是你，不必费尽力气模仿别人才能博得郭梓嘉一眼的关注，我本来就是施欢苑的妹妹，我们可是双胞胎，总是相似的。"

"你！"戴心姿被将了一军，气得语结，半晌才缓过气来，质问道，"施喜念，你到底知不知道羞耻两个字怎么写的，为什么非要缠着别人的未婚夫呢？你就满世界地去找你的陆景常不好吗？你别告诉我，你跟郭梓嘉纠缠不清纯粹是为了陆景常。"

"当然不是。"施喜念一脸人畜无害的笑容，语气轻浅地说，"我啊，就是喜欢郭梓嘉，这个答案不知道你满意吗？"

"你真是我见过的最无耻的人！"

"恕我直言，比无耻，没人能比得过你吧？全世界，就你以为你是郭梓嘉的未婚妻，郭梓嘉承认了吗？"

"施喜念！"戴心姿气急，抬手就要赏她一个耳光。

施喜念反应迅速，抬起手就抓住她的手腕，随即，身子逼近她的同时，另一只手已经掏出了一把小刀，凉凉的刀刃贴在她的脸上。

施喜念笑着，笑容阴森可怖。

空气似乎凝住了，戴心姿大气不敢出，哆哆嗦嗦地看着施喜念，连一声"你想干吗"也说不出来。

刀子轻轻地在她脸上比画着，施喜念一字一句地道："我最讨厌别人抢我的东西，你记好了，我可不怕你，就算众目睽睽，我也敢把你脸划花。你要知道，我是郭梓嘉心中最重要的那一个，他一定会保我周全。"

话落，她咧嘴一笑，握住戴心姿手腕的手一松，随之轻轻拍了拍戴心姿的脸。

疯子！

此时此刻，在戴心姿眼中，施喜念就是活脱脱的一个疯子，颠覆了她对施喜念的所有记忆。

不仅仅是戴心姿，周遭注意到她们的学生，无一不被施喜念的凶狠震慑。

等施喜念推开呆愣的戴心姿离开，旁边忽然传来了一阵笑声，上气不接下气之余，有些幸灾乐祸的意思。

心有余悸的戴心姿循着笑声望过去，是从前的室友林娜。

不，确切地说，她只是施喜念的室友，戴心姿是将她从那个宿舍赶出去的人。

想到自己曾趾高气扬地将林娜赶出宿舍，此刻却成为对方眼中的笑话，戴心姿一腔愤懑。她咬紧着牙关，看着林娜的眼睛里充斥着愤恨与憎恶，正要开口说话，林娜已然收住了狂笑，掩住嘴巴，喘了一口大气，阴阳怪调地说："没想到啊，有生之年居然能看见你这副狼狈不堪的模样，更没想到的是，把你收拾得一声不吭的，居然是当初维护过你的施喜念！"

像憋了许久的怨气终于得到了释放，林娜笑容灿烂无比，一副小人得志的嘴脸。

向来傲然睥睨的戴心姿哪里受得了这委屈，正当她想把气撒在林娜身上时，已走到前方的施喜念突然又回过身来，朝林娜说道："闭上你的狗嘴，否则比她还先毁容的，会是你。"

话落，她看着林娜笑得诡异，林娜不自觉地打了个冷战，悻悻而逃。

这哪里还是施喜念?

看着施喜念远去的背影, 戴心姿连番深呼吸, 心下不住碎碎念: 施喜念疯了! 她一定是疯了!

难道……

呢喃落下, 脑子里忽然有个可怖的念头在萌发。

觉得不可思议的戴心姿慌慌张张地摇着头, 心想: 不, 不可能, 除非这个世界上有鬼!

04

施喜念好不容易回到宿舍的时候, 已将近九点。连芷融与王淑艳正好无课, 都窝在宿舍里, 前者坐在书桌前看书做题, 后者窝在床上睡懒觉。施喜念目光淡漠地扫过整个宿舍, 将门关上, 径自朝着某个床位走去。

看似凌乱的桌面, 有手提电脑, 也有手绘板, 偏偏就没有护肤品、化妆品以及首饰盒。

这是施喜念的书桌, 凌乱却也简单, 似乎连空气都沾上了她的味道, 轻轻浅浅的, 是柠檬的香。

手轻轻抚过书桌, 她的目光凝在最角落的罐子上。

那是一个装着拼图块的罐子, 里面的拼图块塞得满满当当的。施喜念默然稍瞬, 伸手抓起了罐子, 扭开盖子, 将拼图块倒在了桌面上。

她想拿这罐子装些沙子, 种些樱花的种子在郊区的那个小房间里。

施喜念就喜欢樱花, 但在 A 市, 从来都没有樱花树, 所以她在网上网购了一小包樱花的种子。

等到来年春天，该是能开出樱花来吧？她想着，嘴角不知不觉地有了笑意。

她并不知道，拼图块掉在桌面上的"啪嗒啪嗒"的声响已经吵醒了赖在床上的王淑艳。王淑艳探出被窝，伸出头来，看见施喜念的动作，立刻做贼心虚地解释："是郭梓嘉之前命我从垃圾桶里找回来的，拜托你别再扔了，我惹不起你们。"

"郭梓嘉？"施喜念微微讶异地皱了皱眉，一手抓起好几块拼图，翻到背面，其中一块拼图上面写着一个"喜"字。

是"喜欢"的"喜"，还是"施喜念"的"喜"？

无论是哪一个"喜"，都不是她愿意见到的，凝眉陷入沉思之际，脑子里有回忆在嚣张跋扈，她抿紧着牙关，反手将拼图块和玻璃罐子都丢进了垃圾桶。

"啪"一声，身后很快传来了王淑艳无奈又气急的一声叹气。

她权当听不见，一个深呼吸落下，情绪恢复平静，她从桌面上和抽屉里挑出了一些东西，塞进背包，紧接着，她打开衣柜，来来回回挑选了一番，而后才皱着眉，勉强拿下两套衣服，随意塞进旁边的一个空袋子里。

听见窸窸窣窣的声响，连芷融在施喜念出门之前，转过头来，问她："你要去哪里？"

施喜念闻声回头，端详着她，似笑非笑地反问："我们，关系很好吗？"

她是真的在问，偏偏不自知，这样一句认真的问话，此时此刻，在连芷融听来只有讽刺的意味。

连芷融眉头一皱，直接收回了与施喜念对视的目光，宛若什么也没发生一般，重新投入回题海的世界。

见状，施喜念无奈失笑，嘀咕了一句："原来是个高傲女。"

连芷融没有反应，但已经将她的话一字不漏地听了进去，顿时心中疑窦丛生。

虽然她与施喜念不算熟络，但这已经是住在同一个宿舍的第三个年头。长久以来的相处，即使亲密接触不多，也足够她清楚地了解施喜念的脾性，施喜念断然不是这种牙尖嘴利、睥睨一世的女生。

显然，赖在床上的王淑艳也听见了施喜念的这句讽刺，把头探出床帘，问连芷融："她是撞坏了脑子吧？"

"不管她。"连芷融淡淡的一句话，看似不予置评，心上却思疑着原因。片刻后，仍未找到答案的她只得摇头吐气，叫自己莫要多管闲事，反正，关系也不是很好。

只是，这日之后，除了郭梓嘉，没人再见过施喜念。

像放弃了建筑设计，放弃了原本的生活，整整一个星期，施喜念都没有回过学校，没有去上过一节课。她也不与任何人联系，除了郭梓嘉以外，她总是消失，不接听电话不回复短信，偶尔会出现在郭梓嘉的身边。

这一日晚上，施喜念又到了郭梓嘉的公司。

她给郭梓嘉带了消夜，特辣级别的麻辣烫，一共两份。到了总经理办公室，她直接推门而入，然后将郭梓嘉桌面上的文件胡乱扫到一边，将麻辣烫放在上面。

郭梓嘉闻到辣椒的味道，眉心不禁一蹙。

自从那日施喜念从楼梯上滚下去之后，她就在用尽力气地模仿着施欢苑，不得不说，她模仿得极为细致，连一些小细节小动作都像极了施欢苑。可是，从第一天认识施喜念就预谋着要把她变成施欢苑的郭梓嘉却一而再地皱起了眉头。

如果说，施喜念是星星，施欢苑就是月亮。

星光微茫却闪耀，月光清冷又孤傲，而此时的施喜念，就像是依着月光活着的星星。

他越来越笃定自己的真心，他想要的，单纯只是一个施喜念，而不是变成施欢苑的施喜念。

即使从前他也曾想过，若施喜念能够变成施欢苑，那他爱上她也不算是背叛。

"怎么？不喜欢？"敏锐地察觉到盘踞在郭梓嘉眉间的不满，施喜念轻哼了一声，揶揄道，"你以前跟我姐姐在一起的时候不是很喜欢吃麻辣烫吗？你说有她在你身边，哪怕是青菜馒头，也会变成山珍海味的。"

"喜念，你能不能不要再模仿欢苑了？"郭梓嘉抬起头看她，义正词严道。

"我模仿得不像吗？"施喜念反问着，下一秒，脑子里回响起戴心姿的话，一直故意用头发盖住耳朵的她抬手将头发撩到耳后，森冷着笑意，"我可是连穿耳洞的位置都是模仿了姐姐的呢，像吗？"

霎时间，郭梓嘉想起许久以前，他曾问过施喜念关于耳洞的问题。

他记得，他是在她将头发绑成马尾的那一次注意到她没有穿耳洞的，当时他就问她："你为什么不穿耳洞？"

"因为……"那时候的施喜念顿了顿，抬头看着他，笑得无奈，"对你来说，穿了耳洞，就更像姐姐了吧？"

"像，很像。"回忆落罢，郭梓嘉浅浅地舒了一口气，幽幽然道，"可你不是她，我也不需要你变成她。"

"你不要吗？那你为什么偷了我……"施喜念抿抿唇，顿了一秒，"偷了姐姐的浪漫桥段，在拼图后面写字送给我？姐姐当年写在拼图后面的字，你还记得吗？"

"……"郭梓嘉霎时语结。

"是'郭梓嘉，若我有一百岁的命，你只能活到一百岁零一日，你必须与我生死相依'。"

"施喜念，你就这么希望我跟着欢苑去死吗？"

"你也没敢死啊。"她哈哈笑了起来，有着恶作剧的得逞，声落，她忽然俯下身，隔着书桌，弯着腰，脸凑到他跟前，鼻息轻轻扫在他的鼻尖上，对他说，"只是，你会怎么办呢？如果我要是跟你说，我就是她的话。"

如果，眼前的她是施欢苑……

郭梓嘉想着，倒抽了一口冷气，只觉得冲撞在体内的冷气将脑子冻住了，思绪一片空白。

许久，缓过神来的他小心翼翼地摇了摇头，动作轻浅得几乎看不见。

不，她不可以是施欢苑。

尽管她很像施欢苑，但在这一刻，从前无数次想要再见到施欢苑的郭梓嘉却慌了神，他不知如何面对。

"明天我和你去一趟医院，检查检查你这里。"草草收拾起胡思乱想，也驱逐掉那阵忐忑不安，郭梓嘉指着施喜念的脑袋。

"呵呵。"将他所有的情绪尽收眼底，她冷笑着，眼里的愤恨在沉默中爆炸。

刻意避过了对视，郭梓嘉完美地错过了她眼中的悲痛与绝望，自顾自转开话题，问："你为什么不回学校上课？你不是很想成为设计建筑师吗？连漫画也不画了，是因为故事是我提供的，原型是我们，所以不想画了？"

"我不想读书了，你不是说，我不想读书，你就娶我吗？"

"施喜念，我说过了，不要再模仿欢苑，不要再挑战我的底线！"郭梓嘉是真的生气了，拍桌而起，以身高优势完全压倒施喜念，鲜明在脸上的怒气直逼着施喜念。

施喜念也不甘示弱，直接一抬手，将桌面上的麻辣烫扫落，连带着他的文件也一起遭了殃。

一气呵成的动作落下，她头也不回地离开了公司。

夜里的秋风透着森然的凉意，伤心欲绝的施喜念走在风里，任风戏弄着发涩的眸子，她倔强地不肯示弱，不肯让眼泪滑落，漫无目的，也孤立无援。街上的霓虹灯光偶尔落在她的身上，仿佛撒着娇祈求她一眼情长的凝望。

不多时，她站在斑马线前，听着周遭声调不一的声音，用力深呼吸，逼退眼底的氤氲。

身后，忽然有人在喊："学妹！"

乘风飘起的声音是陌生的，施喜念不知道对方是在叫她，目光仍漫无目地落在眼前的车水马龙里。

直到那人从身后跑来，站在了她的身旁，又叫了她一声，说："学妹，好久不见了啊。"

施喜念转过头去看他，对方笑容灿烂，却也有些拘束。

见她沉默着不发一语，管叔明眯了眯眼睛，笑容灿烂得越发有些掺假，他说："学妹，你最近跟郭梓嘉走得很近啊。我想，你那么喜欢陆景常，应该是为了知道陆景常的下落才跟郭梓嘉在一起的吧？"

闻言，施喜念乜斜着眼看他，仍旧一声不吭。

她的沉默叫管叔明越来越觉得尴尬，他忍不住轻咳了两声，又继续说："我知道你一直不相信陆景常死了，我可以告诉你，他真的没有死，他还活着。你可能不信我，我知道，你在怪我当初听了郭梓嘉的话，把他的设计图当作陆景常的给了你。可是，你想想，他要我做的事，我能说不吗？他是什么人啊，如果我不照做，怕是连学校都待不下去了。"

他絮絮叨叨地说了一大段的话，时不时瞄一眼施喜念的脸，宛若是在窥窃她的情绪，却不知如此更为他口中的谎言添了几分证据。

两个人沉默的时候，红绿灯已经由红色转为了绿色，"嗒嗒嗒"的声音隐约落在空气里。

施喜念的情绪晦暗不明，看得管叔明越发不自在，只见他抿了抿嘴巴，然后微微张开，舌头轻轻地舔了舔唇，说："我知道陆景常在哪儿，你要是能给我五万块，我就告诉你。"

话落，他凝神盯住施喜念，她仍旧不说话，倒是轻轻地笑了。

这一笑，本就紧张不已的管叔明莫名地就更加着急了。可是他还在强行按压住自己的慌乱，佯作镇定自若的样子，说道："我知道你拿得出的，五万块对于郭梓嘉来说，不过是小数目。"

"那确实是。"施喜念终于开口，笑得温柔，"可是，那不是我的钱。"

管叔明霎时皱了眉。

下一秒，施喜念又补充了一句："何况，陆景常是死是活，他在哪里，我根本就不在乎。"

气氛一下子变得窘迫，谁也没有发现，不远处一个西装革履的人正在给郭梓嘉打电话，对郭梓嘉说："郭先生，管叔明现在跟喜念小姐在一起。"

郭梓嘉问："他们说了什么？"

保镖说："他说陆景常还活着，他知道陆景常的下落，只要喜念小姐给他五万块就告诉她。"

"好你个管叔明。"郭梓嘉冷笑了一声，吩咐保镖，"跟好喜念，有什么事唯你是问。另外，管叔明是赌外围球欠了债吧，找人报警，我要人赃俱获。"

命令落下，郭梓嘉点燃了一支烟。

对管叔明，不必手下留情。在他眼中，管叔明就是一个利益至上的人，在父亲找人顶替他与戴心姿举行订婚宴的那一晚，就是管叔明拍下了他与施喜念拥抱拉扯的照片，之后企图用照片要挟他，勒索十万元。可是，管叔明不知道，对他来说，他非常乐意看到照片公布于众，如此，他才能顺势否认那场订婚。

而，大概直到管叔明被警方逮捕，也依旧不知道，是谁设计了他。管叔明也不知道，对郭梓嘉来说，勒索施喜念固然是不可原谅，但扯谎说陆景常没死还想拿一个无中生有的下落来骗过施喜念，离间他与施喜念，则是罪不可赦，更不可原谅。

05

时隔半个月，施喜念没想到会被连芷融拦住去路。

连芷融是奉了学校教导主任的命令来拦截施喜念的，作为同一专业且同一宿舍的室友，纵使连芷融有千万般的不愿意，仍然逃不过教导主任的"托付"，就因为施喜念杳无音讯长达半个月。

在郭氏集团分公司外挡住了施喜念的去路后，连芷融没有多余的话，直入主题，转达了教导主任的原意，说："教导主任让你尽快回学校，如果周末之前再不回去就作开除处理。"

"哦。"出乎连芷融的意料之外，施喜念听完她的话，依旧是镇定自若的模样，问她，"说完了吗？"

她的意思是，连芷融挡住了她的路。

识趣的连芷融沉默着偏了偏身，往边上退了一步。

看着施喜念离开，喉咙里被疑惑堵塞了的连芷融迟疑了一秒，也转过了身。可是，才走了两步，她就没能忍住，折身对着施喜念的背影喊道："你就那么无所谓吗？就算被退学也无所谓吗？"

闻声，施喜念慢条斯理地转过头来看着她，漠然道："无所谓。"

连芷融不知道，刚从郭氏集团出来的施喜念刚刚与郭梓嘉争执过，心情正是不好的时候。

对施喜念冷漠的答复，连芷融还以为自己是产生了幻听，不信自己的耳朵的她，顿了顿，一边琢磨着施喜念的神情，一边追问："那陆学长呢？你当初不就是为了陆学长才转专业的吗？难道他死了，你就从没有想过要代替他完成建筑设计的梦想吗？"

她从前是笃定的，笃定陆景常离开后，施喜念一定会为了陆景常去完成他未完成的梦想。

然而，眼前的施喜念只云淡风轻地说了三个字："陆景常？"

从前，她说起陆景常时，声音总是暖暖的，像太阳的光粘在了声音里，而现在，她的语气里既有些淡漠，又有些莫名，连芷融还看见，她眼眶里的眼珠子不自觉地往上瞥，像是在思考着什么。

心下疑窦丛生，连芷融不禁眉心微蹙。

随即，几乎是下意识地，她多嘴道："是的，陆景常学长，你很喜欢的陆景常学长。"

当初施喜念从服装设计专业转到建筑设计专业，谁都清楚，她是为了陆景常。

连芷融无论如何也不愿相信，对施喜念而言，如同信仰般的陆景常，在这一分钟居然成了嘴里云淡风轻的一个名字而已。

可是，错愕不已的她没有想到的是，下一秒，施喜念就给了个更加令她难以置信的说辞。

"我想你搞错了，"施喜念依旧冷着脸色，"我爱的人，是郭梓嘉。"

"是……"连芷融想质疑，但与施喜念对视的时候，她看见了施喜念眼里不同于方才的冷漠的春光，像是须臾间，沙漠里有着春暖花开的景象，于是，那一个"吗"字就这么卡在了喉咙里，被一笔一画地抹去了痕迹。

她很清楚地感觉到，当施喜念说到"郭梓嘉"这个名字时，原本冷冰冰的声音遽然间就有了温度。

连芷融立刻对上了施喜念的眸子，即使施喜念脸上的神色依旧冷漠着，但她仍旧可以看见，施喜念的眼里宛若住着一整个春天。这样的眼神，连芷融曾经也在施喜念眼里见过，只是记忆里，这样生机勃勃的眼神是属于陆景常的。

那时候，她爱着陆景常，所以她眼里有光。

只是，时过境迁，如今陆景常之于她，就宛若一个旧人，能令她眼里泛光的，已然是郭梓嘉。

连芷融胡想着，深吸了一口气。

在爱情里，她还是一个入门者，心动过，却只停留在暗恋的阶段。

从不多管闲事的连芷融，今日偏偏在施喜念的"心属"上纠结起来。她想不通，是什么令施喜念放弃了喜欢了很多年的青梅竹马。毕竟，据她所知，哪怕自己的姐姐是陆景常弟弟离世的元凶，施喜念依然不肯放弃对陆景常的喜欢。她甚至还记得，不久前施喜念还在为陆景常落泪，怎么一个月都还未过去，施喜念就爱上了郭梓嘉呢？

就在连芷融百思不得其解的时候，施喜念淡淡地瞥了一眼眉头深锁的她，眼里带着不耐烦，然后越过了她，大步流星地离去。

等连芷融缓过神，施喜念已经走远了。

就连走路的背影，都不再是从前那样卑微、唯唯诺诺的。

连芷融凝望着施喜念渐渐消失在人群里的背影，于起风时，听见心在劝说着自己：

——不要多管闲事，施喜念有权利移情别恋，对她也好，对陆景常也好，这样的结局才是最好的。

——你也该学会争取，学会放手去爱了，是她施喜念放弃了陆景常，是她配不上他。

——你也总要自私一次，就这么一次吧。

午后的秋阳于风中消去了踪影，连芷融深深吸了一口气，紧握住手机，迟疑间，她来来回回，踌躇在树下。

直至鼓起勇气，连芷融才拨通了一个电话号码。

"融儿？"很快，那边传来了熟悉且温厚的声音。

"爸，"连芷融抿了抿唇，"我想去美国，我要见他。"

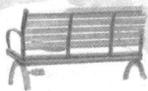

第十章

/

思念很绵长，
像记忆里不化的棉花糖

放弃吧，陆景常，
你怎么配得上施喜念。

01

从初夏到深秋，四个月的时间，足够物是人非。

陆景常坐在出租车里，看着窗外掠过的风景，一切都还是熟悉的模样。

即使与施喜念在这座城市里的共同记忆不多，但是路过每一处曾留下两人记忆的地方时，他总能在第一时间记起当时的场景。

譬如，路过学校社团组团去过的电影院所在的广场时，他想起施喜念也偷偷买了同一场的票，自以为计划得天衣无缝，偏巧座位就在他的隔壁，但他当时却有意和别人调换了位置。再譬如，他每个星期都要去做三天兼职的咖啡店，他曾遇见故意进来店里买咖啡偏又故意不在收银台里他的那一列排队的施喜念，于是自始至终，两个人都没有说过一句话，哪怕是顾客与店员之间最简单的对话。

为数不多的记忆，回忆起来，越发觉得当时的她是那么的可爱。

直到出租车停在 A 大，苏醒的记忆也越发多了起来，他记得所有她的好，以及自己的不好。

他想，那两年对于施喜念来说，应该是度日如年吧。

自责愧疚再一次弥漫在心口，随着一声长气落下，陆景常整理了一下脸上的口罩，从车上下来，向建筑设计专业上课的教学楼走去。

正是上课时间，他想，只要守在教学楼，就一定会看见施喜念。

一路上，多亏脸上的口罩，没有人认得陆景常。

想起连芷融说过的话——"对于在 A 大的所有人而言，你已经死了"，陆景常心中难忍悲伤。

一周前，是连芷融跋山涉水抵达美国，去见了他。

在漫长的数个月里，除了医生与护士，除了郭京与代正雄，连芷融是他见到的唯一的一个人。

也许是被困在病房里太久了，见到连芷融，他的眼里蓦然有了生机，像看到了希望。

虽然在医院里，他生活得不差，身体也在医生护士们的专业照料下恢复很快，一切都很适应，除了孤单。

其实陆景常是感谢郭京的，不仅仅是从前的欣赏和器重。

是郭京把他带去了美国，是郭京承担了他在美国的所有治疗费用，也是郭京给了他未来的保证，说等他出院，就聘请他做美国分公司的建筑设计师。对不相识的人，单纯出于欣赏，郭京就已经为他做了这许许多多，这令他受宠若惊。

只是，他不明白，为什么郭京要骗他？

曾经以为，施喜念在那场大火中丧生，当时悲痛欲绝的他恨不得也随着她一起去了。那时候他才明白了痛失所爱究竟有多痛，那种炽烈的、撕扯着心脏的痛，一点也不比当初看见陆景丰的尸体时少。

那时候，他才明白，原来，除了生死，任何的爱恨，都不足为道。

对于施喜念的死亡消息，他难以置信，也不肯相信。他企图索要证据，但郭京禁止他使用手机和网络，所以，他没法登录微博或者学校论坛等求证消息的真假。最终，叫他信服的是郭京的那一番话："我没必要欺骗你，这对我没有半点好处，难不成，你以为我会骗你说她死了，由着她跟我儿子阿嘉在一起？不，那丫头绝不是我心中想要的儿媳妇，她配不上阿嘉。"

于是，他信了。

倘若不是连芷融，陆景常想，他大概要几年后或者是几十年后才会知道真相吧。

对于连芷融，陆景常更多的印象是，她是施喜念的室友，大多数时候沉默寡言，成绩很好。

直到那一日，在美国的病房里，陆景常才知道，连芷融是郭京得力助手代正雄的女儿，因为父亲属于入赘，所以连芷融跟的是母亲的姓氏。连芷融告诉他，学校废弃的美术室发生火灾那晚，她去医院里找过他，那时他刚完成手术。她在拐角的墙后听到刚到场的郭京吩咐自己的父亲代正雄将陆景常转到美国的医院。第二天，郭梓嘉连同医生一同宣布了陆景常的死讯。

连芷融确实是他的希望，若不是她，他不会知道施喜念还活着；若不是她，大概他也不可能能够回到 A 市。

一想到连芷融以性命威胁自己父亲的场景，陆景常便不由得觉得亏欠了她。

念想至此，陆景常又发出一声叹息。

他想起连芷融到美国见他的目的，那日，连芷融对他说："陆学长，我喜欢你，如果你愿意，我可以照顾你一辈子。"

陆景常从来没有想过，连芷融居然整整暗恋了他两年。

可是，他给连芷融的答案只能是："抱歉。"

除了施喜念，他没有任何想要爱的人，无论是曾以为施喜念就是伤害弟弟的凶手的时候，还是误以为施喜念已经死于大火之中的以后。

胡思乱想之际，教学楼里传来了下课铃，清脆的"丁零"声霎时就清空了脑袋。

陆景常抬起眼，目不转睛地盯着教学楼大门，很快有学生或是谈天说笑或是静默独行地从里面出来。生怕错过了人群中向来低着头的施喜念，他连眼睛都不敢眨一下，可一直等到下课时间过去许久，教学楼已空无一人，他仍然未见到她。

他怅然地离开，就在他犹豫着要不要去女生宿舍楼外守候的时候，他看见了戴心姿。

对施喜念与戴心姿的决裂一无所知，陆景常快步上前，叫住了戴心姿。

听到对方自称陆景常，戴心姿眉心一蹙，眼里充斥着震惊，等陆景常除下口罩她才信服，然后恍然大悟地笑了。

她一直以为，陆景常真的死了，对于陆景常，她也曾有过一丝内疚。

仔细想来，她隐约明白，真如自己的胡说八道，是郭梓嘉令陆景常在大家的记忆里"死去"。

于是，如陆景常所愿，戴心姿将他带到了施喜念面前。

见到施喜念之前，戴心姿看似好意地给陆景常打了一支"预防针"，说："我已经同郭梓嘉订婚了，只不过，喜念常常会来找他。大概是深信你死了，所以她才把对你的爱都托付给郭梓嘉吧。"

对戴心姿无奈的叹息，陆景常自然是不信。

远远地看见施喜念，心跳就开始加速，那样炽烈的感觉是久违的，连呼吸都在紧张。他没能按捺住，没有等施喜念走到他面前，一双脚已快步冲了出去，喜极而泣地拥住了施喜念。他想象的画面，应该是重逢后难分难舍的拥抱，不想，施喜念却用力推开了他，甚至，她看着他的眼神既陌生又冷傲。

陆景常顿时就愣住了，反应过来后，他在思疑，她是不是在怪他消失太久？

随即，身后戴心姿的轻笑打破了僵局，只见她缓步走到两人面前，对着施喜念说："你的陆景常回来了，是时候把郭梓嘉还给我了吧。"

闻言，施喜念重新将目光落在陆景常身上，细细地打量着，微蹙着眉心像是在思虑着什么。

她的打量给了陆景常一种莫名的审视的感觉。

不由自主地深吸了一口气，陆景常识趣地往后退一步，拉开距离，然后郑重道："许久不见，喜念，我很想念你。"

他没有想过，施喜念该回一句怎样的对白。

他同样没有想过，施喜念会一脸淡漠地对他说："活着呢。"

02

"世界上最令人束手无策的，是她的冷漠。"

当陆景常无奈地叹息，拿起一瓶啤酒猛灌时，是连芷融及时拉住他的手，夺下了啤酒。

她劝他："不要喝了，你身体还没完全康复。"

半个钟头前，连芷融再次搁下了矜持，给陆景常打了电话，得知施喜念对他的态度。她无法想象，曾把陆景常当作信仰曾因他的死痛不欲生的施喜念，在看到活生生的陆景常时，居然会是那样冷漠。虽然未亲眼看见，但当陆景常在电话里模仿施喜念的语气重复着那一句"活着呢"的时候，就连连芷融的心也刺痛了一下。

对连芷融的劝说一笑置之，陆景常笑了笑，问她："你说，她为什么突然就不在乎我了？"

连芷融顿时哑口，支吾半晌才替施喜念找到了借口，说："也许是撞坏了脑子吧？前些日子，她和郭梓嘉在一起的时候，听说从楼梯上摔下去了。"

其实她很想告诉陆景常，施喜念就是变了，就是移情别恋了，但她做不到。

她不够狠心，也没有那么伟大，她只是明白，有些东西她争取过了，得不到就该要放手。

她也会安慰自己，恋人分手了，就不会再有亲密的时候，朋友可以来往一辈子，可以随着时间越长越亲密无间。

虽然，心也会不自觉地难过，把折痕绘在眉心上，譬如话落的瞬间，她看到陆景常眼里立刻恢复了以往的神采，像有希望住进了眸子里，而她清楚，那希望叫"施喜念"，是她亲手帮他点亮了。

在第一时间，难掩激动的陆景常立马向她确认："真的吗？她失忆了？"

失忆，是他在第一时间为她的冷漠找到的最佳借口，也是他心存侥幸的希望。

他完全没想到，如果是失忆，那施喜念的第一句话应该是"你是谁"，而不是"活着呢"。

这一回，连芷融放任着小心眼，咬咬牙说："我们都没感觉到她失忆。"

陆景常没再说话，随手拿过一瓶啤酒，往嘴里灌了一口。

第二日一早，陆景常来到了医院，很快就找到了当初接待过施喜念的医生。详细咨询之后，医生告诉陆景常，那晚施喜念撞伤了脑袋，他给她做了个小手术处理，原本估计她至少要两日后才会醒来，不想她第二天就醒了。据护士说，血压正常，精神也很好，但她没有做其他后续的检查项目，私自离开了医院。

医生还说："至于你说患者会不会因为那一次脑伤，导致脾性喜好与从前不同，是存在这种可能性的，但具体是什么原因，就必须通过仔细检查才能查清楚，可以的话，你最好把患者带过来，做个详细的身体检查。"

谢过医生，陆景常离开了医院，再给施喜念打电话时，她依旧没有接听。

于是，稍作迟疑，他给连芷融发去了短信，问她："喜念今日有回学校上课吗？"

短信发送之后，对连芷融的歉疚又添了几分。平日里，陆景常最讨厌"利用"别人的真心，他很清楚，既然无法回应对方的情感，就不应该再去联系对方。他也明白，对于暗恋他的连芷融而言，他的短信息在"撞"入她手机的那一秒，能给她带来多大的欢喜，在她点开之后，就会伴随着多大的难过。

有时候，欢喜与难受是相互依存的。

胡想之际，连芷融的短信已经回复了过来，她说："有吧，我刚才有在路上看见她。"

陆景常轻轻呼出一口气，尚未来得及回复什么，连芷融又发了一条短信过来，告诉他："他们班早上满课，下午无课。"

她的体贴，叫他越发于心有愧。

于是，连一声感激且礼貌的"谢谢"，他也犹豫了许久，生怕又赠了她一场空欢喜。

而相比连芷融的体贴，从前温顺乖巧的施喜念倒冰冷得叫人手足无措。尤其是当他拦住了施喜念的去路时，她不胜其烦的一句"找我什么事"，与他当初一次次地将施喜念推开时的冷酷别无二致。

这大概是报应，也叫风水轮流转。

陆景常想着，对她道："我想带你去医院做个详细的检查，听说你上次从楼梯滚下去，撞伤了脑袋。"

"不必了。"施喜念想也不想就拒绝，"我身子好得很。"

"喜念——"她说完就要走，陆景常即刻伸手拉住了她，一阵风从他身后吹了过来，将她的短发吹起，转过头的她一脸愠色。

陆景常的目光却不经意地从她裸露出来的耳垂上扫过，眉心兀地一蹙，他下意识地问："你穿耳洞了？"

"哦……"惊讶之下，她脸上的愠怒须臾间被扫去，随之，她眼睛瞄向别处，一只手不自觉地摸上了耳垂，"嗯，是啊，穿了没多久。"

陆景常半信半疑地看着略显慌张的她，打量的目光分外尖锐。

他记得施喜念对穿耳洞的恐惧，那种怕疼的眼神，谈起时眉心会皱起，一条条深深的折痕簇拥着，似乎能夹死一只苍蝇。

胆小怕痛如她，羡慕了别人的耳饰十余年都未曾鼓起勇气去穿耳洞，怎么突然就勇敢了呢？

他狐疑着，回过神来的施喜念已经慌张地甩开他的手，不耐烦道："别再来找我了。"

她只需一句话，他心上才冒出的狐疑就这么被匆匆搁置。

眼见着施喜念转身要走，陆景常没有放弃，两步跨到她跟前，再一次堵住了她的去路。这一次，他态度强硬地说："你必须去做检查，你必须变回从前的喜念。"

施喜念眉眼间都是不耐烦，她抬起下巴，傲然睥睨地问陆景常："从前的施喜念有什么好的？她被你憎恨，被你鄙夷，为你受伤，因你心痛，她一次又一次地丢弃自己的自尊，像一条哈巴狗一样，只对你摇头晃脑的，从未有过半句怨言，你告诉我，这样的施喜念哪儿好？是不是卑微得像一条狗，被你使唤来使唤去，如此才好？"

她的语气，从厌恶到气愤，眼里渐渐充斥着痛恨。

陆景常顿时哑口无言。

这时，风里传来了急促的脚步声，紧接着，一个人影忽然从边上蹿出来，一把将施喜念护在了身后。

"你怎么回来了？"一气呵成的动作后，郭梓嘉以高高在上的态度睥睨着陆景常。

"你很希望我永远回不来？"陆景常冷冷嗤笑，回以审视的目光，"最好死在那场大火里？"

短瞬的静默里，两个大男生对峙着，以眼神较量着。

见状，施喜念抬手，轻轻将郭梓嘉拨开，然后脚一迈就到了陆景常身旁。

"走吧，你不是说要去那里吗？去之前先带我去吃饭吧，我已经饿坏了，连你都吃得下哦！"在郭梓嘉的愕然里，她亲昵地挽住了陆景常的手，笑靥如花，说出来的话暧昧得连空气都在燥热。

"喜念……"

"施喜念！"

紧随着的两声呼唤，前者属于一脸莫名又意外的陆景常，后者则属于被抛弃了的气急败坏的郭梓嘉。

陆景常惊愕地听着从施喜念嘴里溜出的暧昧的话，他一点也不知道，前一日，施喜念才与郭梓嘉争吵过，原因是她没有向郭梓嘉坦白，陆景常回来了，他们还见面了，而郭梓嘉是从戴心姿嘴里知道这些的。

对于郭梓嘉的盛怒，施喜念满意地挑着眉，扬起了嘴角。

她没有说话，静静地拿余光悄悄地看着郭梓嘉，下一秒，气急败坏的郭梓嘉不顾一切，一把抱起她。

见此，陆景常紧皱着眉，命令他："你放下她！"

郭梓嘉吃醋的模样，叫施喜念一时迷糊了身份，忘掉了心上的芥蒂，她笑着，朝陆景常说："不好意思啦，我愿意跟他走。"

03

再一次约见施喜念，陆景常依旧连电话也没打通。于是，他只好再一次"守株待兔"，只不过，这一次是在郭氏集团外面，正应了戴心姿戏说的那句："你去郭氏集团，她肯定死赖着去找郭梓嘉了。"

陆景常自然是不想相信戴心姿的戏言，无奈施喜念旷课两三日，戴心姿的"指点"是他唯一的希望。

见到施喜念时，陆景常的目光不由自主地打量起她。

这两日，他总是想起施喜念的耳洞，总是想起她异于往常温顺乖巧的一言一行。

直觉告诉他，与他重逢的这个施喜念不对劲，她好似不是他的施喜念，可她偏就是长着施喜念的模样。

如果施欢苑没有死，他想，他大概会把她认作是施喜念的双胞胎姐姐施欢苑吧。即使从未见过面，可长着一张一模一样的脸，若不是施喜念，就一定是施欢苑。

只是，施欢苑早就死了，在陆景丰死了的那一日。

这个世界上只剩下施喜念一个，没有另一个人长着与她们一模一样的脸。

审视之际，陆景常深吸了一口气。在施喜念紧蹙着眉头，将不耐烦涂抹在脸上时，他抢先说话，问她："你真的不去医院？"明明心上徘徊了许久的疑问是"你到底是谁"？

可，他要信她，只能将狐疑统统抹去，唯一能替她找到的移情别恋的借口便是——生病。

施喜念是生病了，所以才会冷漠以待，所以才会忘了青梅竹马的十余年，忘了漫长岁月的相依相守，甚至与郭梓嘉暧昧不明纠缠不清。

她应该是生病了，也只能是生病了，否则，他怎么去接受她轻而易举地遗忘了他？

　　陆景常还在胡想着，施喜念抛来一个不耐烦的白眼，嘴上满不在意地说："有劳您费心了，我身体很好。"

　　"可你……"

　　"陆景常，你以为你有多重要？"

　　"在你心里，难道我不应该很重要吗？"

　　"呵呵，那可不是我——"话至此，她急急刹车，吸了一口气，"我说，那都是几百年前的旧事了，原来你这么在乎吗？只可惜，你们男生喜欢后悔，我可不喜欢，当初你不是一心要喜——要我远离你吗？你对我做过的事说过的话，你都忘了吗？即使你忘了，A 大还有许许多多的同学都还记着呢。在他们眼里，施喜念可是个大大的笑话呢。要不要我们一起回学校回忆一下？"

　　"对不起，以前是我的错，也许你不知道，每一次对你狠心的时候，我的心其实更痛。"

　　"你能挖出你的心来证明吗？"

　　"……"

　　"不能，对吧？那你拿什么来证明你爱我？"

　　"喜念，我不信你真的爱上了郭梓嘉，你不可能爱上他的，对吧？"

　　"我爱谁是我的自由。怎么说呢，陆景常，也许你真的很优秀，但那又怎样，你配不上我的真心。何况，那年夏天，你错过了我的告白，一次又一次，可惜啊，也许我们本来就注定无缘。"

　　空气仿佛越来越稀薄，陆景常屏着一口气，小心翼翼地掩住隐隐作痛的心，凝目看着施喜念。

　　这是他的施喜念，这是他这四个月来的想念，这是他十余年的羁绊。

　　他知道，他应该要反驳她的话，要去证明他那些曾经以为见不得天日的爱，偏偏他脑子里空白着，他的嘴巴像被发霉的空气黏住，张不开一道缝隙。

　　就在两人静默以对的时候，旁边忽然有一辆失控的自行车冲撞了过来。

　　几乎是下意识地，陆景常伸手将施喜念拉入了怀里，以身体护她周全，偏偏，自行车从边上撞了过来，前轮直接撞在了他的左脚上。随即，猝不及防的他身子失去了平衡，眼看着即将抱住施喜念一同摔下时，施喜念伸手推开了他。

　　"嘭！"

　　"嘭！"

　　"嘭！"

　　接连着的三声，陆景常和骑自行车的男生一起跌在地上，横倒在旁边的自行车车轮还在惯性旋转着。

　　男生龇着牙，从地上起来，嘴里敷衍着道歉。

　　无论是陆景常还是施喜念，谁也没有去追究男生的莽撞与敷衍。

　　明明空气那么聒噪，两人之间的安静却如寒气，渐渐地，就连空气都抖抖索索起来。

　　施喜念缓缓地，两三步走到了陆景常跟前。她没有扶起他，只冷漠着脸色，蹙着眉看了看他，看了看他空荡荡的左裤腿，又看了看距离他不过一米远的假肢，然后一字一字地说："陆景常，你配不上施喜念，无论是她的真心，还是她的人。"

陆景常顿时只觉得脑子"轰"一声，似乎有炸弹炸开了。

04

"陆景常，你配不上施喜念。"

"你连自己都无法保护，你怎么保护我？"

"没有了一条腿，你就是个废人，你根本给不了我幸福。"

"你以后都不要再缠着我了，我值得更好的爱和更好的未来。"

白天的记忆里，施喜念说过的话，就像仙人掌上的刺，一根根扎在陆景常的心上，在这深秋的夜里，隐隐作痛的心好似在一点一点地枯萎，但偏偏，爱还在垂死挣扎着，舍不得就此凋零，仿若想要等一场枯木逢春。

站在阳台上的陆景常紧闭着眸子，深吸了一口气，生涩地拆开一包香烟，抽出一支，叼在嘴上，然后掏出打火机。"嗒"一声，火光燃起，他小心翼翼地凑近，将烟点燃。

片刻后，他轻轻地吐出烟雾，看着缭绕在夜色中的烟雾，记忆在脑海中不安地翻滚着。

数月前，发生在 A 大美术室的那场大火似乎还历历在目，他清晰地记得火的红艳，火的温度。

其实那一日，他只是碰巧路过，当时美术室外围了许多人，他依稀看见了浓烟和火光，但他没有要驻足的意思，直到施喜念打来电话，一声不吭，他却敏锐地从手机里听到了东西燃烧、倒塌的声音。

彼时，他的目光正好穿过人群，看见美术室外的木板砸了下来。

"嘭"的一声，左耳和右耳听到的是同一道声响，于是他当即就笃定，施喜念就在美术室里。

随即，他不假思索地冲进人群，扒开一条路，冲进火里。

那时候，他怕了。

他怕施喜念会死在那场大火里，他想，只要她活着，哪怕她想要天上的星辰与月亮，他都会想尽办法摘下来给她。

直至现在，想起那根从屋顶上掉下的木梁，他的心就一阵焦灸的痛，犹如被烈火焚烧。

虽然，木梁重重地砸在了他的脚上时，他只痛了两秒，就昏了过去，但那两秒的痛足够成为记忆里的刻骨铭心。

后来，当他从昏迷中醒过来的时候，他已经在美国的医院里。

见到的第一个人不是施喜念，而是一个陌生的男人，那时他还不知道对方是连芷融的父亲。

他喘着粗气，愣愣地看着天花板，从睡梦中醒来，还残余在脑海里的，是他抱住施喜念的一幕。好半晌之后，缓过神来的他，立刻就抓住对方的手，顾不上询问这个陌生男人的身份，第一时间就问那男人："喜念呢？"

代正雄摇摇头："我不知道你说的是谁。"

他一顿，掀开被子就要起身，说："我去问医生。"

话落，他作势要下床却险些从病床上摔下，好在代正雄眼疾手快扶住了他。也是这时，他才看见了自己空荡荡的裤腿。

失去了一条腿，如果换得来施喜念的安然无恙，那也值得。他想。

然而，那天晚上，接到了代正雄电话后，抽空到医院里的郭京却告诉他："施喜念那丫头死了。"

回忆至此结束，当初痛失所爱的悲痛欲绝，他不想再去回忆。

幸好，难熬的四个月过去，他终于再见到了施喜念。

念想着，他深深吸了一口烟，随之被呛得直咳嗽，眼泪趁机溢出了眼眶。

他无奈地笑了笑，转过身，看向屋内的大床，泪水模糊了视线，他仍旧一眼就看到了搁在被子上小小的精致的木盒子。

那是他送给施喜念的。

十九岁那年，十七岁的施喜念正要参加高考，他特意准备了一个木盒子当作礼物送给她，对她说，这是一个装着秘密的潘多拉盒子。

所谓的秘密，不过就是一对长颈鹿的纯银耳夹。

因为施喜念很想戴耳饰，偏偏又胆小怕疼，不敢去穿耳洞，每每都只能羡慕别人。陆景常还记得，施喜念十二三岁的时候，还喜欢把小小的贴纸贴在耳垂上，假装那是她的耳钉，那时候的她看起来傻傻的，却是可爱得不得了。

再后来，来到 A 大的陆景常偶然看见这一对长颈鹿耳夹时，就买了下来。

有人告白时送戒指，也有人告白时送玫瑰花，可他想送的是她梦寐以求的。

只可惜，这个应当称之为定情信物的木盒子，当初是他在施喜念面前将其丢进了男生宿舍楼外的小树林里。

陆景常还记得，那一日，施喜念时而弓着腰时而趴在地上，一直找到晚上，始终都没能找到木盒子。只是，施喜念不知道，她在小树林里寻找了多久，他就在宿舍的阳台上站立了多久，他的目光始终未曾离开过她。施喜念也不知道，后悔不已的他避开了她，也到小树林里寻找。当抬着头的他在一棵树上看到了木盒子时，他心上的欢喜几欲将世界淹没。

彼时的他，即使不敢想象与施喜念在一起，却也从未想过，有朝一日，自己竟会配不上她。

即使大火之后，知道自己失去了一条腿，曾有过迷惘失意的时候，他也从未觉得配不上她。

他不是一个轻易自卑的人，不会因为失去了一条腿就放弃自己的梦想，放弃自己深爱了多年的施喜念。

唯一可让他自卑的，只有施喜念。

当施喜念居高临下地睥睨着他，一声一句地说着他配不上她时，他卑微到尘埃里去了。

深秋的夜风从阳台刮过，将他吐出的烟统统扑到他的眸子里。

眼睛涩得发疼，眼泪再一次趁机放肆起来。

他低声对自己说："放弃吧，失去了一条腿，对于喜念来说，你就是一个废人，一个负担，就算装上了假肢，假装与正常人无异，你也没有办法再护她周全。"

最好的爱情是，我的过去都是你的痕迹，我的未来也只为你留下记忆。

可惜，曾经令人向往也叫人妒忌的爱情，最终从最好变成了遗憾，每一分过去都是未来泪落的原因。

05

当陆景常独自伤悲的时候，施喜念没有想到，郭梓嘉居然会跪在她跟前，向她求婚。

浪漫应当是郭梓嘉的风格，可是，当他捧着戒指单膝跪下时，没有鲜花也没有气球。

唯一算得上浪漫的，是郭梓嘉的告白。他说："我想娶你，我想每一天每一夜都跟你在一起，我想要霸占你心里的每一寸，我想要成为你的独一无二。也许你会觉得我很唐突，但是，我不想再失去你了，喜念。"

如果最后那两个字不是"喜念"，那大概会更加完美。

她眉心微蹙，沉默地等待着应答的郭梓嘉见她不言不语，于是继续道："我很认真地思考过了，趁着我妈还在这里，我们把证领了。我不怕我爸把我绑走，对我用刑，我只怕不能再见到你，只要我们领了证结了婚，公布天下，我爸就再也不能阻止我们，也不能再强迫我和戴心姿在一起了。"

这段时间，是因为颜画在 A 市，留在郭梓嘉身边，郭京才没有用强硬的手段将他带回家里。

可是，颜画即将要回台湾了。

其实，郭梓嘉之所以会向施喜念求婚，也是颜画在推波助澜。前一日收到现任丈夫的病讯，颜画迫不及待地想要回去照顾对方，可偏偏又放不下郭梓嘉。二十多岁的郭梓嘉对于颜画来说，依然是当初那个不谙世事的小孩。

颜画很清楚，假若自己离开了 A 市，郭京一定会不择手段地拆散郭梓嘉与施喜念。

她不愿意让奉行霸权主义的郭京再伤害郭梓嘉，但是，郭梓嘉也不愿意跟随她离开，前往台湾，所以她才想出领证结婚的计策。

对于郭梓嘉而言，领证结婚是最好的保障。

话落许久，郭梓嘉仍旧等不到施喜念的回答，他紧张又莫名，小心翼翼地轻咳了两声，夺得施喜念的注意后，才郑重其事地问："喜念，你愿意嫁给我吗？"

发怔的施喜念回过神来，笑了笑，很爽快地伸了手过去，说："明天就去。"

郭梓嘉喜上眉梢，立刻将戒指套进了她左手的中指上，闪闪发光的钻石就像天上落下的星星。

第二天早上，施喜念与郭梓嘉早早就来到了民政局，一切看似很完美，好似有情人终成眷属。

然而，当施喜念独自站在民政局门口时，她的脚突然就扎根在地上了。

她抬着头，看着里面大红色的背景、大红色的讲台，看着红色背景上面醒目的黄色字体——A市婚姻登记处。

这是神圣而幸福的地方。

在这里的每一对情侣，脸上都洋溢着幸福，也值得最真心的祝福。

她想着想着，怅然慢慢地攀爬到眉心处，这是她从前向往过憧憬过的地方，如今她就站在门口，因为锁车而晚她几步的郭梓嘉也很快会来到她的身边，他们会对彼此说"我愿意"，会在婚书上签下各自的名字。

名字……

她的签名应该是……

胡想的时候，思绪似乎触到什么，卡在了脑子里的某个角落，她正发着愣，郭梓嘉的声音突然就在耳边响起，他问她："怎么傻傻地站在这里不走？"

她轻轻吸了一口气，将目光收回，偏头落在他身上，郑重地问道："你真的要跟我结婚吗？"

郭梓嘉笑着，伸手摸了摸她的脑袋："不是你，还能有谁？喜念啊，我这辈子非你不娶。"

她张口哑然，许久都说不出话来，眼神迷离又悲切。

——可是，你怎么到这一秒都没能看出来，我其实是欢苑。

第十一章

/

我们终将会再见

我要的爱，一分都不能少，
少一分都是背叛。

01

有人说过，这世界上最令人欢喜的四个字是——失而复得。

但，从来没有人说过，失而复得的人，或许也会叫人不知所措。

当已经"死去"了两年的施欢苑出现在眼前时，时间宛若静止，回忆欲言又止，施喜念的脑子一片空白，思绪仿佛滞在了海底，暗涌蛰伏。呼吸紧促，她有些缺氧，像成群成群的鱼聚成龙卷风，盘旋着，冲撞在心璧上。许久过去，凝滞在胸腔里的一口气才喘过来，她微微张嘴，哈在空气中的薄雾稍纵即逝，好似拭过眸子一样，眼前人的脸越发清晰。她眨了眨眼，眼泪悄无声息地掉落，像成群成群的鱼向四周游散。

她在哭，嘴角却在微扬，她是欢喜的，也突然间不知所措起来。

昏迷了将近两个月，醒来时她感觉像是从一个梦境穿越到另一个梦境里，脑子里残余的记忆便是最后与郭梓嘉的争执。她还不知道自己睡了多久，以为只过去了一夜，以为是郭梓嘉将她困在这里，熬过了初醒时的那阵眩晕，她立刻想方设法地就要逃跑。

当门口刺目的阳光将双眸缝上，施喜念错觉又回到了梦里。阳光很快撕开了黑暗，她定了定眼，随即就看见了站在光里的施欢苑。

回忆的画面一帧帧浮现，本就体力不支的施喜念大口大口地喘着气，心中百感交集。

好半晌之后，还是施欢苑先一步回过神来，迈开步子，推着时间往前走。她三步并作两步，转眼就到了施喜念跟前，然后一把将施喜念从窗口上拽了下来，皱着眉，拉着施喜念到床边。

微微有些湿润的手，被温热的手心覆住，施喜念的心霎时一暖。

这不是梦，这是奇迹。

施喜念深吸了一口气，扑哧笑出声来，空着的那只手抬起来，手指微弯曲着，将脸上还在肆意的泪水拭去。

手心的温暖，悄悄地抹去了曾经对施欢苑的记恨。

她尚未来得及开口说话，施欢苑的声音已经飘进了耳朵里。

"你说你是不是傻，怎么能拿手去砸玻璃窗？砸破了玻璃窗又怎样，这里可是七楼，你打算从窗口跳下去吗？"将施喜念按在床上坐好，她屈膝跪在床边的柜子前，一边翻找着什么，一边碎碎念地数落道。

两个钟头前，因为始终无法接受自己以施喜念的身份成为郭梓嘉的合法妻子，无法逼迫自己在婚书上签下不属于自己的名字，施欢苑借口上洗手间，丢下郭梓嘉一人在民政局，然后逃了出来。

只是，她万万没有想到的是，昏迷多日的施喜念居然醒了过来，并且为了逃出这个房间而弄伤了自己。

熟悉的声音在空气中来来回回，数落里清清楚楚的，是施欢苑对她的紧张在意。

童年的某个画面瞬间就在眼前复苏，施喜念记起，七岁的那年春节，她自告奋勇地帮爸爸搬花却不小心摔翻了花盆，开得正好的月季一下子落了地，被碎瓦片和泥土掩住。她慌张起来，伸手就去捡拾，手指立刻就被碎瓦片割了一道口子，鲜血溢出，她疼得大叫。那时候，也是施欢苑立马赶到她身边，一边像个大人一样碎碎念地说她笨，一边轻车熟路地从药箱里翻出创可贴给她贴上。

施喜念吸了吸鼻子，下意识地摸着手上浅咖色的创可贴。

姐姐总嫌弃她又笨又傻，可是，姐姐从来不会丢下她不管，即使在她的生命中曾离席了两年，最终仍是无恙归来。

没有记起陆景丰的离世，没有记起与陆景常一波三折的过往，这个时候，她感恩这个奇迹。

如果爸爸妈妈见到姐姐，一定会喜极而泣吧。

施喜念想着这些，在施欢苑絮絮叨叨的时候，蓦然弯下身子，揽住了施欢苑的脖子，紧紧拥抱住她，轻声呢喃："姐姐，你……你还活着，你还活着呢，真好。"

眼泪不由自主地，须臾间就浸湿了一张脸。

久违的拥抱，熟悉的体温与香水味，施喜念兀然就想起两年前在学校门口的那个拥抱。

一同苏醒的，还有过去两年的所有记忆，那些阴霾与炽痛，一如飓风，毫无预兆地在脑子里扫荡。

她倒吸了一口冷气，拼命按压下那阵飓风，偏偏，陆景丰残留在记忆里的最后一个影像顽固地在大脑里徘徊。

那张被湖水泡得发胀的脸，惨白得吓人。

施喜念禁不住一个哆嗦，慌慌张张地推开了施欢苑，身子往后退去，一双手捂住口鼻，眼泪越加肆虐。花容失色之际，她无力地摇晃着脑袋，哑着声音，说："可是……可是，景丰死了，景丰死了啊！"

她没有要责备施欢苑的意思，但做贼心虚的施欢苑一下子就炸了毛。

只见半蹲在地上的施欢苑立即起身，犹如一只被惹怒了的猫，将施喜念扑倒在床上，双手抓住她肩膀上的衣服，拳头抵住床，脸凑下去，面与面之间贴得很近很近，彼此的呼吸在空气中互相推搡着。

紧接着，她恼羞成怒地吼道："他死了是他命短，关我什么事？"

听似理直气壮的愤怒语气，丝毫没有暴露她这两年来的耿耿于怀。

被突如其来的咆哮震慑住，施喜念眼睛睁得圆鼓鼓的，愣愣地看着施欢苑，许久都没反应。

施欢苑还在继续，声调不减丝毫，说："何况，他死了我就过得好了吗？这两年我虽然是死里逃生，但我过得生不如死，你又知道多少？又不是我有心害死他的，是意外，是意外！我只是跟他开了个玩笑，谁知道那个傻子会从树上掉到湖里，谁知道他不会游泳，谁知道他会死！"她眼里有泪光在闪烁，曾经忐忑过无数次的心脏在剧烈地颤抖。

她也害怕，她也不安，哪怕是两年以后的今时今日。

所有的人都以为她死了，以为她落得清净，只有她自己知道，这两年多的光景，她在世上的某个角落里，背负着一条人命，如何苟且偷生地活着，因为她不敢死，也不甘心去死。那时她还只有十七岁，人生最精彩的时候才刚刚开始，她怎舍得离开？

胡思乱想的时候，她的鼻息颤悠悠地扫过施喜念的脸。

咫尺之距足以令施喜念看清她眼里的泪光，以及被泪水覆盖的充满恐惧的双瞳。即使她理直气壮的说辞更像是狡辩，但施喜念终归是相信她的善良的。即使偶尔也会责怪施欢苑害死了陆景丰，但在施喜念心里，从来都相信陆景丰的死是一场意外。

只是，陆景丰到底是因她而死，这是毋庸置疑的事实。

思绪拉扯至此，脑子里忽然响起了施欢苑的声音——"爱情是需要争取的，既然你没有勇气告白，那我替你告白好了。"

霎时间，施喜念眸子微颤，哑然看着施欢苑。

脑子一阵眩晕，回忆吞吞吐吐，却也隐约道出了她才是"罪魁祸首"的事实，谁都有罪，谁都不是清白无辜。

02

越是想要冷静的时候，越是不想记得的记忆就越是会乘虚而入。譬如此刻，一同陷入沉默的对峙里，瑟缩着的施喜念还在为往昔忏悔，而拼尽力气强作冷静的施欢苑却失足落入了回忆的旋涡中。

2014 年的夏天，全国高三学子怀揣着对未来的期盼，赶往高考的终点时，施欢苑悄悄偷走了户口本，将撕毁了的准考证放在了抽屉里原本放着户口本的位置，然后背着包头也不回地离开了C 市。

她记得很清楚，离开的前一晚，杨燕对她说："我和你爸爸已经决定要结婚了。"

听杨燕宣布完婚讯，施欢苑还来不及生气，父亲施令成立刻就皱着眉黑着脸拉了杨燕一把，颇有些不满地嘟囔着："说好了等高考完再说的，你怎么现在就说了？"

杨燕笑笑，挽住了施令成的手，亲昵地说："开心事我憋不住。"

施欢苑直接白了她一眼，硬生生地从两人中间挤过时，手肘故意撞了杨燕一下，嘴上冷冰冰地道："就算她明天要死了，我也不会同意。"

她说完，径自往房间里去，身后是施令成气急败坏的责骂，以及杨燕听似温柔的劝阻。

在父亲母亲分开的十年里，杨燕总扮演着这样的角色，温柔大方、善解人意，施欢苑始终习惯不来。

十多年前，杨燕还是那个被施令成尊称为"老大"的男人的妻子，施令成总恭恭敬敬地唤她"嫂子"。小时候，施欢苑、施喜念姐妹俩每年都会跟着施令成到"老大"家里拜年，"老大"凶神恶煞，却总会给她们好看又好吃的糖果。

一直到她们五岁那年，"老大"犯了事被判刑三十年，将无依无靠的妻子托付给施令成。

施令成为人向来仗义，更何况早年受了"老大"的恩惠，对于对方的托付，自然是二话不说。

渐渐地，杨燕越来越依赖施令成，就连买菜、修水龙头都要打他的电话，也不管时间是凌晨还是深夜，施令成也大多是随传随到。

随着杨燕的亲近依赖，父亲母亲的争吵也越来越频繁，面对母亲顾芝一次次的质问，父亲施令成总说只是仗义照顾。

那时姐妹俩尚还年幼，不懂情爱，但尽管如此，比起懵懂无知的施喜念，略显早熟的施欢苑偏就看出了杨燕的别有居心，尤其是，她曾好几次看见杨燕假装摔倒，有意扑到父亲身上。

母亲坚决要与父亲离婚时，她不过才七岁。

七岁，对于大人们来说，那是"什么都不懂"的年纪，甚至他们连结束一段婚姻都不需要过问她的选择。

可是七岁的施欢苑始终相信，父亲还深爱着母亲。

于是，在母亲硬拉着她上出租车的时候，她用力地咬住了母亲的手臂，大声吼道："我就要跟爸爸。"

不仅仅是害怕父亲一个人孤独无依，她也想替母亲守住父亲，不让杨燕乘虚而入。

她才七岁，偏偏成熟得像是个十七岁的孩子，也正因为她才七岁，所以无人知晓她的小心思。

令人措手不及的是，等到十七岁，未等到一家团聚，她却等来了施令成要与杨燕结婚的消息。

她不知道，这场婚姻对于父亲施令成来说，同样只是出于仗义，因为杨燕的丈夫意外病逝，临终前将杨燕的余生托付给他。施令成本来就不曾奢望能够得到妻子的原谅，与之重新复合，因此犹豫过后，大义凛然地答应了挚友的拜托。

辗转失眠了一整夜，施欢苑最终决定放弃了高考。

从 C 市到雁南城，沿途的风景都是陌生的，一路阳光正好，她眯着眼，将脸贴在温暖的玻璃窗上。

阔别十年，再见到施喜念时，久别重逢的雀跃淹没了心脏。

然而，任谁也没有想过，有时候惊喜带来的也许是一场令人束手无策的"意外"。

意外得知施喜念的初恋故事，施欢苑笃定心意，要替胆小的施喜念告白，即使施喜念明确地拒绝了她的好意。她利用施喜念外出的空隙，拿走了她的手机，给陆景常发去短信，邀约见面，可最终赴约的是陆景常的弟弟陆景丰。

施欢苑不认识陆景丰，一时顽劣心起，居然将手链丢到了树上，戏弄着陆景丰爬上树给她拿下来。于施欢苑而言，这不过是个恶作剧，偏偏，在她嬉笑嘲弄的时候，陆景丰失足掉进了湖里。

看着惊恐万分的陆景丰拼命地挣扎，听着他口齿不清的"救命"喊声，施欢苑想起了小时候溺水的经历，患上恐水症的她当下很是害怕，不知所措之间，她竟下意识地选择了逃跑。

她太害怕了，一心只想逃离。

她记得，她离开公园时，酝酿了整整一个上午的倾盆大雨终于来袭，冰凉的雨水叫瑟瑟发抖的她越来越忐忑。冒雨奔跑的一路上，她摔了几次跤，最终在路过汽车站时，跌跌撞撞地跑了进去。

很快，汽车载着她慢慢地离开雁南城。

车窗外，来势汹汹的暴雨淹没了一切，视线里只余下白茫茫一片，一如她脑海中的迷茫。

连胡思乱想都不敢的她，哪里知道，半个钟头之后，汽车会在暴雨中掉落悬崖。当身子被抛离座位，当剧烈的碰撞带来锥心刺骨的痛感，她仿佛看见了死神。她很害怕，但她隐约地知道，这是她以恶作剧之名害死陆景丰的报应。

在意识消失以前，她以为，她再也不会醒过来了。

她以为，她的人生会毫无预兆地停留在十七岁的夏天。

她做了一场漫长的梦，直至几个月后她才悠悠转醒，醒来记不得半点梦中的画面。

彼时，一个五十岁左右的男人守在她的床边，他唤她"阿女"。那时候，施欢苑连应答否认的力气都没有。随后，从男人的只言片语里，她隐约推测得知，大难不死的她幸运至极，竟落入海里，被海水冲到不知名的小岛上，是男人将她救了下来，将她带回了家。

从来就不甘心死在青春正好的年纪，施欢苑顺着男人的意思，装作他乖巧听话的女儿。

一天天过去，男人看似疯疯癫癫，整日胡言乱语，对她的照顾倒是仔细周全。

一切该很好，倘若施欢苑没有向男人坦诚自己并非他女儿一事，偏偏，她决意离开并残忍地撕破了男人的想象，于是，男人疯了一样，将企图逃跑的她捆绑起来，禁锢在那间简陋的木屋里，日复一日地咒骂鞭打。每一次鞭打过后，男人总会道歉，总要她这个"女儿"原谅他。这时候，施欢苑才知道，三年前男人的妻子带着女儿离开他，却在海上遇难，双双死亡。自此，男人精神便有了问题，是施欢苑的出现，抹去了男人记忆里那段不愉快的记忆。

大难不死，施欢苑并不甘心永远被困在男人的小木屋里，于是她费尽力气地逃跑。

一次又一次的失败，身体落下了一道又一道的伤疤，她始终没有放弃，直至不久前，她才终于逃了出来。

两年过去，她第一个想要见的人是郭梓嘉，但辗转回到 C 市的她，却听说了他与戴心姿的婚事。向来自信的施欢苑自是坚决不信郭梓嘉会移情别恋。听说郭梓嘉就在 A 市，她就又辗转追寻到 A 市，满腹思念尚未倾倒，不料，见到他以后，竟会亲耳听到他对施喜念说——

"我喜欢你，施喜念，这是真的。"

当时，施欢苑只觉得天都塌了下来，妒火中烧的她坏心立起，偷偷潜入了餐厅的电闸房，关掉了总开关。

她不过是想装鬼吓唬吓唬郭梓嘉与施喜念，叫应该做贼心虚的他们吓破胆子，她没想过会间接导致施喜念被推下楼梯，以至于昏迷不醒。

后来，她盗用施喜念的身份却是有意的。

但是，她总有她的理直气壮，所以她逼近施喜念，用突然拔高的声调说："我不甘心，他怎么可以爱上你？他不可以爱上你，他是我的！"

施喜念立刻就想起了郭梓嘉，她明白，施欢苑的理直气壮，是对郭梓嘉的在意。

那种执着又霸道的爱，施欢苑与郭梓嘉之间，彼此势均力敌。

03

两年时光，漫长得好似走过了一生，回忆偏是匆匆。

等施欢苑挣脱了旧记忆的束缚，等最后一句咆哮被钻进窗口缝隙的凉风吹散，敛住气息的施喜念才缓过气来，只是脑子还被大朵大朵的白云侵占，喉咙也宛若被白而软绵的棉花糖堵住一样。

即使亲耳听闻姐姐的遭遇，看见了堆砌在她眼里的悲切与痛苦，施喜念仍是难以置信。

不是不信，只是无法想象施欢苑曾经历过的痛苦。毕竟她没有走过施欢苑走过的那段路，就算感觉到施欢苑心底的痛不欲生，她也狐疑那只不过是当中的千万分之一。

这世上不可能有所谓的感同身受，就算是双胞胎，她们终究没有一模一样的人生。

她想着，长叹一口气，从施欢苑大段大段的独白叙述里挑出某段往事。

关于施欢苑的恐水症，施喜念从来不曾了解过，记忆里只有五岁那年落水的片段。

那年夏天，姐妹俩一起掉进河里，母亲就在远处，听见呼叫声，立刻就跳进了河里。第一时间将位置较为靠近河边的施喜念救了上来，而后，气都来不及喘一口，她就再次跳进河里，游向施欢苑。

比起施欢苑，五岁时候的施喜念好似多了几分幸运，由于母亲立马将她从河里捞出，她吐了几口河水，喘了几口大气，基本没有大碍。但是，施欢苑却没有那么幸运，母亲返回去救她时，脚被河里的什么东西缠了好一会儿，等上岸的时候施欢苑已经陷入了昏迷。尽管母亲立即给施欢苑做急救措施，但她仍然没有恢复意识，直至送进了医院的急救室，施欢苑才捡回了一条命。

对于记忆里的这些往事，施喜念都还记得，回到雁南城以后，母亲偶尔想起姐姐，总会说起这段往事。施喜念知道，对于姐姐选择跟随父亲生活一事，母亲很是介怀，也亲口说过："欢苑就是恨我，她恨我当时没有先救她。"

如果不是施欢苑说出来，施喜念大概永远不会知道，那次溺水的经历给施欢苑留下了不可磨灭的阴影。她只记得，从急救室苏醒之后，施欢苑生了一场大病，后来，她们都再没有去过河边。

时隔两年，她才知道，看见陆景丰落水的时候，施欢苑有多害怕。

她真不该恨施欢苑的。

就在施喜念愣怔的片刻，施欢苑突然起身，以迅雷不及掩耳之势出了房间，将门锁上。

"嘭"一声，脑子里的胡想碎成了尘埃，散落在空气中，再寻不见踪影。施喜念呆呆地眨了眨眼睛，环顾四周，旋即想起了美术室的那场大火，意外发生之前，戴心姿也是这样将她一个人反锁在屋内。

回忆狰狞着笑脸，大片的火红色在视线里晕染开来。

心神慌乱的施喜念立刻从床上跳起来，扑到门上，一边拍打着门，一边惊慌大叫着："姐……姐姐，你……你在干吗？为什么把我锁起来？"

结结巴巴的语气，突然变得急促的呼吸，统统都描上恐惧的痕迹。

她始终未怀疑过施欢苑，即便此刻被"丢弃"在屋里，心仍未有过半分恶意的揣测。

着急无措之间，拍打在门上的手蜷成了小拳头，力气越来越大，频率也越来越紧凑，好似空气也在瑟瑟发抖。

施欢苑没有任何的回应，只施喜念一人在惊慌着。

直至半晌过去，施喜念才听到了施欢苑的声音，她说："喜念，你就留在这里吧，我会把一切都处理好的。"

闻声，施喜念的手顿了顿，铺排在脑子里的记忆画面被一把扫开。

转瞬，回过神的她又开始拍打着门，几近哀求地说："不，姐姐，你放我出去。"

带着哭腔的求救声几乎淹没在"砰砰砰"的声响里，可是，门外的施欢苑依然听见了她声音里的颤抖。

每一下轻微的颤动都清晰明了。

"喜念！"

终于，施欢苑忍不住高声截断了拍门声。

空气霎时沉默了下去，施欢苑可以感觉到施喜念正敛声屏息着，她颇有些懊恼地皱着眉叹气，很快就将语调降了下来，说："你睡了差不多两个月，刚刚才醒来，最好不要太激动，好好地待在这里，我会找医生给你仔细检查的。柜子里有些吃的东西，够你撑两天的。"

"姐姐……"施喜念哽咽着，声音软了下去，连带着拳头也粘在了门上。

"不要想着逃出去，除非你想惹来警察，将我押进警局。"

"可……可是我还有很多事要做。"

"我说了我会处理好。"施欢苑的语气开始不耐烦起来，话落后，她顿了顿，突然又问，"喜念，你不会是喜欢上郭梓嘉了吧？"

"当然没有，我喜欢的从来都只有陆景常！"施喜念口气有些着急。

"陆景常吗？"想起那一日被自行车撞倒在地上的陆景常，想起落在地上的那截假肢，施欢苑不由得勾了勾嘴角，鼻子轻哼出声，配合着意味不明的笑意，这轻轻浅浅的一声"哼"宛若装着嘲弄。

隔着一扇门，施喜念对施欢苑脸上的嫌弃一无所知。

屋外的安静，叫屋内的她莫名地有些紧张。片刻，她试探性地唤了施欢苑一声，不死心地轻声问："姐姐，你放我出去好不好？"

"陆景常已经死了，你别再惦记着他了。"

"我不信！你都能活过来，也许他……"

"就算他还活着，那又怎样？你真的以为你们可以在一起吗？我还活着，喜念，害死他弟弟的人还活着，你觉得他会放过我吗？而且……"话至此，施欢苑抿了抿嘴唇，咽了咽口水，声音里多了几分忐忑，"他要报仇的话，你舍得把我推出去吗？你真的……要当那个递刀子给他的人吗？"

面对施欢苑的提醒与质问，施喜念双脚忽地软了下去，整个人顺着门跌坐在地上。

她不可能像奉上祭品一样将姐姐推到陆景常的面前，在这一秒，她宁愿施欢苑已经死去了，如果陆景常还活着。

可怖的念头冒出来的刹那，心就开始发颤，这恶意令她惴惴不安。

发愣的时候，施欢苑的声音透过紧锁着的门传来，她说："如果你不想我死，就乖乖待在这里，我很快就放你出来。"

心神恍惚的施喜念没有回话。

紧接着，施欢苑又说："我信你没有爱上郭梓嘉，你也要信我，我这是在保护你，何况郭梓嘉背叛了我，他必须得到惩罚。"

于施欢苑，爱必须是满分制的算计，无论是从前、现在，还是未来，差一分都不行，少一分都是背叛。

不论郭梓嘉是不是还惦记着她，他的心里挤进了别的女生，就已经丢了分。

施欢苑的话一落下，脚步声随之响起，并且渐渐远去。

不一会儿，屋外静悄悄的，施喜念猜，施欢苑大概是离开了吧？

然而，约莫半分钟过去，她依稀又听见了脚步声，尚未反应过来，脚步声已经停在门外，施欢苑的声音轻飘飘地漫进了她耳朵里："喜念，你记好了，如果你也背叛了我，爱上了郭梓嘉，我同样不会原谅你。"

她的心很小，爱也很少，但她全部给了最重要的人，是郭梓嘉，也是施喜念。

她忍受不了背叛，倘若爱遭到背叛，那她宁愿毁掉这个世界，丢掉郭梓嘉，也丢掉施喜念。

爱就拼尽全力，恨要不遗余力。

这是施欢苑的信仰。

04

深秋的黄昏来得特别早，五点不到，橘红色的霞光就从天边晕染开来，像浸在湖水中的绸缎遇水褪色，转瞬就染红了眼睛。

海边的风犹如醉酒客，猖狂着姿态，张牙舞爪地扑过来。

施欢苑一遍一遍地深呼吸着，借着一阵阵阴冷带刺的海风去风干眼底的惆怅与悲伤。

她没敢承认，即使嘴巴上说信任，心还是耿耿于怀。纵使施喜念没有撒谎，可郭梓嘉确确实实是因为喜欢上了喜念才将她丢在了回忆里，这足够她心怀芥蒂。她恨郭梓嘉忘得太快太轻易，也恨一脸无辜的施喜念悄无声息地"盗"走她的爱情。

在爱情里，她的小心眼足以比拟施喜念的死心眼。

但，她始终是疼爱这个妹妹的，否则两年前她不会一意孤行地替施喜念告白，两年后她也不会咄咄逼人地指责陆景常配不上施喜念。

把陆景常推开的刹那，她就已经预知到来日施喜念歇斯底里的恨。

同样信奉爱情，同样一秉虔诚，她怎么会不明白，陆景常之于施喜念的意义。

施欢苑不过是爱之深护之切，施欢苑有一套自己的理论，早早就先入为主地认定施喜念只需要一个英雄，能替她遮风挡雨，也能在她遇险的时候第一时间护她周全，偏偏，陆景常是区区一辆自行车就能打败的人。

他不是施喜念的英雄。

他也不再是当年完美无缺的少年，更没有能给施喜念幸福的资格。

所以，施欢苑不允许施喜念盲目地崇拜陆景常，更何况，她听说在过去的两年里，陆景常曾给了喜念数不清的伤口，即使施喜念不介意，她也要介意。从她懂事开始，她就知道，在这个世界上，施喜念是她必须要守护的。

她相信总有一天，施喜念会明白她所做的一切都对得起她。

就好比，她把施喜念困在出租屋里，说到底是深知施喜念敌不过郭梓嘉的心机罢了。

任何事情，她总有自己的理由，也从不期盼被人理解，就像当初选择与父亲一同生活，就像盗用施喜念的身份去活着。

施欢苑想着，目光凝在远处天水相接的地平线上，看落日一点一点沉沦、湮没。

直至天黑了下去，海边的灯火接连亮起，鹅黄色清亮的光给墨黑的海面铺上了一层薄薄的粼光，她才从一米高的围栏上纵身跳了下来，然后背对着大海，缓缓走进深秋的夜色里。

不多时，淅淅沥沥的小雨毫无征兆地突袭。

雨水渗过头发，沁凉感迅速席卷过身体，施欢苑抬起头，昏黄的灯光里，雨水犹如细密的线好似正编织着一场秋梦。

雨滴落在眼睛里，她眯了眯眼，心想，郭梓嘉一定发了疯似的在找她，可她偏不去想象他失了控的焦灸模样。

谁都知道，这一日，从焦急烦躁的郭梓嘉口中反复吐出的名字不会是"施欢苑"，而是"施喜念"。

这个时候，她又特别讨厌施喜念的存在。

扎根在心上的妒忌，仿若借着这场秋雨肆无忌惮地发酵，施欢苑脚下的步子也不由自主地加快了很多。

似是心有灵犀，落地的每一步都将她拉往郭梓嘉，以至于见到她时，原本满腔盛怒与担忧的郭梓嘉却凝在时空的这一秒。

下一秒，他正要开口训话，不料，湿漉漉的她径直扑向了他。

没有给他多一秒钟的反应时间，只见施欢苑踮起了脚跟，冰冷的唇携着火辣辣的爱与恨吻住了他的唇。

此刻，爱比恨多一些，恨比爱浓一些。

这般火热的"施喜念"，霎时就点燃了郭梓嘉心中积蓄已久的欲望。

旋即，在对方轻车熟路地撬开了他的唇之后，郭梓嘉反客为主，揽着了她纤细的腰，转身将门关上。随后，他将她的双脚抬起，任其盘在自己的腰间，交缠着的法式深吻令人甘之如饴。

欲望趁势疯长，恍若火山爆发。

相拥着的身子沿着墙壁滑到房间，唇瓣纠缠的每个瞬间都叫人欲罢不能。

干柴烈火很快烧昏了脑袋，紧接着，一股力量将施欢苑推开，正是错愕且意犹未尽之时，她感觉到身下软绵绵的床垫。迅速定下神后，她一抬眼，郭梓嘉已经俯身吻了下来，一边继续着方才的深吻，一边解着衣扣。

故事的走向，彼此心知肚明。

然而，就在郭梓嘉一把扯开施欢苑的衣服，摸到她胸口上的伤疤时，欲望的叫嚣戛然而止。

不到一米的距离，施欢苑看得清清楚楚，郭梓嘉的眸子里充斥着始料未及的惊诧。

明明只是惊诧，但是，施欢苑却皱紧了眉头，对她来说，比惊诧更明显的是不可思议的恐惧。

她觉得，郭梓嘉在害怕满身伤痕的她。

或者，更确切一点说，她觉得在她身上打量的眼神里有种嫌弃。

胡思乱想之际，施欢苑咬紧着牙关，一把将身上的郭梓嘉推开后，再用力将自己的衣服扯开，扣子"啪啦啪啦"地落在了地上。

一气呵成的动作之后，她高抬着下巴，眼里布满挑衅，问郭梓嘉："很怕吗？"

方才还在垂死挣扎着的欲望仿佛瞬间就遇上了冰雨，郭梓嘉倒抽了一口冷气，目光小心翼翼地扫描过她袒露的身子，只见一道道的伤疤烙在她的身上，狰狞可怖，格格不入。

眼睛再往上看，"施喜念"的嘴角上扬着，明明是微笑的弧度，却寸寸都沾着悲伤。

再往上一些，她的眼睛蓄着泪光，透过晶莹的泪水，一寸寸的倔强在迎风张扬。

05

施欢苑从郭梓嘉的公寓里逃出来不一会儿，迎面就撞上了陆景常。

陆景常已经跟了她好些时候，未偶遇之前，他以为自己可以放弃，可当偶遇突如其来时，他的双脚竟不知不觉地朝着"施喜念"的方向追逐了过去。

他看着她在淅淅沥沥的雨中匆忙奔走，看着她拐过一个个路口最后消失在夜色里，他始终没有叫住她，默默陪伴仿佛是他最后的温柔。

如果不是踌躇着舍不得离去，陆景常不会在雨停的刹那看见"施喜念"衣衫不整地迎面跑来。

那一瞬间，心被猛地撞碎。

瞬息的呆滞过后，他一边脱下外套披在她身上，一边焦急地问她："怎么了？发生什么事了？"

"关你……"施欢苑张嘴，话却顿在了舌尖上，她忍住冲动，抿唇深呼吸。

"我知道跟我无关，但我见不得你受委屈受欺负。"话落，他才看见她眼里没有委屈，只有不耐烦。

陆景常皱了眉，莫名地尴尬着。

"为什么？"偏偏她不依不饶，一个嗤笑落罢，抬眼直视他。

"因为……"他与她四目相对着，话到嘴边，不知怎的，突然说不出口来，好半晌过去，他才勉强把话说下去，"因为你是施喜念。"

又是施喜念。

本是没有吃醋妒忌的理由，施欢苑偏偏想起了郭梓嘉，想起那一日他曾对施喜念说过的那句话——

"最重要的是，我喜欢你——施喜念，这是真的。"

哑然间，施欢苑眸子微垂，嗤笑里多是讽刺的意思，散在空气里，越发悲凉。

她没有注意到陆景常眉间的折痕，在他说完最后的那句话时，他的眉间兀地又多了几分怅然。

他的心好似在拒绝承认眼前人的身份。

于是，打量不知不觉地变成了审视，他凝视着她，心想，除了这一张脸，眼前的"她"哪里有一点施喜念的痕迹呢？

狐疑正起，秋夜的风从他身后悄然袭来，在彼此沉默之际，悄悄地撩起了施欢苑细碎的短发。朦胧的灯火之下，她耳朵上的黑色耳钉特别显眼。

下一秒，陆景常无意识地抬起手，抚过她左耳上三角形的黑色耳钉，冰凉的手感深入指尖，他嘴巴微张，有一句话正从心头涌向喉咙，凝住在舌尖上。

他想说"你不是喜念"，可是——

"帮我报警，"施欢苑忽然后退了一步，脸上的惊吓稍纵即逝，紧接着是刻意堆砌起来的慌乱彷徨，她对陆景常说，"是郭梓嘉想强占我！"

爱情是魔物，它会令人心生妒忌，会令人发狂。

此时此刻的施欢苑就像是个魔鬼，她的心愤愤不平，有妒忌在叫嚣着，蒙蔽了她的理智。

既然每一个人都希望她死去，那么，她就拉着大家一起下地狱。

电话拨通时，施欢苑低着头，笑得凄然又森凉，这个"恶作剧"，就当是她献给郭梓嘉最后的礼物，用以回馈背叛的惩罚。

她想，这一次，她一定要对他说——

"郭梓嘉，好久不见，我是你的欢苑啊！"

"是你说好要一生一世爱着的施欢苑啊，你忘了吗？"

第十二章

/

嘘，听说长颈鹿不喜思念

施喜念，你什么时候才会回来我身边，你知不知道有只长颈鹿在等着你？

01

在警局逗留了将近十个钟头，出来时，天正好亮了。

清晨的光被秋雾笼罩着，凉风微微吹过，微醺的光摇摇晃晃，叫人的心也一同生出了荡漾。

与"施喜念"一同立在十字路口，陆景常微侧着脑袋，目光深邃。

他不知道在那个封闭的审问室里，"施喜念"和郭梓嘉说了什么，为什么郭梓嘉会突然发狂？他只记得，从审问室出来时，"施喜念"嘴角有着不易察觉的笑，像是报复得逞后的嘚瑟，眼里却蓄着倔强的泪水，像是在极力掩饰着苦涩的痛恨。

他从来没见过这样的"施喜念"，五官还是记忆中的五官，感觉却不再是从前的感觉。

想着，风从前方吹来，"施喜念"下意识地裹紧了外套。

他的外套还披在她的身上，记忆借着这阵风，兀自凌乱了步伐。

陆景常记得，在许久以前的过去，冬天刚刚来临时，丢三落四的施喜念总忘了要穿多一件外套，时常穿着单薄的校服就匆匆忙忙赶去学校。每每看见瑟瑟发抖的她，他总会自觉地献上温热的外套。

记忆中的温度正好，霎时就唤醒他对施喜念的所有惦念。

与此同时，方才那个在警察面前既冷静又森然的"施喜念"就好比眼中的一根刺，扎在眼球里，刺痛了所有的神经，还有，那一抹时不时凝在她嘴边然后稍纵即逝的冷笑，也在反复地回放。

心越来越清晰，宛若盘踞多时的迷雾被这深秋的风吹散，一丝不剩。

念想之际，陆景常握紧着拳头，深吸了一口气，对着"施喜念"一字一字地说："你不是喜念。"

即使说话的语气冷冰冰的，但，施欢苑依旧能听得见他声音里不自觉的微颤。

她知道，陆景常不敢问她"你是谁"，更遑论那一句"你是施欢苑吧"。

她清楚，他不是害怕，而是愤怒，是憎恨。

念想之际，施欢苑不由得笑了，轻飘飘的一声嗤笑，分明是在讥笑陆景常的"不敢"。

施欢苑是聪明的，老早就看得出来，陆景常对她是忌讳莫深的，自然，他应是从来都不敢想象她还活着，所以，到这一刻，真相呼之欲出，他仍是有些不知所措。毕竟，谁都清楚，施欢苑是陆景常与施喜念之间一道无法逾越的鸿沟。

事实亦如此。

于陆景常而言，他可以不介意施喜念与施欢苑之间的关系，前提是，施欢苑已经死了，所有的过去是该尘埃落定了。

如果施欢苑还活着，谁也不会好过。

彼此各怀心思地对视了好几秒，施欢苑扬了扬下巴，将外套脱下还给陆景常，仿佛将伪装的面具卸下，她笑着，傲慢得有些张牙舞爪，说："我是谁都好，反正，喜念不会跟你在一起。"

关于陆景丰的死，她只字不提。

与陆景常沉默对视的时候，她也想过，也许陆景常就一直等她的一个解释，可是她已经耿耿于怀了两年，她愧疚够了，她不允许自己像个罪人一样低着头索求原谅，更何况，她打从心底觉得，那不过是一场意外。

既然是意外，那便是他的命定，怪不得她。

沉默的片刻，她又将下巴抬高了些许，下意识地将姿态端高。

此时，陆景常已经皱紧着眉，垂眸瞄了一眼施欢苑手上的外套，他把手一推，明摆着是对她的嫌弃。随之，隐忍下不满与痛恨，他问她：“喜念在哪里？”

是预料中的问题，施欢苑咧嘴一笑，漫不经心地道：“她以为你死了，所以她也去死了。”

她笑得轻佻，明明这恶作剧般的玩笑话，仅仅只是要将陆景常推到施喜念的世界以外。但话落在陆景常耳朵里，笑荡漾在眼前，陆景常只觉得，对于施欢苑而言，施喜念的生死不过是一件不值得计较的小事。

下一秒，他横眉冷目起来，伸手就掐住了施欢苑的脖子，冷声喝道：“喜念在哪里？”

外套掉在了地上，他看起来怒气冲霄，可手上究竟没有使力。

这只是警告。

他太在意喜念了。

施欢苑看着陆景常，按捺不住地想，如果这时候郭梓嘉还清醒着，就站在她跟前，他会不会也抛出一模一样的质问。

光是想象，妒忌就已经在心胸内炸开。

她将气撒在了陆景常身上，冷笑着，说：“她死了，她死了！你们谁都不可能再见到她！”

在陆景常眼中，此时此刻的施欢苑就像是恶毒的巫婆，他差一点就没能忍住，好在抬手的瞬间，理智克制了冲动，手才没能用力锁死她的脖子，反而恨恨地落在口袋旁边，紧紧地握成拳头，手背上青筋暴起："你才最该死！"

"该死的人是你，是你害死了喜念。"察觉到他的克制，施欢苑故意笑得越加肆意，"陆景常，是你误会了喜念，是你把她当成了凶手。过去两年，她像个罪人一样卑躬屈膝地活着，那些都是你给她的痛苦，现在你想不计前嫌地和她在一起，你问过她愿意吗？你问过我同意吗？"

她堂而皇之地将错全归结在陆景常身上。

本就对过去的两年耿耿于怀，陆景常几乎是恼羞成怒地吼道："我们的痛苦，都是拜你所赐！"

咆哮声震得空气都在发颤，见他杀气腾腾地紧步追上前，施欢苑慌乱起来，步步倒退。

"叭——"

疾驰而过的汽车携着刺耳的喇叭声，当机立断地结束了这场追逐。

尾随在汽车后面的一阵霸道的风将空气分割成两半，时间仿若就此静止。两秒过去，马路中央惊魂未定的施欢苑落荒而逃，陆景常下意识地提了提脚，想要追逐的冲动却被下一辆从眼前掠过的汽车按压了下去。

晚上，陆景常拿着一个木盒子，开开合合，一遍又一遍地端详着里面的长颈鹿耳夹。

与此同时，门外，代正雄正抬手按响了房间的门铃。

开门见到代正雄，陆景常丝毫没有掩饰住脸上的讶异神色，甚至，彼此对视着沉默了稍瞬，他都没有要请对方进入的意思，直到代正雄晃了晃手上的塑料袋子，开口问他"可以进去坐一会儿吗"，他这才后知后觉地让路。

酒店的阳台上摆着一整套的竹木桌椅，代正雄径自走出阳台，邀着陆景常坐下。

塑料袋子被放在桌子上，代正雄将袋子扯开，往下一压，一瓶瓶的啤酒立刻现在眼下，约莫是一打。

陆景常看着啤酒，没有说话。

代正雄随手拿起两瓶啤酒，将一瓶递过去给陆景常，另一瓶拿近嘴巴，用牙齿咬住啤酒瓶瓶盖，轻而易举地就将瓶盖咬开，然后，他将瓶盖吐到一旁的垃圾桶里，抬头将冷冰冰的啤酒灌入嘴里。

见状，陆景常慢条斯理地从口袋里掏出一支钢笔，借力撬开了瓶盖，轻抿一口。

深秋的夜很安静，静得仿佛能够听见头顶上飞机掠过的声音。

两个人坐在酒店的阳台里，远处的灯红酒绿就像是染了颜色的星星，谁也没有开口说些什么，各怀心事地将目光放空在远处。约莫十分钟后，还是代正雄打破了沉默，他笑笑说："我以为你会问些什么，譬如我为什么会来找你喝酒。"

陆景常嘴角无意识地一勾，像是在笑，仍是沉默。

代正雄又连续灌下好几口啤酒，打了个嗝，然后笑了起来："先生的眼光总是很好，我也挺喜欢你的。"

先生，指的是郭京。

陆景常依旧闷声不语。

代正雄轻轻叹气，沉默稍瞬，又道："我时日不多了，这次过来主要是想拜托你一件事。"

"嗯？"陆景常终于吭声，偏头去看代正雄。

"也许很唐突，但是，我能拜托的人也只有你了。陆景常，请你替我好好照顾芷融。若说我的人生还有什么牵挂的话，就是她和她母亲。"

仿佛在交代遗言，陆景常看见他眼里有浓得拨不开的怅然。

他正想问些什么，代正雄又张了口，兀自道："你知道吗，我从十五岁就开始跟着先生了，至今也有三十四年了。我从来不分是非对错，我只听先生的命令，包括人生大事。"

回忆起久远的往事，代正雄眼里泛着光，嘴角含着笑。

思绪就这么被扯远，陆景常忘了那一句"时日无多"，他想，代正雄应该很满足于自己对郭京的百分之百忠诚。

"直到前不久，芷融问我，她说，爸，你能不能做一件你觉得对，但是郭董说不对的事情呢？"代正雄自嘲地笑了笑，将瓶子里剩余的啤酒清空，然后又重新开了一瓶，抬头就是一阵猛灌。喝完了之后，他抬手抹了抹嘴角，忽然转移了话题，"如果你很想成为一名建筑设计师，郭氏集团会是你最好的选择，但是，任何东西都是需要付出代价的。"

"什么意思？"

"先生是个绝对的霸权主义者，冷酷霸道、无情无欲，如果他欣赏你，他就要完全地控制你，他要你'心甘情愿'地留在他身边，成为他帝国的忠臣，包括少爷，包括我，也包括你。当然，不应该存在的东西，他也会帮你清除。"

"所以，"陆景常皱眉问道，"这就是他骗我施喜念死了的理由？"

代正雄笑而不答，似是默认。

沉默了整整一分钟，陆景常才再一次听到了代正雄的声音。

代正雄说："作为芷融的父亲，我也曾私心地希望，那个女孩子死了。"

"该死的从来都不是她，是我，是施欢苑，是郭梓嘉，是郭京！"陆景常握紧了啤酒瓶，随即抬头连连灌下几大口啤酒，仿若要浇灭心中燃得正盛的愠火。

此时，陆景常万万想不到的是，两天后，他竟会在新闻直播里见到了代正雄。

新闻直播说，一名姓代的四十九岁男子，凌晨于宾馆里烧炭自杀，轻生原因不明。

02

第二天晚上，施欢苑又回到了出租屋里。

从她毅然丢下施喜念离开，到她醉醺醺地开门倒在施喜念的怀里，前前后后也不过一天。

见到满身酒气的施欢苑，焦急的施喜念霎时就没有逃跑的念头，眉心被满满当当的担忧占据。她一边扶着施欢苑入屋，一边念叨着："姐姐，你怎么突然喝成这样？发生什么事情了吗？要是妈妈看见了，你肯定要挨骂的。"

说起母亲，施喜念怔了怔，叹了一口气。

若是母亲知道姐姐还活着，怕是一句也舍不得骂吧。

她想着，将施欢苑扶到床上，默默给她脱下了鞋，披好被子，说："我给你倒杯温水。"

话落，施喜念转身要走，施欢苑却一把拉住了她："不要走，不要……不要想趁机逃……逃跑。"

施欢苑用力抓住她，眼睛却始终紧闭着，眉头深锁。

施喜念既无奈又生气："都什么时候了，你还说这个，就算我现在不走，你也不能困住我一辈子啊。"

似乎是醉得厉害，她根本没能听到施喜念的声音，转瞬自己喃喃说："我把郭梓嘉给告了。"

"啊？"施喜念一脸莫名，见她神情苦楚，只好蹲下身来，抓过一条干净的毛巾，轻拭着她的脸。

"我……我诬陷他对我不轨。"施欢苑说着，又哭又笑起来，"他知道我……我不是……不是你，他居然疯了，哈哈……"

"你在说什么啊？"施喜念听得莫名。

"嘘！"施欢苑猛地坐起来，边笑边眼泪直掉，"他怕我！堂堂的郭氏继承人——郭梓嘉，他……他怕我，他居然怕我！"她猛地将衣服往上拉，蒙住脑袋，又继续说，"他怕我！他觉得我很恐怖，很……很恶心！"

"姐姐……"施喜念这才看到施欢苑身上的伤疤，她的手颤抖地抚上去，仿若是双胞胎之间的感应，她也觉得自己的身子在发疼，眼泪"啪嗒"掉了下来，"怎么……怎么会这样？是谁把你弄成这样的？"

她没想起那两年施欢苑遭受的折磨，毕竟她当时一句带过，她也没有看到这些伤口。

施欢苑没有理会施喜念，她咆哮着，势要将自己的悲伤发泄："他不爱我了，他……他凭什么背叛我？！凭什么？！是……是我先爱上他的，要结束也是……也是我来说结束！"

泣不成声的施喜念没有再细听她的话，只将她的衣服拉好，一把抱住她。

但施欢苑很快推开了施喜念，她眯着眼睛细细打量着施喜念，直到看清楚眼前的这张脸，她忽然就扑了过去，将施喜念压在身下，手指描过她的眉、她的眼睛、她的鼻子、她的嘴巴，嘴上轻轻呢喃："这是我的，这也是我的，明明都是我的……"

"姐姐……"

"你看，你的眉毛、眼睛、鼻子、嘴巴，明明都是我的，他怎么能……怎么能见异思迁，爱上这张脸的你呢？"

"姐姐……"

"明明都是我！都是我啊！"

巨大的悲伤将施欢苑击溃，她咆哮着，哭着将头埋在了施喜念的脖间。

施喜念也一同哭着，她回抱住施欢苑，轻声安抚："姐姐，我不要陆景常了，你也不要郭梓嘉了，好不好？我们一起回雁南城，或者，你想去其他地方也可以，我们一起离开，重新开始，好不好？我们谁都不要了，只要彼此，好不好？"

这一次，施欢苑像恢复了清醒，她顿了顿，声音黏在了施喜念的耳边："可以吗？"

施喜念拼命地点头："可以的，只要你可以。"

施欢苑没有说话，她想问施喜念：如果陆景常还活着呢？你舍得吗？

凄然一笑，她吞下了盘旋在喉咙里的问话，她很清楚，时光无法逆流，所有人都回不去了。

她永远都不会告诉施喜念，陆景常还活着。

她永远都不会让施喜念顶替自己在郭梓嘉心上的位置。

妒忌与自私在沉默中积蓄着，施欢苑起身，抹着脸上的泪，如醉后清醒过来一般，笃定地对施喜念说："我想爸爸妈妈了，喜念，你带我去找爸爸妈妈好不好？就现在，马上，我们去找他们，我们一家人好好在一起。"

施喜念点头："好。"

在火车站买了两张火车票后，施欢苑接到了来自戴心姿的电话。戴心姿说："见个面吧，我的意思是，你、施喜念和我。我知道你是施欢苑，你诬告郭梓嘉对你不轨这件事很快就会成为各大报刊的新闻头条，郭伯伯是不会轻易饶过你的。如果你来见我，或许我能给你一条生路。"

施欢苑闻言冷笑："是死路吧？"

戴心姿沉默下去，施欢苑听见手机里有些杂音，她没有多想，正想挂电话，戴心姿偏又开口。她笑得有些诡异："难道你不想知道，当年你失踪的秘密？"

闻声，施欢苑眉心紧蹙，厉声问道："什么意思？"

她从来没有想过，当年自己的失踪还有着不可告人的秘密，从陆景丰"意外身亡"，到汽车发生事故坠落悬崖，再到自己被陌生的男人救起，她寻思回忆了一遍，仍然没有发现秘密的痕迹。

但是，戴心姿信誓旦旦地说："当年有人要你去死，没想到你大难不死。"

"是谁？"施欢苑神色警惕，半信半疑。

"金帛塑胶厂见，来了我就告诉你，大家做个交易。"戴心姿说完，兀自挂了电话。

"啪嗒"一声，电话里只余下连绵的忙音。

此时，施喜念刚从便利店回来，远远就看见施欢苑神情有些异样，她一边把一瓶矿泉水递给施欢苑，一边装作漫不经心地问："怎么了？"

"没什么。"施欢苑将手机放好，接过矿泉水，随口便找了个借口，"我有点饿了，你去那边给我买个汉堡吧，吃完我们再进候车区。"

"哦，好。"施喜念点头，转身走远。

看着施喜念走开，施欢苑立即转身，拦住了一辆出租车。

无论当年的事跟戴心姿有没有关系，她都一定要赴这个鸿门约，这么冒险的事情，她自然不能带上施喜念。

然而，施欢苑始料未及的是，施喜念居然多了个心眼，转头看见她上了车，施喜念也赶紧叫了一辆出租车，一路尾随着她，抵达塑胶厂。

夜色里，静悄悄的环境叫人心生恐惧。

施欢苑心下有些忐忑，一边拨着戴心姿的电话，一边小心翼翼地走进塑胶厂。

对于 A 市，施欢苑是陌生的，若是早知塑胶厂在如此偏僻的地方，她一定会带上一把刀子，何况时间又是这么晚。

看着施欢苑进了塑胶厂，施喜念也赶紧从车上下来。

塑胶厂位置偏僻得很，周围颇有些荒凉，风从四周蹿来，凉飕飕的，森冷得瘆人。施喜念下车的时候，司机还向她确认了一遍，问她需不需要他在外面等待，心思简单的施喜念摇摇头，谢过司机的好意之后，立马快步跟上施欢苑。

戴心姿并没有等候在塑胶厂内。

谁也没有想到，等待她们的，是一场诱捕。

当有人从身后抓住自己时，施喜念如惊弓之鸟，惊慌失措地大声呼救，听到她的求救声，施欢苑才意识到自己中计了。

眼见施喜念被一个麻布袋子从头套下，施欢苑下意识地就往回跑。

她要救施喜念，可埋伏在塑胶厂里的不止两个男人，她很快也被别的埋伏者抓住，一模一样的麻布袋子也从她头顶套下，遮住了仅有的光。

很快，施欢苑感觉到有人将她扛起，她拼命地挣扎呼叫，不一会儿，手臂上传来了轻微的刺痛感，像针头刺入了肌肤。

紧接着，她的身子被抛起，然后落下。

黑暗里，唯一可以依赖的只有感觉，意识渐渐昏沉了下去，施欢苑依稀感觉得到，身旁与她一同渐渐失去挣扎的是施喜念。

死亡的感觉，那样熟悉。

在最后的生命里，这一次，尽管施欢苑还是很害怕，可她却趁着最后的清醒，低声说："对不起，喜念，其实陆景常还活着。"

可惜，施喜念没有听到施欢苑的道歉，即使她听到了，她和陆景常也再见不到了。

就好比，假如施欢苑再清醒一些，她或许也不会错过郭梓嘉的声音。

03

郭梓嘉是在迷迷糊糊中，听到父亲与戴心姿的计谋的。

郭京说，作为郭氏集团未来的女主人，有些障碍必须由戴心姿来处理，于是戴心姿拨通了施欢苑的电话。

无论是施欢苑，抑或是施喜念，他都不想失去。

他曾深爱过施欢苑，也深深爱上施喜念，于他而言，这不是一个二选一就能解决的问题。

因此，当施欢苑告诉郭梓嘉，她还活着，他心里除了欢喜，更多的是不知所措。他变了心，曾经信誓旦旦的誓言在那一刻竟像是讽刺。他接受不了施欢苑还活着的事实，这像是个恶作剧，她玩起了捉迷藏，等他爱上她的替身，她却回来了。

他想起施欢苑的质问：你还爱我吗？

那时候，他没有回答，可是后来，心里有个声音清清楚楚说，他还爱着她，哪怕只是成了回忆，哪怕说好要忘记，但爱过的痕迹永远不会抹去。

于是，在知道施喜念与施欢苑都身陷危险时，郭梓嘉立刻扯掉针头，赶往塑胶厂。

他像个疯子一样，穿着医院的病服，踩着一双拖鞋，徒步跑了过去。

夜很黑，风很凉，他的心却像是被烈火烤着，焦灸不安着，他清楚地感觉得到内心每一分的忐忑。

赶到塑胶厂时，他正好看见被装进了麻布袋里的施喜念与施欢苑被人丢进了一辆车子的后车厢，他奋力追上，在车子启动前拉住了车子的后车门。

他嘶吼着："停车！马上停车！"

车里的男人们被吓了一跳，驾驶位上的男人下意识地踩下了踏板，霎时，车子猛地加了油，越开越快，左右摇晃着。风凛冽地从前方灌来，寒冷刺入肌肤里，像冬天提前给了他拥抱，郭梓嘉眯着眼睛，咬着牙，一手抓着车，一手拍着车门。

他还在垂死挣扎着，声声叫唤着："停车！停车！马上停车！"

但很快，他被甩了出去，身子落地，滚落在山间小路上。

意识消失之前，郭梓嘉看见，天上的星星都亮了，施喜念和施欢苑都在他身边躺着，时光好似停滞在这一秒，没有二选一。他有两只手，左手牵住了施喜念，右手牵住了施欢苑，一个也舍不得放开。

人是会贪心的。

如果这个世界上只剩下那么一个，他当然可以全心全意地爱一个。

星光闪耀，郭梓嘉渐渐地闭上了眼睛，他想，也许在梦里，三个人可以很快乐。

他没有想过的是，这一觉过去，已经是七天之后，等他醒来，所有的记忆不翼而飞，他连自己的名字都失去了。

看着眼前陌生的一个个，郭梓嘉的眼里只有迷茫，他问他们：

"我是谁？"

戴心姿冲在前面，她抱住他，又哭又笑，说："你是我的未婚夫郭梓嘉啊，你还能是谁？"

郭梓嘉是在第二天被发现的。

一群施工人员到塑胶厂附近勘测，正好发现了昏迷的郭梓嘉。

戴心姿足足守了他七天，每一天她都在期待着他的苏醒，每一天她也都在害怕着他醒来的质问。

从发现郭梓嘉离开医院到他在塑胶厂附近被发现，戴心姿就知道，他一定知道是她在对付施喜念与施欢苑。

她不怕被恨，她只怕往后连亲近一步都没办法。

念想至此，戴心姿才意识到郭梓嘉失了记忆，稍稍错愕过后，她心中一阵窃喜。那一瞬间，她好像看见了她充满阳光的未来。

没有了施喜念，没有了施欢苑，她才能拥有与郭梓嘉相爱相守的未来。

于是，她重新介绍自己："你还记得我吗？我是你的未婚妻戴心姿啊。我们很相爱的，马上就要结婚了。"

郭梓嘉凝神看着她，始终沉默不语。

所有的过去都是空白的，眼前笑靥如花的人，于他而言，没有半分亲密的感觉。

他轻轻地推开她，语气没有了失忆之前的厌恶，只是客气疏远，说："我不记得了。"

忘记，也许是一场解脱，他不必记得曾经深爱过的某一个，也不必耿耿于怀对不起的那一个。

可即使他忘记了过去的所有，心中却是明白，眼前的这个戴心姿不是他心中喜欢的。

就在郭梓嘉醒来的这个午后，陆景常再一次来到了医院，拦住了郭京的去路，质问道："施喜念和施欢苑在哪儿？"

听说郭梓嘉发生事故，他知道，只要郭梓嘉醒来，郭京就会出现。

听到他的质问，郭京眯着眼睛笑了："我还以为，你是想回郭氏集团，看来还是要失望了。"

陆景常眼神笃定地凝视着他，再一次重复了质问。

若不是在新闻直播里，他看见施欢苑的一只耳钉遗落在代正雄自杀的宾馆房间里，也许他不会怀疑郭京。

施欢苑无端消失，施喜念也下落不明，他想起了代正雄那一晚对他说的话。

郭京仍是笑着，居高临下的姿态，说："我不知道你在说什么，两个黄毛丫头跟我一个老头子有什么关系，该不会觉得我是那种不正经的老家伙，一下子把两个年轻女孩都困在了金丝笼里吧？"

陆景常道："她们对你来说，没有可困住的价值，不像郭梓嘉，不像我，也不像代先生。"

郭京呵呵笑了起来，答非所问："陆景常，我只给你最后一次机会——三天，三天后郭氏集团不会再给你留着位置，而且，除了郭氏集团，我敢说，国内绝对没有一家公司敢要你。"

"不必了。"陆景常不卑不亢，"除了建筑，我还有其他出路。哪怕摆个地摊，也要比当你的狗强得多，我真庆幸我有得选择，你的儿子郭梓嘉这一生怕是都只能是傀儡的命吧。"

"哼，不知进退，不知死活。"

"我只想知道施喜念在哪儿。"

尽管陆景常神情严肃认真，态度坚定，但在郭京眼中，也不过是蝼蚁一只。

郭京乜斜着眼睛看了他一眼，眼里全是讥笑。

"不用走了，郭董，时间刚好，你的催命符到了。"就在郭京从他身边路过的刹那，陆景常扬唇一笑，定眼看着前方穿着制服的几个人，"你还不知道吧，代正雄先生自杀前给我寄了一封信，里面全是你作奸犯科、收买人命的证据，我来之前已经交给警察了。你一定没有想到吧，自己最忠心的奴仆最后竟然出卖了你。"

"你说什么？"郭京皱着眉回头看他，虽是半信半疑，脸上的神情却已是凝重。

与此同时，一行人坚定沉稳的脚步声落在郭京身后，下一秒，郭京听见其中带头的人对他说："郭先生，我们是 A 市警察，现在怀疑你与多宗违法案件有关，请你跟我们走一趟。"

看着郭京被押着离开，陆景常凝目皱眉，微微抬首，深深吸了一口气。

代正雄在那封遗书里，告诉了陆景常一些秘密。

郭京要代正雄把施喜念与施欢苑卖到国外，这个计划两年前就有了，只不过当初施欢苑在雁南城出了车祸，命悬一线，代正雄经由郭京吩咐，将计就计，把她抛入海里，不料她命大，反而得救。

代正雄到底还是忠心的，三十多年的是非不分，最终是女儿连芷融教会了他对错，可因为深感对不起郭京，所以选择以死谢罪。

他固然是忠臣，可却更是愚昧。

陆景常想着，睁开眼，循着来时的路，一步步离开。

一切都结束了，短短的两年多，仿佛耗尽了一生的爱恨，而他最终还是弄丢了他的喜念。

04

三年后。

当陆景常再次回到雁南城时，小小的城镇已经有了高于二十层的建筑物，有了主题公园，还有了各种大商场。

整个雁南城都在蓬勃发展，根本不像一个古老的旧城镇，那些封锁在记忆中的瓦墙与青苔，早已经失了踪迹。

只有南北街，还是从前的模样。

陆景常将车停在南北街附近商场的地下停车场，循着记忆中的路，徒步走向南北街。他约了置业经纪公司签署房屋买卖合同，购入的房子正是南北街二巷八号。他没有回自己的家里，一步一步，最终停在了二巷八号。

房子还是从前的房子，只是大门被上一任主人重新换过了。

立在门口，正当要落入回忆的网罩里，身后传来的声音生生地将他唤清醒。

"陆先生，你来得可真早啊！"说话的是置业经纪人。

陆景常回头，看见对方笑得张扬，一边拿着钥匙去开门，一边说："听说，有开发商想要征收这一片土地，打算将南北街一带开发成别墅区，这一下陆先生你可就发财了呢。话说回来，陆先生是不是有什么内幕消息，所以才来买房子的，照我说，要是有钱的话，可以多买几间，有开发商要征收的话，陆先生你可就赚翻了。"

"我没听说要开发什么的。"陆景常礼貌地笑着，"就算有，我也不赞成发展。"

"呃……"感觉自讨了没趣，置业经纪人赔着笑，打开门，将陆景常请进了屋子里，"陆先生你先坐一下，或者到处看看也行，秦先生夫妇说要晚一些才能过来。"

"无妨。"陆景常简单地应了一句，手摸着墙，踏着记忆就到了施喜念的房间。

整个房间空荡荡的，连窗帘都没有。

陆景常环顾着房内，记忆那样清晰，他记得施喜念的床放在哪里，床单是什么颜色，有着什么样的图案，也记得她的书桌摆放的位置，记得书桌上的书架有她最爱的漫画书，抽屉里藏着画笔。

他记起来，她曾经藏了把吉他，在她高考前，他用那把吉他给她弹了一首彼此的最爱《I could be the one》（倾我所有）。

回忆轻轻浅浅，当年的歌声仿佛在耳边漾开。

这是施喜念失踪以后，陆景常第一次回到雁南城，一回来，回忆就一遍遍地在脑子里炸成了烟火。

他笑了笑。

窗口处仿佛真的有歌声传来。

陆景常竖起耳朵，仔细听着，是唐娜·露易丝的声音——

I could be your sea of sand（我可以做你沙滩的大海）

I could be your warmth of desire（我可以做你渴望的温暖）

I could be your prayer of hope（我可以做你希望的祈祷）

I could be your gift to everyday（我可以做你每天的礼物）

I could be your tide of heaven（我可以做你天堂的潮汐）

I could be a hint of what's to come（我可以做你未来的线索）

……

他快步往前，伸手去开窗，可生锈的窗紧紧地闭合着，像是故意与之较劲，任他如何用力都纹丝不动。

听见了声响，置业经纪人连忙进屋，见他打不开窗户，于是自告奋勇地说："陆先生，我来吧。"

陆景常没有理会经纪人，歌声渐渐远去，他转身跑了出去，追出了巷子口时，歌声已经歇了下去。

陆景常微微喘着气，前方一个熟悉的背影落入了眸子里。

空气中有孩童的声音在说话。

小男孩说："姐姐，你迟到了十秒。"

只听见声音，却看不见小男孩的身影，陆景常下意识地垂下眼眸，瞄向地面。午后的阳光正好照射在两人身上，从他的角度看去，刚好能看见映在地面上的小男孩的身影，那是一个坐在轮椅上的小孩。

目光刚落在影子上，陆景常听见女生轻轻笑了起来，随即，他看见映在地上的手影伸向前面，轻轻捏了一下小男孩的鼻子。

女生说："陈小熙，十秒你都跟我计较啊？"

小男孩说："0.1秒都很重要。"

"是是是。"女生无奈地摇摇头，指了指男孩手里的魔方，"那你现在搞定了你的0.1秒了吗？"

"我差的可不仅仅是0.1秒。"男孩子故作老成地叹了一口气，"郭哥哥说，目前三阶魔方的官方世界纪录是4.69秒，我现在距离世界纪录还差 1.55 秒。"

"喜念！"

就在男生声音落下的那一瞬间，陆景常几乎是下意识地叫出了这个名字。

然后，他屏气敛息着，等待着那个她回头。

呼唤声随着清风漾在空气中，树上的叶子"唰唰唰"地响了起来，树下的女孩子抬起头顿了顿，随即转过身来，看向了陆景常。

阳光正好，她笑了笑，笑容温暖灿烂又熟悉，旋即，她抬了抬手，将头发撩到耳后，有光闪过陆景常的眼睛，他看见她的耳朵上夹着一只长颈鹿耳夹，与他曾藏在潘多拉盒子里的一模一样。

她问他："请问，你是在叫我吗？"